UNITALL

Aldebaran

Band 4:

Die gruene Pest

Heinrich von Stahl

1. Auflage
August 2010

Unitall Verlag GmbH
Salenstein, Schweiz
www.unitall.ch

Vertrieb:
HJB Verlag & Shop KG
Schützenstr. 24
78315 Radolfzell
Deutschland

Bestellungen und Abonnements:
Tel.: 0 77 32 – 94 55 30
Fax: 0 77 32 – 94 55 315
www.hjb-shop.de
hjb@bernt.de

Redaktion: Sahid El Farrak
Bildelemente: Chance Last
Printed in EU

Sollte jemand auf den abwegigen Gedanken kommen, der Titel dieses Buches könnte politisch gemeint sein, so möchte ich demjenigen versichern, mit seiner Vermutung nicht ganz falsch zu liegen.

Salenstein, im April 2010

Heinrich von Stahl

Kapitel 1: Die Invasion beginnt

Bericht Imperator Sargon II.

Nachdem der Zhort die Verbindung unterbrochen hatte, fühlte ich nichts als Leere in meinem Kopf. Es war, als hätten die Neuronen meines Gehirns jegliche bewusste Tätigkeit eingestellt und konzentrierten sich nur noch auf die Erhaltung der organischen Funktionen meines Körpers. Unmittelbar nach unserem großartigen, mit Hilfe unserer terranischen Freunde errungenen Sieg über die mohak'sche Flotte bei Solomack und der Vernichtung der Kontrubana im Orbit vom zweiten Planeten des Systems hatte mir der Zhort nicht mehr und nicht weniger verkündet, als dass unsere Anstrengungen sinnlos gewesen waren. Bei einer Kontrubana handelte es sich um eine sechzig Kilometer lange Riesenkanone mit genug Feuerkraft, um unsere das Imperium schützenden Ischtar-Festungen zu vernichten. Der absolutistische Herrscher der Mohak hatte uns unmittelbar nach unserem Triumph darauf hingewiesen, dass wir keineswegs die einzige Kontrubana vernichtet hätten, sondern dass er über zwei weitere verfüge, die mit Tausenden von Raumschiffen im Gefolge im Anflug auf unsere Grenzen seien. Es gab für mich keinen Grund, an den Worten des Zhort zu zweifeln.

Die beiden Riesenkanonen würden zwei unserer Ischtar-Festungen, platziert an strategisch wichtigen Stringknoten in den äußeren Raumsektoren des Imperiums, einfach aus dem All fegen. Dies würde den nachdrängenden Flotten der Echsen den seit fast einhundertfünfzig Jahren durch die Festungen verwehrten Einflug in unser Hoheitsgebiet erlauben. Die Mohak, ein mit einer ungeheuerlichen Fruchtbarkeit gesegnetes Volk, waren uns quantitativ zwanzig zu eins überlegen. Trotz unserer fortschrittlicheren Technologie und trotz unserer, wie sich im Verlauf dieses fast einhundertfünfzigjährigen Krieges gezeigt hatte, besseren Soldaten, würden sie uns einfach überrennen. Um genau dies zu verhindern, hatten wir die Ischtar-Festungen schließlich gebaut.

Ein fernes Wispern drängte sich immer lauter werdend in die Leere meines Schädels. Plötzlich nahm mein Verstand seine Tätigkeit wieder auf und identifizierte die in mein Gehör dringenden Geräusche als die tiefe, wohlklingende Stimme General Baltars, des Navigators und Ersten Offiziers der ONSLAR, des Flaggschiffes der aldebaranischen Flotte: »Mein Imperator. Wie lauten Ihre Befehle?«

»Zuerst General Nungal mit seinen Soldaten aufnehmen!«, befahl ich das Naheliegendste. Der Chef meiner Leibgarde war mit einem Einsatzkommando auf Solomack II gelandet und hatte in einem wahnwitzigen Unternehmen die überstarken Reflektorschirme der Kontrubana ausgeschaltet, was unseren Sieg erst ermöglicht hatte. Er war unmittelbar vor unserem Angriff mit seinen Elitesoldaten, zu denen auch der in kurzer Zeit zur Legende gewordene Terraner Major Sondtheim gehörte, mit einem Frachtschiff der Mohak vom Ort der Vernichtung entkommen. »Anschließend nimmt die gesamte Flotte Kurs auf den uns nächsten imperialen Raumsektor.«

Sobald die Echsen mit ihren Riesenkanonen auftauchen würden, wäre jedes verfügbare Raumschiff zur Abwehr der Gnadenlosen von unschätzbarem Wert. Mit unseren Kriegsschiffen galt es die Echsen solange aufzuhalten, bis unsere Frachtschiffe die Bewohner der als Erstes bedrohten Planeten evakuiert hatten.

Eine Viertelstunde später betrat Nungal, der einzig lebende Träger der höchsten militärischen Auszeichnung des Imperiums, des Schwarzen Sonnenkreuzes, mit seinen Männern die Zentrale der ONSLAR. Ich strahlte vor Freude, als ich ihm entgegenging. Der beste Soldat meiner Truppen salutierte militärisch exakt, indem er seine rechte Faust auf sein Herz legte und die Absätze zusammenschlug. Nachdem ich den Gruß zurückgegeben hatte, legte ich ihm meine Rechte auf die Schulter. »Kamerad! Du hast mal wieder Großartiges geleistet. Ich freue mich, dich wohlbehalten wiederzusehen. Doch wie es scheint, hat auch dein Einsatz die Bedrohung des Imperiums nicht beseitigen können.«

In den vergangenen einhundertfünfzig Jahren hatte sich zwischen uns eine enge Freundschaft entwickelt. Aus diesem Grunde war Nungal einer der wenigen Männer, mit denen ich mich duzte.

»Was?«, entgegnete der Mann mit den stahlblauen Augen und der Narbe auf der linken Wange. Natürlich wusste er noch nichts von meinem Gespräch mit dem Zhort. Ich klärte ihn kurz über die bevorstehende Invasion der Echsen auf.

»Wir müssen sofort ins Imperium zurückkehren. Die Evakuierungsmaßnahmen der an den Grenzen zum Mohak-Reich liegenden Systeme müssen unverzüglich anlaufen«, sprudelte es aus dem Ausnahmekrieger hervor. Offensichtlich war er über meine Ausführungen zu sehr schockiert, um sich denken zu können, dass ich diese Dinge bereits veranlasst hatte. Schon vor unserem Aufbruch nach Solomack hatte ich dem größten Teil der Frachtflotte befohlen, sich für möglicherweise bevorstehende Evakuierungsmaßnahmen bereitzuhalten. Natürlich hatte ich dabei an den Fall gedacht, dass unser Angriff auf die Kontrubana bei Solomack fehlschlug. Zu dem Zeitpunkt, als ich diese Befehle gegeben hatte, wäre es mir höchst unwahrscheinlich vorgekommen, dass die Mohak über zwei weitere der unglaublich ressourcenintensiven Riesenkanonen verfügten.

»General Baltar! Sobald wir den kosmischen String und damit den direkten Zugang zum Universal-Verbundnetz erreicht haben, möchte ich eine Ansprache an die Bevölkerung des Imperiums halten. Die Menschen sollen wissen, was auf sie zukommt.«

Es blitze kurz in den wie Eiskristalle wirkenden Augen des Generals. Obwohl unsere Freude und Erleichterung ob des Sieges bei Solomack erst eine halbe Stunde alt war, hatte dieser geborene Soldat nach den Eröffnungen des Zhort seine Euphorie bereits kalter Entschlossenheit weichen lassen. So leise, dass ich es kaum vernehmen konnte, sprach er ein paar Worte in das Mikrofon seines Raumhelmes. Anschließend ergänzte er an mich gewandt: »Der Kommunikationsraum ist auf die imperiale Rundruffrequenz geschaltet.« Danach konzentrierte sich der Navigator der ONSLAR auf den Einflug in unser getarntes PÜRaZeT, mit dem wir die Strecke vom kosmischen String nach Solomack II für die Mohak so überraschend überwunden hatten und das wir jetzt für die Rückrichtung zu nutzen gedachten.

Auf den riesigen Bildschirmen der Zentrale sah ich die Schiffe unserer Flotte, die ihre Formation aufgaben, um sich in einer Linie aufzureihen. Das PÜRaZeT erlaubte nur den Einflug eines einzigen Schiffes zur gleichen Zeit.

Ich nickte Nungal kurz zu, woraufhin er mir mit zehn Leibgardisten aus der Zentrale in den Kommunikationsraum folgte. Während wir den breiten Gang entlangschritten, der die Zentrale mit der Ortungsstation und unserem Ziel verband, wies ich meinen persönlichen Agenten, der sich in meinem linken Ohr befand, gedanklich an, ein Gespräch zu Raummarschall Unaldor aufzubauen. Der ehemalige Prokonsul der auf Terra gegründeten Dritten Macht hatte mit seinen Männern Unglaubliches geleistet. Innerhalb von knapp einhundertfünfzig Jahren hatte er im solaren System eine Großmacht von galaktischem Rang aufgebaut und diese nun, in der Stunde der ärgsten Bedrohung, dem Imperium angegliedert und damit unter meinen Befehl gestellt.

Meine gedanklich formulierten Worte wurden von meinem persönlichen Agenten in elektromagnetische Wellen umgewandelt, die von einem Kommunikationsknoten an Bord der ONSLAR an den der ROMMEL weitergeleitet wurden, der die Signale wiederum an den Agenten Unaldors sandte. Dieses nanotechnologische Erzeugnis in Unaldors Ohr wandelte die Signale in für Außenstehende nicht hörbare Schallwellen um.

»Raummarschall Unaldor! Ich beabsichtige, in wenigen Minuten eine Rede an die Bevölkerung des Imperiums zu halten. Dazu habe ich zwei Fragen an Sie. Erstens: Werden die Einwohner der Dritten Macht meine Worte ebenfalls hören können, und spricht, zweitens, etwas dagegen, alle Aldebaraner über die Existenz Terras zu informieren?«

Klar und deutlich vernahm ich die tiefe Stimme des Zweimeterzehn-Hünen: »Wir haben die imperiale Frequenz auf unseren Kommunikationsknoten bereits vor Jahrzehnten auf die höchste Priorität geschaltet. Deshalb wird auch im solaren System jedes Gespräch, jede Datenverbindung zum Universalnetz und jedes Echtzeitprogramm[1] sofort unterbrochen und durch die auf der imperialen Frequenz gesendeten Informationen ersetzt.

Meiner Meinung nach sollten Sie die Bevölkerung des Imperiums ruhig über die Existenz des neuen imperialen Systems Sol unterrichten. Ich gehe davon aus, Sie werden die galaktischen Koordinaten nicht nennen, sodass die Mohak, falls sie mithören, mit dieser Information nicht viel anfangen können.« Ein trockenes Lachen begleitete die letzten Worte des Raummarschalls.

»Ich werde meinem Volk von der bevorstehenden Invasion der Mohak berichten. Die Existenz eines mächtigen Verbündeten, der nun ganz in die Familie der Menschheit aufgegangen ist, wird allen Aldebaranern Hoffnung geben.«

»Dieser Ansicht bin ich auch, mein Imperator. Ich glaube sogar fest daran, dass diese Hoffnung berechtigt ist. Trotz ihrer Übermacht werden wir die Echsen vernichtend schlagen. Der Zeitpunkt der Entscheidung in diesem endlosen, grausamen Krieg rückt unaufhaltsam näher. Doch diese Entscheidung wird ganz anders aussehen, als es sich diese überheblichen Lurche vorstellen.«

»Ich danke Ihnen, mein Freund«, entgegnete ich durch die bedingungslose Loyalität Unaldors tief bewegt. Er hätte über sein eigenes Sternenreich herrschen können. Stattdessen beseelte ihn der Wunsch, für eine vereinte Menschheit unter meiner Führung den Sieg gegen einen grausamen überlegenen Feind zu erringen.

---

[1] »Live« Programm

Zu meinen Seiten marschierten je fünf der schwarzuniformierten Elitesoldaten, vor mir ihr Kommandant Nungal. Eine derartige Eskorte war innerhalb eines imperialen Schiffes, wie auch an jeder anderen Stelle des Imperiums, ziemlich überflüssig. Die Elitesoldaten hatten lediglich die Aufgabe, bei meiner baldigen Ansprache an meiner Seite Präsenz zu zeigen. Der psychologische Effekt auf die Bevölkerung, für die diese Männer Vorbilder und Helden waren, wurde durch die Anwesenheit von Nungal noch einmal verstärkt. Der Träger des Schwarzen Sonnenkreuzes war für mein Volk ein lebender Mythos. Nach den unglaublichen Leistungen, die dieser Mann vollbracht hatte, glaubten die Menschen fest daran, dass jede Schlacht, in der Nungal kämpfte, unweigerlich mit unserem Sieg enden musste. Bisher, so gestand ich mir still in mich hineinlächelnd ein, hatte sich dieser Aberglaube stets bewahrheitet.

Natürlich war mein Volk nicht wirklich abergläubisch. Rationalität, ein allgemeines Verständnis für Logik und damit die Akzeptanz der Naturgesetze – das war die große Stärke Aldebarans. Die Menschen spürten, dass ihr Verteidigungskrieg gegen die Mohak mehr war als ein Kampf um das nackte Überleben. Sie fühlten, dass unser Volk eine höhere Bestimmung zu erfüllen hatte. Eine Bestimmung, die durch Nungal Realgestalt angenommen hatte.

Ich blickte kurz nach rechts auf das Profil des neben mir gehenden Majors Sondtheim. Die neuen terranischen Mitglieder meiner Leibgarde standen ihren aldebaranischen Kollegen in nichts nach. Besonders dieser Mann mit der auffälligen Hakennase hatte dies mit seinen Männern bei ihren Einsätzen auf Dornack und Solomack unzweifelhaft unter Beweis gestellt. Wahrscheinlich hatte mein Volk recht: Soldaten wie diese konnten nur mit einer erdrückenden Übermacht geschlagen werden. Ein schmerzhafter Stich fuhr mir durch die Brust, als mir bewusst wurde, dass die Mohak über genau diese Übermacht verfügten.

Die doppelte Schiebtüre des Kommunikationsraumes öffnete sich vor Nungal mit einem leisen Zischen. Ich wollte meinem

Volk bei dem, was ich nun zu sagen hatte, aufrecht gegenüberstehen. Deshalb gab ich meinem persönlichen Agenten den Gedankenbefehl, das Steuerungssystem des Raumes anzuweisen, Tische und Stühle im Doppelboden verschwinden zu lassen. Der Fußboden mit dem schweren Konferenztisch und den darum gruppierten bequemen, mit rotem Samt überzogenen Sesseln senkte sich ab, eine Bodenplatte schob sich seitlich über die entstandene Öffnung und füllte diese fugenlos aus.

Wir standen in einem vollkommen leer erscheinenden Raum mit weißen Wänden und hellgrauem Fußboden. An den seitlichen Wänden und hinter uns wurde das Weiß übergangslos durch ein Bild des Alls mit der zu einer Kette aufgereihten Flotte ersetzt. Vor uns entstand das Bild des Funkoffiziers der Flotte. Die Flügel seiner langen, schmalen Nase bebten kurz, als er die Luft tief einsog, bevor er uns erklärte: »Wir haben das PÜRaZeT bereits durchflogen und befinden uns im Raumzeitbereich des kosmischen Strings. Schalten Sie nun auf imperiale Frequenz in drei, zwei, eins…«

Das aldebaranische Hoheitszeichen, untermalt von drei Paukenschlägen, entstand auf der Stirnwand. Dann verschwand es und wurde durch mein Bild und das der elf Schwarzuniformierten ersetzt. Hinter uns reihte sich die Flotte zu einer beeindruckenden Kette.

»Meine besten Grüße an alle Aldebaraner, mein Respekt für unsere Soldaten und meine Hochachtung für meine Ordensbrüder«, begann ich die natürlichen Ränge innerhalb meines Volkes zu würdigen. »Unsere Ischtar-Festungen haben uns mehr als ein Jahrhundert Frieden gebracht. Diese Raumfestungen, jede an Feuerkraft stark genug, eine ganze Flotte zu vernichten, und mit Reflektorfeldern ausgestattet, die dem Beschuss aus Hunderten von Geschützen standhalten, galten bislang als unüberwindlich. In ihrem unermüdlichen Streben, unser Volk von seinen Welten vertreiben zu wollen oder es zu töten, entwickelten die Mohak eine Superwaffe, die sie >Kontrubana< nennen. Es handelt sich um eine sechzig Kilometer lange Riesenkanone, die ihre Geschosse mit einer Energie verschießt, die selbst von den überstarken Reflektoren der Ischtar-Festungen nicht absorbiert werden kann.

Ein Teil der Flotte befindet sich zurzeit unter meinem Kommando auf dem Rückflug vom Solomack-System, in dem wir eine solche Kontrubana vernichten konnten. Doch offensichtlich war dies nicht die einzige dieser monströsen Waffen. Während ich zu Ihnen spreche, sind die Echsen dabei, zwei weitere dieser Riesenkanonen in Stellung zu bringen, um sich damit den Weg ins Imperium freizuschießen. Aus diesem Grund habe ich die Evakuierung jener aldebaranischen Systeme befohlen, die dem Mohak-Reich am nächsten liegen.

Doch unsere Lage ist nicht so aussichtslos wie sie nun erscheinen mag. Vor einhundertvierundvierzig Jahren landete eine kleine Gruppe Aldebaraner auf einem Planeten, der Terra genannt wird. Dort fanden sie die Nachfahren gemeinsamer Ahnen, die bereits vor mehr als zehn Jahrtausenden begannen, die Galaxis zu besiedeln. Alle uns bekannten Informationen über dieses Erste Imperium Aldebarans werden in den nächsten Tagen ins Universalnetz gestellt. Für unsere gegenwärtige Lage ist jedoch Folgendes von möglicherweise entscheidender Bedeutung: Obwohl sich die Zivilisation auf Terra damals im Zeitalter der Dampfmaschine befand, gelang es der dort gestrandeten Gruppe Aldebaraner – mit tatkräftiger Unterstützung der Terraner –, im solaren System, dem Terra angehört, eine galaktische Großmacht aufzubauen. Die Schlagkraft der im Sol-System gebauten Flotten beträgt mindestens die Hälfte der Stärke aller aldebaranischen Verbände – wenn nicht sogar deutlich mehr. Unaldor, unter dessen Leitung die sogenannte Dritte Macht im solaren System aufgebaut wurde, hat diese Flotten unter mein Kommando gestellt und den Anschluss des Sol-Systems an das Imperium angeboten.

Durch diesen Zusammenschluss treten wir den Mohak stärker als je zuvor entgegen. Die Hauptlast unseres kürzlichen Angriffs auf Solomack wurde von ehemals terranischen Verbänden getragen. Daher kann ich Ihnen, meine Brüder und Schwestern im Kampfe, aus eigener Erfahrung versichern, dass die Terraner unseren Truppen in nichts nachstehen. Soeben aus dem Zeitalter der Industrialisierung hervorgegangen, haben sie die Wachflotte der Mohak samt Kontrubana mit dem Elan unserer besten Truppen aus dem All gefegt.

Vor wenigen Minuten hatte ich ein Gespräch mit Unaldor, den ich zum Raummarschall und Gouverneur des solaren Systems ernannt habe. Er ist der Meinung, dass diese endlose Bedrohung durch die erneute Aggression der Echsen nun seiner Entscheidung entgegenstrebt. Dieser Meinung bin ich auch. Jede unserer Bemühungen, uns gegen die Mohak zu verteidigen, kann letztlich immer nur ein Aufschub sein. Die Echsenbestien haben durch ihre Anstrengungen, die Riesenkanonen zu entwickeln, unzweifelhaft bewiesen, dass sie uns niemals in Ruhe lassen werden. Was immer wir auch unternehmen, um uns zu schützen, sie werden nach einem Weg suchen, uns zu vernichten. Deshalb gebe ich hiermit eine neue Doktrin für die aldebaranischen Streitkräfte bekannt: Das Kriegsziel ist es nun, unseren eineinhalb Jahrhunderte währenden Verteidigungskrieg in einen rücksichtslosen Angriffskrieg zu verwandeln. Am Ende dieses Krieges wird die vollständige Auslöschung unserer Spezies oder die der Mohak stehen. Ich glaube fest daran, dass sich in nicht allzu ferner Zukunft die letzten Exemplare der Echsen im Angesicht ihres Todes wünschen werden, das Imperium niemals angegriffen zu haben.

Der bevorstehende Kampf wird uns allen große Opfer abverlangen. Doch an seinem Ende wird ein glückliches Zeitalter des Friedens und des Fortschritts für uns und unsere Nachkommen stehen. Für dieses Ziel lohnt es sich, jede Last, jede Entbehrung, ja selbst den Tod zu ertragen.«

Ende Bericht Imperator Sargon II.

*

Bericht Staffelführer Holmur

Es war der schönste Tag seit vielen Monaten in jener Region auf Zuladur V, in der wir unser Haus errichtet hatten. Die Regenzeit schien nun endgültig vorbei zu sein. Vor zwei Tagen war die dichte Wolkendecke aufgerissen, die die Landschaft in ein rötliches Grau getaucht hatte, und hatte einem zartblauen Himmel Platz gemacht.

Unsere Geologen hatten das Alter des Planeten auf zehnkommafünf Milliarden Jahre geschätzt. Er umkreiste seine Sonne somit etwa doppelt so lange wie Sumeran.

Vor ein paar Millionen Jahren war Zuladur V noch mit einer kilometerdicken Eisschicht bedeckt gewesen. Doch dann hatte sich die gelbe Sonne langsam, aber unaufhaltsam zu einem Roten Riesen aufgebläht. Innerhalb weniger Jahrtausende war das Eis geschmolzen und hatte in den Senken des Planeten Ozeane gebildet. Durch das Abfließen des Wassers und die auf ihren flüssig gewordenen Polstern rutschenden Gletscher hatte sich eine Landschaft von bizarrer Schönheit entwickelt. Tiefe Gräben durchzogen das Gelände kreuz und quer, bis schließlich nur noch vereinzelte Hochebenen, teilweise in der Form zerklüfteter Türme, zurückblieben.

Der planetengeschichtlich kurze Zeitraum, seit sich flüssiges Wasser auf Zuladur V gebildet hatte, war zur Entwicklung von Leben zu kurz gewesen. So kam es, dass die ersten aldebaranischen Siedler vor achtzig Jahren eine obwohl lebensfreundliche, so doch sterile Welt vorfanden. Sie besiedelten die einige hundert bis mehrere Quadratkilometer großen Hochebenen und bauten in den umliegenden Tälern, die meist von Flüssen durchzogen waren, gentechnisch veränderte Nutzpflanzen an. Durch diesen Eingriff in das Erbgut der Pflanzen gediehen diese, trotz des ins Rote verschobenen Strahlungsmaximums der heimischen Sonne, in den mineralhaltigen Böden prächtig.

Haupteinnahmequelle der Siedler war jedoch die Rohstoffförderung. Die aufgrund des hohen Alters Tausende von Kilometern dicke Planetenkruste war durchzogen mit Adern aus im Imperium seltenen Mineralien und wertvollen Metallen. Deshalb gähnten riesige Eingänge zu den die Kruste durchziehenden Minen in den Flanken der Hochebenen. Diese künstlichen Höhlen waren groß genug, um den imperialen Frachtschiffen den Einflug zu ermöglichen. Ihre Ladung wurde in gigantischen unterirdischen Hallen gelöscht, wo sie anschließend mit den geförderten Bodenschätzen beladen wurden. Die gesamte Industrie des Planeten war unterirdisch angelegt, sodass das atemberaubende Bild der phantastischen Landschaft in keiner Weise getrübt wurde. Selbst die kilometerbreiten Einflugschächte in den Hängen der größeren Hochebenen passten zum bizarren Charakter des Geländes.

Meine Frau Dahia und ich hatten uns entschieden, unser Haus auf einer zehntausend Quadratmeter »kleinen« Hochebene an der südlichen Küste des Nordkontinents zu erbauen. Der angrenzende Ozean hatte mit einem aldebaranischen allerdings nicht viel gemeinsam. Wie auf den Kontinenten des Planeten ragten auch im Meer die steilen, kilometerhohen Hänge auf, wobei sich die Täler im Gegensatz zum Festland mit dem Wasser des Meeres gefüllt hatten.

Natürlich war das Ende der Regenzeit auf den Tag genau von unseren Meteorologen vorausgesagt worden, daher hatte ich mir ein paar Tage frei genommen. Dahia und ich lagen auf dem knallgelben Rasen unseres Grundstücks und genossen die wärmenden Strahlen der Sonne auf unserer Haut, während unsere beiden Jungs, Heldur und Hagal, zusammen mit ihrer Schwester Dunia in unserem Schwimmteich herumtollten. Die Rotverschiebung der Sonnenstrahlung, die auch zur Gelbfärbung der entsprechend veränderten Pflanzen geführt hatte, kam unserer hellen Hautfarbe sehr entgegen. Trotz der wärmenden Wirkung der Strahlung mussten wir aufgrund des geringen Ultraviolettanteils keinen unangenehmem Sonnenbrand befürchten.

Wir unterhielten uns über unsere vierunddreißig weiteren Kinder, die wir in den vergangenen achtzig Jahren gezeugt hatten und die in der künstlichen Gebärmutter unseres Hauses in ihren ersten neun Monaten aufgewachsen waren. Es war jedes Mal für uns wie ein Wunder gewesen, aus einem kaum erkennbaren Zellhaufen einen Menschen entstehen zu sehen. Bis auf unsere beiden Jungs und die kleine Dunia hatten die anderen das Elternhaus teils vor Jahrzehnten, teils vor wenigen Monaten verlassen, um eigene Familien zu gründen.

»Ich freue mich schon, wenn Halmodur in zwei Tagen aus der Klinik entlassen wird«, meinte meine Frau mit der sanften Stimme einer liebenden Mutter. Unser Sohn hatte im unterirdischen Verladebahnhof Geberitt IX einen schlimmen Unfall erlitten. Ein funktionsgestörter Laderoboter hatte Halmodur mit einem tonnenschweren Transportbehälter überrollt und ihm beide Beine abgetrennt. Einer der in Gefahrenbereichen obligatorisch anwesenden Medoroboter hatte ihm sofort kreislaufstabilisierende Medikamente gespritzt und die Blutungen gestillt. Nun wartete der Schwerverletzte in der Klinik darauf, dass seine neuen, aus seinen Stammzellen gezüchteten Beine ausgewachsen waren. »Er hätte tot sein können«, fügte Dahia hinzu, einen Satz, den sie in den letzten Tagen oft gebraucht hatte.

»Ist er aber nicht«, holte ich sie in die erfreulichere Wirklichkeit zurück. »Schon bald wird er uns mit seinen Kindern hier besuchen.«

»Da mache ich mir jahrelang Sorgen um dich, weil du wohl einen der gefährlichsten Berufe in der Galaxis hast, und ausgerechnet unser Sohn, der mit diesem verdammten Krieg so gut wie nichts zu tun hat, wäre bei seiner Arbeit beinahe gestorben«, sinnierte meine Frau.

»Da kannst du mal sehen, wie ungefährlich meine Aufgabe innerhalb der Leibgarde ist«, entgegnete ich, wobei ich ein trockenes Lachen nicht unterdrücken konnte.

»Du brauchst erst gar nicht zu versuchen, dich herauszureden«, blieb Dahia bei ihrem Lieblingsthema. Manchmal fragte ich mich tatsächlich, ob sie unter Verlustängsten litt. »Dir ist nur deshalb noch nichts passiert, weil die verdammten Mohak nicht an unseren Ischtar-Festungen vorbeikommen und es deshalb seit mehr als hundert Jahren nicht mehr zu größeren Kampfhandlungen gekommen ist.«

Ich drehte mich auf die Seite und musterte das Profil meiner wunderschönen Frau. Ihr strohblondes Haar verdeckte teilweise ihre wohlgeformten Brüste. Aus ihren tiefblauen Augen las ich die Besorgnis der Frau, die zwei Drittel ihres Lebens mit mir geteilt hatte.

Als ob das Schicksal ihrer Sorge einen konkreten Grund liefern wollte, schalteten sich die persönlichen Agenten in unseren Ohren ein, obwohl wir sie in den *Nicht-Stören*-Modus versetzt hatten. Dies konnte nur bedeuten, dass etwas Außergewöhnliches passiert war, was die imperiale Regierung zu einem Dringlichkeitsrundruf veranlasste.

»Es folgt eine Ansprache des Imperators«, hörten wir vor den für ein solches Ereignis typischen drei Paukenschlägen aus den Mikrolautsprechern in unseren Gehörgängen. Dahia sah mich erschrocken an. Sargons Rede über Rundruf konnte nur eins bedeuten: Es war zu größeren Kampfhandlungen mit den Echsen gekommen oder sie standen unmittelbar bevor.

»Haben die Mohak eine unserer Ischtar-Festungen überwunden und sind ins Imperium eingedrungen?«, äußerte meine Frau das Naheliegendste.

»Wir werden es gleich erfahren. Warte kurz, ich hole den Bildschirm aus dem Haus.«

Ich erhob mich von der Sonnenliege und holte digitales Papier, das an einem Gestänge aufgerollt war. Ich platzierte es vor unseren Liegen und schaltete es ein. Die dünne, an ihrem unteren Ende mit einem Gewicht versehene Folie rollte sich ab. Sie zeigte das imperiale Hoheitszeichen. Digitales Papier verfügte nicht über eine eigene Beleuchtung, sondern reflektierte lediglich das Tageslicht. Deshalb bot es im Gegensatz zu aktiven Bildschirmen auch bei direkter Sonneneinstrahlung ein hervorragendes Bild.

Kaum hatte ich mich wieder auf die Sonnenliege gesetzt, wich das Hoheitszeichen dem Antlitz des Imperators.

Bereits nach den ersten Sätzen seiner Rede war mir klar, dass mein Urlaub trotz des Endes der Regenzeit ins Wasser fallen würde. Sargon berichtete von den beiden Kontrubanas, die unseren aus den Ischtar-Festungen bestehenden Schutzwall unwirksam machen würden und dass deshalb die dem Mohak-Reich nahegelegenen Systeme evakuiert werden sollten. Das erst vor achtzig Jahren kolonialisierte Zuladur-System gehörte dazu.

Obwohl uns soeben eröffnet worden war, dass meine Familie den Planeten verlassen musste und ich in Kürze in den Krieg ziehen würde, verfolgte ich die Ausführungen des Imperators über Terra und das Erste Imperium mit großem Interesse. Wenn Sargon die militärischen Fähigkeiten dieser ins Imperium heimgekehrten Brüder und Schwestern in den höchsten Tönen lobte, dann mussten diese Terraner schon Beachtliches geleistet haben. Die Kampfkraft der terranischen Flotten sollte mehr als die Hälfte sämtlicher bisherigen Streitkräfte Aldebarans betragen. Dies hätte für mich unglaubwürdig geklungen, wäre es nicht vom Imperator persönlich gekommen. Sargon hatte noch niemals übertrieben oder beschönigt, folglich mussten seine Angaben stimmen. Wir konnten also mit einer erheblichen Verstärkung bei unserem Kampf gegen die gnadenlosen Echsen rechnen.

Ich begrüßte auch die Ankündigung meines obersten Vorgesetzten, unseren seit einer scheinbaren Ewigkeit währenden Verteidigungskrieg in einen Angriffskrieg zu wandeln. Meine jahrzehntelangen Sorgen, die Grüngeschuppten könnten einen

Weg finden, meine geliebte Familie und mein Volk doch noch abzuschlachten, schrien geradezu nach einer endgültigen Lösung. Diese Echsen bewiesen uns soeben mit dem Angriff ihrer Riesenkanonen, dass sie uns niemals in Ruhe lassen würden. Folglich konnte die endgültige Lösung nur in unserer totalen Vernichtung oder in der Auslöschung der Mohak bestehen. Bald würden wir wissen, wen Gott dazu ausersehen hatte, weiterzuexistieren, um das Universum zu erforschen und letztlich zu beherrschen. Ich glaubte fest daran, dass wir dies sein würden.

Nach den letzten Worten der Ansprache des Imperators erschien für wenige Sekunden das imperiale Rote Tatzenkreuz vor der Schwarzen Sonne, um dann durch das Antlitz von Jolgar, dem Gouverneur des Zuladur-Systems, ersetzt zu werden. Er blickte aus seinen tief im Schädel liegenden dunkelblauen Augen in die Aufnahmekamera. Seine eingefallenen Wangen mit den hervorstehenden Knochen machten, wie immer, einen ungesunden Eindruck. Doch dieser Eindruck täuschte gewaltig. Jolgar war ein Energiebündel, das förmlich vor Tatkraft sprühte.

»Wir beginnen nun mit der Evakuierung. Das Zuladur-System ist durch seine Nähe zur imperialen Grenze zum Mohak-Reich ein mögliches erstes Angriffsziel der Echsen.« Die tiefe Bassstimme des Gouverneurs klang beherrscht, auch wenn er, wie für ihn typisch, ungewöhnlich schnell sprach. »Bitte finden Sie sich an dem Ihnen zugewiesenen Evakuierungspunkt ein.« Jeder Familie war ein solcher Punkt in der Nähe ihres Wohnortes im Rahmen der Notfallplanungen vom Zivilschutz zugeteilt worden. Raumhäfen im eigentlichen Sinne gab es auf Zuladur V nicht, da die Abfertigung von Frachtschiffen unterirdisch erfolgte. »Pro Person sind einhundert Kilogramm Gepäck gestattet. Der Evakuierungsplan sieht vor, alle Zivilisten Zuladurs in das Tangalon-System zu bringen, dessen drei Sauerstoffplaneten genügend Aufnahmekapazität bieten.«

Jolgar legte eine kurze Pause ein, bevor er fortfuhr: »General Esitnor hat mich gebeten, im Zuge dieser systemweiten Ansprache alle Soldaten zu ihren Einheiten zu befehlen. In zwei Stunden ist der Start der in unserem System stationierten Flotte vorgesehen, um sich nach den Aufmarschplänen mit den Flotten aus allen Teilen des Imperiums, inklusive denen des vom Imperator erwähnten solaren Systems, zu vereinen.«

Erneut erschien das aldebaranische Hoheitszeichen auf dem digitalen Papier. Ich schaltete das Gerät aus und erhob mich von meiner Liege, den Augenkontakt mit Dahia vermeidend. Natürlich wusste ich nur zu gut, was nun in ihr vorging.

»Heldur! Hagal! Dunia!«, rief ich. »Mama möchte mit euch einen tollen Ausflug machen. Das wird eine Superüberraschung!«

Unsere drei Kinder stellten prompt ihre Wasserschlacht im Schwimmteich ein und kamen zu uns.

»Kommst du denn nicht mit?«, wollte Dunia wissen. Sie schaute mich aus ihren wasserblauen Augen auf eine Art an, die es mir zum Leidwesen meiner Frau unter normalen Umständen unmöglich machte, meiner Tochter einen Wunsch abzuschlagen.

»Doch, ich muss nur noch etwas erledigen«, versuchte ich mein kleines goldgelocktes Engelchen zu beruhigen. »Ich komme nach.«

In gewisser Weise war das nicht einmal eine Lüge. Was ich zu erledigen hatte, war, die Mohak zur Hölle zu schicken. Danach würde ich meiner Familie ins Tangalon-System folgen und mit ihnen die Rückreise nach Zuladur antreten. Doch der Imperator hatte unmissverständlich geäußert, dass wir diesen Krieg bis zum bitteren oder glorreichen Ende führen würden. Folglich könnte es im günstigen Fall eine längere Zeit, im schlechten Fall eine halbe Ewigkeit dauern, bis ich meine Familie wiedersah – eine andere Möglichkeit zog ich erst gar nicht in Betracht.

»Packt schon mal eure Lieblingssachen zusammen. Wer als Erster fertig ist, bekommt von mir einen Bungabären«, motivierte Dahia unsere Kinder, sich zu beeilen.

»Aber ich bin doch schon viel zu alt für einen blöden Bungabären«, begehrte der achtjährige Heldur auf. »Wenn ich gewinne, möchte ich ein Jabo[2]-Modell, so eins wie Papa fliegt.«

»Versprochen! Achtung, ich gebe das Kommando zum Start: eins, zwei, drei und los!«, kam ich meiner Frau zur Hilfe.

Die drei rannten über den gelben Rasen auf die Terrasse und verschwanden im Haus.

Mit dem Gestell und dem aufgerollten Bildschirm machte ich mich ebenfalls auf den Weg in unser Heim. Meine Frau folgte mir schweigend. Ich betrachtete die klassischen Säulen, die das Überdach unserer Terrasse stützten. Dahinter begann das eigentliche Haus mit seinen vom Boden bis zur Decke reichenden Fenstern. Ein beklemmendes Gefühl machte sich in meiner Brust breit, als ich darüber nachdachte, ob dieses Haus, in dem wir so viele schöne Jahre verbracht hatten, schon bald von den Druckwellen mohak'scher Bomben hinweggefegt werden würde. Das Letzte, was mir dabei in den Sinn kam, war, meine Befürchtungen mit Dahia zu teilen.

»Ich nehme an, du musst sofort los«, hörte ich die zitternde Stimme meiner Frau.

»Du hast den Imperator und den Gouverneur gehört. Die Zeit der trügerischen Sicherheit der vergangenen Jahrzehnte ist vorbei. Der durch unsere Ischtar-Festungen verhinderte Krieg bricht nun mit voller Wucht über uns herein. Es bleibt uns nichts anderes übrig, als diesem Feind mit aller Entschlossenheit entgegenzutreten.«

»Und du musst dies natürlich ausgerechnet bei den Jabos tun.« Dahia schüttelte bei ihren Worten resigniert den Kopf. Eine blonde Haarsträhne war ihr ins Gesicht gefallen, die sie aus dem Mundwinkel wegpustete.

»Du weißt, dass du die Liebe meines Lebens bist. Ich liebe unsere Kinder und dich über alles«, leitete ich meine Entgegnung

---

[2] Jagdbomber

ein. »Doch ich kann euch nur beschützen, wenn ich zusammen mit den anderen Vätern und deren Söhnen *alles*«, das letzte Wort betonte ich besonders, »tue, um die schreckliche Bedrohung durch die Mohak abzuwenden. Daran, dass uns die Mohak zahlenmäßig weit überlegen sind, können wir nichts ändern. Somit bleibt uns keine Wahl, als nach Wegen zu suchen, die Echsen selbst in krasser Unterzahl zu schlagen. Ein Weg ist das von Nungal entwickelte Jabo-Konzept. Vor fast einhundert Jahren erzielte er große Erfolge mit seiner Technik, Bomben unter dem Rumpf von Jagdflugzeugen auf zehn Prozent der Lichtgeschwindigkeit zu bringen und sie mit Kurs auf feindliche Schlachtschiffe auszuklinken. Mit relativ geringem Aufwand ist es so möglich, gegnerische Großkampfschiffe zu vernichten …«

»… aber eben mit einem zumeist tödlichen Risiko für den Piloten«, unterbrach mich meine Frau. »Mit dem Dienst auf einer Ortungsstation hättest du dem Imperium auch helfen können.«

»Erstens wird jeder aldebaranische Soldat nach seinen Fähigkeiten einer Waffengattung zugeteilt, und ich bin nun einmal besonders gut darin, Jabos zu fliegen, und zweitens widerstrebt es mir, andere die Kastanien für meine Familie und mich aus dem Feuer holen zu lassen. Aber darüber haben wir schon tausende Male geredet. Wir müssen uns bereit machen.«

Dahias Augen glänzten feucht. Eine Träne lief ihr über die linke Wange. Ich kannte sie gut genug, um zu wissen, was in ihr vorging: Sie war überzeugt, dass wir uns nach unserer bald anstehenden Verabschiedung zumindest in dieser Welt nie mehr wiedersehen würden. Deshalb nahm ich sie in meine Arme und flüsterte ihr ins Ohr: »Ich tue, was meine Pflicht ist. Aber ich bin nicht lebensmüde – ganz im Gegenteil, mit einer Frau wie dir an meiner Seite. Deshalb verspreche ich dir, vorsichtig zu sein und keine unnötigen Risiken einzugehen.«

Die Mutter meiner Kinder schluchzte leise und drückte mich fest an sich. Ich erwiderte den Druck und küsste sie auf die Stirn. Sie wischte sich kurz die Tränen weg, damit unsere Kinder nichts mitbekamen, und wandte sich dann ab, um mit dem Packen zu beginnen.

Ich begab mich in mein Ankleidezimmer und holte meine schwarze, weltraumtaugliche Kombination aus dem Schrank, die mich als Jabo-Piloten der imperialen Leibgarde kennzeichnete. Rasch schlüpfte ich hinein und stieg in die Stiefel, ohne jedoch den Mechanismus zu betätigen, der die Nanomaterialien der Stiefel und des Anzuges veranlassen würde, eine luftdichte Verbindung einzugehen. Meine Handschuhe verstaute ich im Helm, den ich im Eingangsbereich des Hauses ablegte. Anschließend half ich Dahia und den Kindern bei der Auswahl der Dinge, die sie mit nach Tangalon nehmen würden.

Wir stopften alles in Koffer, die ich in unseren vor dem Haus geparkten Gleiter stapelte. Bereits eine halbe Stunde später waren wir damit fertig. Jeder Aldebaraner, besonders die an der Grenze zum Mohak-Reich lebenden, hatte stets gewusst, dass eine Evakuierung jederzeit möglich war – deshalb hatten wir uns jene Dinge, die wir vor den Echsen in Sicherheit bringen wollten, vorausschauend griffbereit zurechtgelegt.

Zum Schluss holte ich noch meinen Helm und stieg als Letzter in unseren dunkelblauen, stromlinienförmigen Gleiter. Die Kinder saßen im Fond und freuten sich offensichtlich über den bevorstehenden Ausflug. Trotz ihres eigenen Gemütszustandes hatte Dahia mal wieder ganze Arbeit geleistet. Unsere Kinder hatten von den Ängsten ihrer Mutter nichts mitbekommen.

Ich setzte mich auf den Platz des Piloten, aktivierte die Vril-Triebwerke und ließ den Gleiter auf einen Kilometer Höhe steigen. Wir waren von dem Hochplateau, das unser Grundstück bildete und rund einen Kilometer oberhalb des Meeresspiegels lag, gestartet. Dank der Flughöhe von einem Kilometer konnten wir nun sämtliche der im Landesinneren gelegenen Hochplateaus auf dem Weg zum Evakuierungspunkt problemlos passieren.

Auf dem Bildschirm für die Heckansicht sah ich einen torpedoförmigen, achthundert Meter langen Frachter zügig auf uns zukommen; wenige Augenblicke später überholte er uns auch schon. Die von ihm verursachten Luftturbulenzen schüttelten uns kräftig durch, was unsere Kinder mit einem fröhlichen Kichern quittierten. Ich vermutete, dass es sich um den Frachter handelte, der meine und andere Familien am zugewiesenen Evakuierungspunkt abholen würde.

Zwei Minuten später, in denen die zerklüftete, auf den Hochebenen zumeist bebaute Landschaft unter uns vorbeiglitt, wurde meine Vermutung bestätigt. Der Frachter senkte sich mit ausgefahrenen Landestützen auf ein mehrere Kilometer durchmessendes Plateau herab, von dem ich wusste, dass es militärisch genutzt wurde. Unterhalb des Bodens befanden sich ein Dutzend 64-cm-Drillingsgeschütze, die fünffache Anzahl 20-cm-Geschütze und einige hundert Flakgeschütze, die bei Bedarf ausgefahren werden konnten. Aus diesem Grunde war das Areal nicht bebaut worden, weshalb es sich als Evakuierungspunkt hervorragend eignete.

Einige tausend Gleiter in allen Farben parkten bereits im Außenbereich der Ebene, während einige tausend weitere sich dem Tafelberg mit dem auf ihm landenden Riesen wie ein Schwarm Mücken näherten.

Wir reihten uns in diesen Schwarm ein und erhielten kurz darauf Anweisungen der Koordinationsautomatik, die unseren Landeplatz definierten. Das Navigationssystem des Gleiters projizierte einen roten Punkt auf die Frontscheibe, der den optischen Eindruck hervorrief, genau auf dem uns zugewiesenen Landeplatz zu liegen. Eine gewellte, ebenfalls auf die Frontscheibe projizierte Bahn führte direkt zu dem roten Punkt. Ich folgte ihr ohne die geringste Abweichung, denn die Zentrale Koordinationsautomatik hatte sie exakt so berechnet, dass die Kollision mit anderen Gleitern unmöglich war.

Sanft setzte ich unser Fluggerät auf dem zugewiesenen Platz ab und schaltete die Triebwerke aus. Der Frachter war mittlerweile ebenfalls gelandet und hatte mehrere Rampen ausgefahren. Auf ihnen liefen einige tausend humanoide Arbeitsroboter hinab und näherten sich den am Rande der Hochebene wartenden Menschen.

Die Robotermaschinen waren exakt zwei Meter groß und zogen vierrädrige Karren aus Metall hinter sich her. Sie verfügten über konturlose Gesichter mit zwei Plexiglasscheiben dort, wo beim Menschen die Augen lagen. Hinter durchsichtigem Kunststoff konnte man die Linsen der Kameras erkennen, die die optischen Informationen der Umgebung an den im Brustkorb gelegenen Hauptrechner weitergaben. Die robotischen Arme mündeten in Hände mit jeweils fünf Fingern und einem Daumen, welche sich jederzeit abschrauben und durch verschiedenartigste Werkzeuge austauschen ließen. Unterhalb des silbrigmatt glänzenden Torsos befand sich ein zwanzig Zentimeter durchmessender Kranz, mit dem sich der Oberkörper gegen den Unterleib drehen konnte. Diese Konstruktion ließ die Maschinen im Hüftbereich geradezu zerbrechlich wirken. Das war jedoch eine Täuschung, denn die Arbeitsroboter konnten Gewichte bis zu zwei Tonnen auf ihren Armen tragen.

Eine der vielseitigen Maschinen kam direkt auf uns zu. Unmittelbar vor mir blieb sie kerzengerade stehen. Eine metallisch rasselnde Stimme drang aus ihrem Innern: »Bitte reichen Sie mir den Familienidentifikationsausweis, Herr.«

Natürlich hätte man den Robotern auch eine etwas menschenähnlichere Stimme verleihen können. Man hatte jedoch darauf verzichtet, damit man auch ohne Sichtkontakt wusste, dass man mit einer Maschine sprach.

Ich reichte dem Arbeitsroboter die kleine Identifikationskarte, auf der die Bilder, Größe, Alter und Geschlecht meiner Familienangehörigen gespeichert waren. Die Maschine benötigte die Karte nicht etwa, um uns zu kontrollieren, sondern um die zentrale Datenbank des Frachters über die Anzahl der Personen und ihres geschätzten Gewichtes zu informieren. Zusätzlich wurden unsere Namen in der Datenbank als evakuiert gekennzeichnet.

Nur so behielt die Regierung den Überblick darüber, ob und wie viele Menschen auf Zuladur zurückblieben.

Der Arbeitsroboter ging zum Kofferraum, den ich bereits geöffnet hatte, und lud die fünfzehn Koffer – diesmal zählte ich mit – auf seinen metallenen Karren. An jedes der Gepäckstücke heftete er einen Klebestreifen, der einen Chip mit unserer Familienidentifikationsnummer enthielt; das würde die Zuordnung des Gepäcks später auf Tangalon erheblich erleichtern.

Während der Roboter mit dem Verladen beschäftigt war, nahm ich eins meiner Kinder nach dem anderen auf den Arm. Ich versicherte ihnen, dass ihr Papa sie sehr lieb hatte und schon bald wieder bei ihnen sein würde.

Als Heldur an der Reihe war, fragte er mich: »Wirst du jetzt gegen die Mohak kämpfen?«

»Ja, das werde ich. Ein paar von ihnen sind ins Imperium eingedrungen. Papa und seine Freunde werden sie dafür bestrafen.«

»Warum sind die eigentlich nicht nett zu uns?«

»Weil sie haben wollen, was uns gehört.«

»Wirklich? Die Mohak sind Diebe?«

Natürlich musste ich innerlich über die Frage meines Sohnes lächeln. Eine derart harmlose Bezeichnung für die grausamen Reptiloiden hatte ich bisher noch nie gehört. Doch für die Wahrheit war der Achtjährige noch ein wenig zu jung. Deshalb antwortete ich ihm: »Ja, sie sind Diebe. Und damit sie uns nichts mehr stehlen können, nehmen wir ihnen ihre Raumschiffe und ihre Waffen weg.«

Das Gesicht meines Sohnes hellte sich auf, denn er hatte keinen Zweifel daran, dass dies seinem Papa auch gelingen würde. Ich setzte ihn zu seinen Geschwistern und den Koffern auf den Karren. Dahia und ich umarmten uns ein letztes Mal vor diesem Abschied, der der Beginn einer für uns alle ungewissen Zukunft war.

»Ich liebe dich!«, war das mit Abstand Sinnvollste, was mir zum Abschied einfiel.

»Ich liebe dich auch. Denke immer daran, dass wir dich brauchen. Pass verdammt noch mal auf dich auf.« Sie wandte sich schnell von mir ab, um zu verhindern, dass ihr erneut Tränen in die Augen schossen, was unsere Kinder mitbekommen hätten. Ich zog sie trotzdem noch einmal zurück und gab ihr einen innigen Kuss. Erst dann ließ ich sie gehen.

Während der Roboter den Karren ziehend lostrabte, stieg ich wieder in den Gleiter und startete die Triebwerke. Ich warf einen letzten Blick auf die Tausende von Karren, die von Arbeitsmaschinen gezogen dem Frachter zustrebten. Dann ließ ich den Gleiter in die Höhe steigen und nahm mit Höchstgeschwindigkeit Kurs auf die vierhundert Kilometer entfernte Garnison. In zwanzig Minuten würde ich sie erreicht haben...

Mit aller Macht unterdrückte ich den unsäglichen Schmerz, den der Abschied von meiner Frau und den Kindern in mir hervorgerufen hatte. Sie waren in Sicherheit – zumindest wenn es uns gelang, zu verhindern, dass die Echsen das Imperium überrannten. Gewaltsam zwang ich meine Gedanken, sich gefälligst auf den bevorstehenden Kampf zu konzentrieren. Jede Ablenkung davon konnte tödlich sein.

Wenigstens freute ich mich auf meine Kameraden und auf das Fliegen meines schnellen, wendigen Jagdbombers.

Die Widersprüchlichkeit meiner Empfindungen war mir durchaus bewusst. Ich fieberte dem entgegen, was meinen Kindern den Vater und meiner Frau den geliebten Mann nehmen konnte. Es schien fast, als habe die Natur mit uns Aldebaranern, zumindest was einige männliche Exemplare anbelangte, eine ziemlich verrückte Spezies geschaffen, deren einzige Chance zu überleben genau diese Verrücktheit war. Solche und ähnliche Gedankengänge ließen mich schmunzeln, als ich mich der Garnison näherte.

Sie bestand aus einer Reihe unspektakulärer Flachbauten, die man auf einer ausgedehnten Hochebene errichtet hatte. Neben dem Parkplatz des Personals, auf dem ich landete, wartete bereits eine der großen Haunebu-III-Flugscheiben. Damit würden wir die in dieser Jahreszeit zahlreich auf Urlaub befindlichen Soldaten einsammeln und zum Flottenstützpunkt nach Zuladur VI bringen – einen nur sechstausend Kilometer durchmessenden Planeten ohne Atmosphäre und flüssiges Wasser. Als Herberge für unsere Munitionsdepots[3], Jäger, Jagdbomber und ein paar Abwehrfestungen taugte der Gesteinsbrocken jedoch allemal.

An der geöffneten Schleuse der Haunebu kontrollierte ein hochgewachsener Feldwebel mit auffälligen Pausbacken die Dienstausweise der Ankömmlinge. Meine Papiere hielt er etwas länger als gewöhnlich in den Händen. Er kniff die Lippen zusammen, zog die Augenbrauen hoch und nickte leicht mit dem Kopf, als er anmerkte: »Staffelführer eines Jagdbomberverbandes? Meinen Respekt! Den Schneid, so eine Maschine im Einsatz auf die Feuer spuckenden Mohak-Pötte stürzen zu lassen, hat noch lange nicht jeder. Viel Glück, Kamerad!«

Es war in den Streitkräften durchaus üblich, dass niedere Dienstränge einen Offizier mit »Kamerad« ansprachen. Ich nickte kurz zurück und steckte meine Papiere wieder ein. Über die geöffnete Schleusenrampe betrat ich anschließend die einundsiebzig Meter durchmessende Flugscheibe. Hinter dem Schleusenraum lag der Mannschaftsraum, der fast vollständig mit Stühlen ausgefüllt war. Mehr als die Hälfte waren bereits besetzt.

Einer der anwesenden Männer winkte mir zu. Ich erkannte in ihm Leutnant Maradantor, einen der zweihundert Jagdbomberpiloten meiner Staffel. Er bewohnte mit seiner Familie ein Plateau ganz in der Nähe des unsrigen. Wir hatten auch privat regelmäßig Kontakt, weil wir uns mit zwei weiteren Kameraden alle zwei Wochen zum Kartenspiel trafen und weil seine Frau mit Dahia eng befreundet war.

---

[3] Treibstoffdepots sind durch die Vril-Technologie überflüssig geworden. Zur Baryonenvernichtung kann ein beliebiges Material verwendet werden.

Auf einem freien Stuhl zu Maradantors Linken nahm ich Platz, nachdem ich ihm freundschaftlich auf die Schulter geschlagen hatte. Seine wasserblauen Augen funkelten, als er mich mit den Worten begrüßte: »Ich fürchte, der bevorstehende Ausflug wird weniger gemütlich als unsere Übungen. Hast du gehört, ob die Mohak schon irgendwo durchgebrochen sind?«

»Nein. Alles was ich über die bevorstehende Invasion der Echsen weiß, weiß ich aus der Ansprache des Imperators. Offenbar befinden sich die beiden Kontrubanas noch im Anflug auf ihre Ziele«, gab ich nach bestem Wissen zurück.

Maradantor blickte geradeaus in eine imaginäre Ferne. Im Profil, das er mir darbot, kamen seine außergewöhnlich lange gerade Nase und seine hohe, leicht nach vorn gewölbte Stirn, die er durch seine streng nach hinten gekämmten glatten hellblonden Haare betonte, besonders zur Geltung.

»Was meinst du«, fragte der Leutnant nach ein paar Sekunden, »werden uns die Echsen diesmal drankriegen? Da der Imperator eine Entscheidung um jeden Preis in diesem Krieg fordert, scheint er fest davon überzeugt zu sein, dass wir uns nicht auf Dauer gegen die Lurche verteidigen können. Für mich sieht das so aus, als stünden wir mit dem Rücken zur Wand.«

»Mit dieser Einschätzung liegst du vermutlich nicht verkehrt. Doch vergiss dabei nicht, dass wir jetzt die Terraner auf unserer Seite haben. Der Imperator hat diese Menschen in den höchsten Tönen gelobt, was sonst eher nicht seine Art ist. Anscheinend sind wir stärker als jemals zuvor. Schon deshalb müssen wir nun, im Angesicht der erneuten Aggression der Echsen, eine Entscheidung erzwingen. Ich habe vollstes Vertrauen in die Fähigkeiten des Imperators. Er ist der richtige Mann zur richtigen Zeit in der richtigen Position. Falls es überhaupt eine Möglichkeit für uns gibt, gegen die Mohak zu bestehen, so werden Sargon und der Innere Orden sie garantiert finden.«

Übergangslos wurden die Wände, der Boden und die Decke des Mannschaftsraums zu Bildschirmen, die allen Anwesenden suggerierten, auf frei schwebenden Stühlen zu sitzen. Die letzten Plätze waren besetzt, also stand der Start unmittelbar bevor.

Wenige Sekunden später fiel der knallgelbe Grasboden unter uns immer schneller werdend weg. Kurz darauf hatten wir einen phantastischen Ausblick auf die zerklüftete Landschaft von Zuladur V mit ihren bizarren säulenartigen Felsen und den zumeist bebauten Hochebenen. Mehrere Dutzend Frachter, die meisten torpedoförmig, ruhten in unserem Blickfeld auf den Säulen oder erhoben sich, um dem Weltraum zuzustreben. Wehmütig dachte ich an Dahia und meine Kinder, die in einem von ihnen saßen und einem ungewissen Schicksal entgegenblickten.

Das Grünblau des Himmels verdunkelte sich zusehends und wich schnell dem Schwarz des Alls mit seinen Milliarden Lichtpunkten. Hier herrschte ein ständiges Kommen und Gehen der sich auf den Planeten hinabsenkenden oder von ihm startenden Frachter.

Unsere Haunebu beschleunigte stetig weiter, was wir daran erkannten, dass sich der Horizont immer stärker krümmte, bis Zuladur mit seinen rötlichen Kontinenten und den blauen Meeren weit hinter uns zurückblieb und schließlich zu einem der leuchtenden Punkte des Alls wurde.

Drei Stunden später schwenkte die Flugscheibe in die Umlaufbahn um Zuladur VI. Der graue, durch unzählige Meteoriteneinschläge pockennarbige Gesteinsbrocken machte einen ziemlich trostlosen Eindruck. Sein Anblick trug nicht unbedingt dazu bei, die ohnehin gedrückte Stimmung im Mannschaftsraum aufzuhellen. Die Männer waren in Gedanken bei ihren Familien und der bevorstehenden Schlacht gegen die übermächtigen Echsenabkömmlinge, die nach der Auslöschung unserer Spezies trachteten.

Langsam senkte sich die Haunebu auf den unwirtlichen Planeten hinab. Wir näherten uns einem fünfzig Kilometer durchmessenden Krater, der durch ein typisches zerklüftetes Ringgebirge begrenzt wurde. Kurz bevor wir den Boden erreichten, senkte er sich auf einer Breite von wenigen hundert Metern ab und teilte sich zu einem schmalen, schnell breiter werdenden Spalt. Unsere Flugscheibe flog in einen Schacht mit einer Grundfläche von einem Quadratkilometer und einer Tiefe von rund zehn Kilometern. Die Wände des Schachtes bestanden aus unzähligen Nischen, welche Jäger, Jagdbomber und Haunebus beherbergten. Reflektorfelder schirmten die Atmosphäre in den Nischen von dem luftleeren Schacht ab.

In etwa fünf Kilometern Tiefe bugsierte unser Pilot die Flugscheibe in eine freie Nische. Ich wusste, dass nun hinter uns ein Reflektorfeld aufgebaut wurde, um die kurz danach einströmende Atmosphäre zu halten. Bereits eine Minute später betrat ein stämmiger Major mit Glatze den Mannschaftsraum, aus dem Schleusenraum kommend.

»Der erste Angriff auf unsere Festungen hat vor wenigen Minuten begonnen!«, rief der Offizier statt einer Begrüßung. »Eine Kontrubana nähert sich mit Tausenden von Schiffen im Gefolge Ischtar IX.«

Ausgerechnet Ischtar IX, durchzuckte es mich. *Die Festung ist nur zwei Lichtjahre von Zuladur entfernt! Folglich werden die Echsen als Erstes hier aufkreuzen, nachdem sie Ischtar IX vernichtet haben. Möge die Schutzgöttin der Krieger, nach der die Festungen benannt wurden, uns beistehen …*

Ende Bericht Staffelführer Holmur

*

Die Pupillen des erst zweiundzwanzigjährigen Soldaten bewegten sich unstet unter den flatternden Lidern. Seine Schultern zuckten und seine Beine traten unkontrolliert, während er in seinem Bett lag. Gelbliches Dämmerlicht tauchte den Raum in eine behagliche Atmosphäre, die in krassem Gegensatz zum unruhigen Schlaf des Leutnants stand.

Plötzlich riss Mohandur die Augen auf. Er brauchte ein paar Sekunden, sich in der Wirklichkeit zurechtzufinden. In Schweiß gebadet lag er einen Moment da und versuchte, die grauenvollen Geschehnisse seines Traumes zu verarbeiten.

Er war mit einigen Freunden in einer Betonwüste voller Fremder auf der Flucht vor etwas Gigantischem, Monströsem gewesen. Gnadenlos hatte dieses ungeheuerliche Etwas jeden Flüchtenden zertrampelt, erschlagen oder gefressen, den es erwischen konnte. Angestrengt versuchte sich der Leutnant an die Natur, die Form, die Beschaffenheit dieses übermächtigen Wesens in seinem Traum zu erinnern. Doch die von ihm erzwungene Erinnerung verlor sich im Sog des Strudels der Wirrnis seines Unterbewussten.

Aus dem Chaos des mit der Wirklichkeit vermischt erscheinenden Traums schälte sich ein bewusster Gedanke heraus, von dem der Leutnant den Eindruck hatte, es sei nicht sein eigener, sondern der Gedanke eines Fremden.

Was würdest du tun, wenn du wüsstest, dass du heute stirbst?

Einen Moment horchte Mohandur in sich hinein, ob da noch weitere Botschaften folgen würden. Er dachte kurz darüber nach, wie viele Menschen, speziell Soldaten, morgens frohen Mutes aufwachten, nicht ahnend, dass sie den Abend des Tages nicht mehr erleben würden. Genau genommen ging es wohl jedem so, der bei einem Unfall oder im Kampfe starb. Der Tod kam völlig unvorbereitet.

Doch was soll diese Frage? Was sollte ich schon tun, wenn ich wüsste, dass mein heutiger Tod Gewissheit wäre? Fliehen? Wohin – und mit welcher Begründung? Weil ich einen Albtraum hatte und mir mein Gehirn in der verwirrenden Phase des Aufwachens einen Streich gespielt hat?

Energisch schlug Mohandur die Bettdecke zur Seite. Er wuchtete seinen durchtrainierten, muskulösen Körper auf die Bettkante. Anschließend kramte er seinen persönlichen Agenten aus einer kleinen Schatulle, die er vor acht Stunden auf dem Nachtschränkchen neben seinem Bett platziert hatte. Mit der

Sicherheit, die aus einer tausende Male durchgeführten Tätigkeit resultierte, pflanzte er das Wunderwerk aldebaranischer Nanotechnologie in sein linkes Ohr, bis nur noch ein dünnes Drähtchen aus dem Gehörgang herausragte.

Licht an!, befahl der junge Soldat gedanklich. Der persönliche Agent übersetzte seinen Wunsch in digitale Impulse, die über eine elektromagnetische Trägerwelle an den Steuerungsrechner seiner Unterkunft übertragen wurden. Übergangslos flammten die Wandbildschirme auf und vermittelten die Illusion, dass sich die Behausung des Leutnants auf einem Dschungelplaneten befand. Grüner Urwald erstreckte sich über sanfte Hügel. Im Hintergrund spie ein mächtiger Vulkan in vielen Kilometern Entfernung eine mächtige Rauchsäule. In der Luft schwebten majestätisch mehrere Flugsaurier, Ausschau nach einem unachtsamen Opfer haltend.

Nicht schon wieder Monstren, war sich Mohandur nach seinem Furcht erregenden Traum sicher und befahl daher seinem persönlichen Agenten: *Großstadt!*

Die Wandbildschirme wechselten zu einem überwältigenden Ausblick über eine Metropole voller Wolkenkratzer und unaufhörlichen Strömen von Gleitern, die zwischen den riesigen Gebäuden auf mehreren Ebenen in vorgegebenen Bahnen unbekannten Zielen entgegenströmten.

Ein bisschen viel Beton, dachte der Leutnant und erinnerte sich an die Betonwüste, durch die er mit seinen Freunden in seinem Traum vor der schrecklichen Bedrohung geflohen war. *Wüsste ich, dass ich heute sterbe, so gäbe es keinen Ort, zu dem ich fliehen könnte.*

Unwirsch verscheuchte Mohandur seine fruchtlosen Gedanken. Um sich vollständig in die Wirklichkeit zurückzuholen, nahm er zunächst eine kalte Dusche. Erst danach putzte er sich die Zähne und rasierte sich.

In seine dunkelblaue Sportkleidung gehüllt machte sich der Offizier auf den Weg zum Gesundheitspark der Raumfestung.

Im Laufschritt bewegte er sich durch einen breiten Gang, dessen Wandbildschirme spektakuläre Aufnahmen der aldebaranischen Angriffe auf Maulack und Mohak-Dor vor einhundertvierundvierzig Jahren zeigten. Mohandur beachtete die eindrucksvollen Aufnahmen überhaupt nicht, denn er hatte sie schon hunderte Male bewundert.

Immer wieder begegnete er Bekannten, die er freundlich grüßte und die ihn, ohne dass er es bemerkte, durch ihre bloße Präsenz immer weiter von seinen düsteren Gedanken ablenkten. Diese kameradschaftliche Gemeinschaft aldebaranischer Soldaten, dieses Leben unter Freunden war ein Garant für die psychische Gesundheit der Männer[4].

Durch eine breite doppelte Schiebetüre gelangte der Leutnant in den kuppelförmigen, fünfhundert Meter durchmessenden Gesundheitspark. Zwischen bunten Pflanzen schlängelten sich mit einem grünen Kunststoffüberzug versehene Wege, die beim Laufen leicht nachgaben und so die Gelenke schonten. In die Parklandschaft integriert waren Sportgeräte zur Verbesserung der Kondition oder zum gezielten Training spezieller Muskelgruppen.

Mohandur nahm auf einer Beinpresse Platz. Im Winkel von fünfundvierzig Grad galt es, ein stufenlos einstellbares Gewicht gegen die künstlich erzeugte Normalschwere der Raumstation anzuheben. Der Leutnant stemmte seine Beine gegen eine Metallplatte, auf die das Gewicht seinen Druck ausübte, und gab den gedanklichen Befehl *Zweihundert Kilogramm,* der von seinem persönlichen Agenten an das Trainingsgerät übertragen wurde. Anschließend betätigte er einen Sicherungsknopf, der die Arretierung des Gewichtes freigab. Er ließ die Metallplatte absinken, bis sein Unter- zu seinem Oberschenkel einen Winkel

---

[4] Die Abwesenheit von Frauen auf aldebaranischen Militärstützpunkten entspringt nicht etwa einer Benachteiligung der Frau, sondern dem tief empfundenen Pflichtgefühl der Männer, Frauen zu schützen anstatt sie für sich kämpfen zu lassen.

von neunzig Grad eingenommen hatte. Dann drückte Mohandur die Platte wieder hinauf in ihre Ausgangsposition. Diesen Vorgang wiederholte er zehnmal, bis das Brennen in seiner Oberschenkelmuskulatur eine erneute Wiederholung unmöglich machte.

Als er den Arretierungsknopf noch mal drückte, um seine überanstrengten Beine von der Platte zu nehmen, hörte er hinter sich eine vertraute Stimme: »Na, du kannst es wohl nicht lassen, vor dem Frühstück hier herumzuturnen?«

»Pendal!«, entgegnete der Leutnant, ohne sich auf der Beinpresse sitzend umzudrehen. »Jeden Morgen mühst du dich ab, deinen dekadenten Körper wenigstens halbwegs in Form zu bringen. Wann gibst du die vergeblichen Versuche endlich auf?« Mohandur verrenkte den Kopf ein wenig, damit er den Gesichtsausdruck seines Kameraden nicht verpasste.

Der lächelte nur jovial und bemerkte: »Die Mädchengewichte, mit denen du deine Beine trainierst, würden gerade mal zum Aufwärmen meiner Arme reichen.«

Es war wie ein Ritual der beiden Soldaten, zur allmorgendlichen Begrüßung im Gesundheitspark ein wenig zu sticheln. In dieser Hinsicht zeigten beide eine außerordentliche Kreativität.

Im Dienst verhielten sich die Dinge anders. Mohandur war Schichtführer in der Ortungszentrale, in der Pendal momentan als Anwärter der imperialen Leibgarde Dienst tat und ihm dort entsprechenden Respekt entgegenbrachte. Der mehr als zwei Meter große angehende Elitesoldat absolvierte das sogenannte Durchlaufprogramm, in dem jeder Bewerber der Leibgarde alle Waffengattungen und kriegswichtigen Technologien kennen lernte. Seit zwei Wochen beschäftigte sich Pendal mit dem Programmpunkt »Ortungstechniken« in der Gruppe Mohandurs.

Der Soldat war rund zwanzig Zentimeter größer als der Ortungsoffizier und mit einhundertzwanzig durchtrainierten Kilogramm Körpergewicht fast dreißig Kilogramm schwerer. Ansonsten hätten die beiden Brüder sein können. Sie trugen die in der Flotte übliche Bürstenschnittfrisur in der hellblonden Variante mit an den Seiten und am Hinterkopf kurz rasierten Haaren. Selbst die dunkelblaue Augenfarbe war bei den Männern praktisch identisch.

»Wie lange trainierst Du noch?«, fragte der Offizier seinen mit neunzehn Lenzen drei Jahre jüngeren »großen Bruder«.

»In einer halben Stunde bin ich mit meinem Trainingsprogramm durch.«

»Das trifft sich gut, so lange brauche ich in etwa auch noch. Dann können wir ja zusammen frühstücken.«

»Machen wir«, stimmte der angehende Leibgardist des Imperators zu.

Dreißig schweißtreibende Minuten später trafen sie sich am Ausgang des Gesundheitsparks, der direkt zur nahegelegenen Kantine führte. Dort herrschte reges Treiben, denn in neunzig Minuten stand der Schichtwechsel auf Ischtar IX an. Fast jeder, der für die folgende achtstündige Periode eingeteilt war, nutzte die Gelegenheit, zuvor ausgiebig zu frühstücken.

Mohandur und Pendal holten sich jeder ein Tablett voll appetitlich duftendem Brot, Rührei und Käse und setzten sich an einen der noch freien Tische.

»Meinst du, man kann mit einem Mohak im Zweikampf ohne Waffen fertig werden?«, fragte der Hüne.

»Normalerweise nicht«, entgegnete der Ortungsoffizier. »Es soll jedoch bei der Invasion von Bangalon dazu gekommen sein, dass gefangene Siedler und Soldaten die Echsen mit bloßen Fäusten verprügelten. Dir als ungeschlagenem Boxmeister der Raumfestung würde das sicherlich auch gelingen.« Dabei setzte Mohandur ein Lächeln auf, bei dem sich Pendal fragte, ob er den letzten Teil seiner Ausführung ernst oder eher ironisch gemeint hatte.

»Meine Frage klingt vielleicht kindisch, aber ich halte sie schon für wichtig. Wenn wir einmal mit den Echsen in Bodenkämpfe verwickelt sind und ich mich unbewaffnet einem der

Lurche gegenübersehe, so möchte ich schon wissen, ob ich das Weite suchen sollte oder im Kampf eine echte Chance habe.«

Der Offizier begann, über die anatomischen Besonderheiten der Mohak zu referieren, wurde jedoch vom Aufflammen der Wandbildschirme der Kantine unterbrochen. Übergangslos wurden die zuvor weißen Wände durch den Imperator und elf ihn flankierende Leibgardisten ersetzt. Im Hintergrund sah man eine beeindruckende Kette von Superschlachtschiffen und Schlachtkreuzern. Pendal fiel vor Überraschung ein angebissenes Stück Brot aus dem Mund.

Zusammen mit fast zweihundert Milliarden Aldebaranern hörten sie die Rede Sargons II. zur bevorstehenden Invasion durch die Mohak. Sie erfuhren von den Kontrubanas und von dem mächtigen neuen Bundesgenossen Terra.

Was würdest du tun, wenn du wüsstest, dass du heute stirbst?, bildete sich der beängstigende Satz erneut in Mohandurs Gedanken. Unwillig schüttelte er den Kopf. *Es ist nicht gesagt, dass ausgerechnet Ischtar IX Ziel des Angriffes einer Kontrubana sein wird.*

»Das verdirbt einem glatt den Appetit«, bemerkte der junge Elitesoldatenanwärter, dem auffiel, dass der Leutnant blass im Gesicht geworden war. »Irgendwann musste es ja passieren, dass die Mohak einen Weg finden, unsere Ischtar-Festungen zu überwinden. Logisch, dass der Imperator des ewigen Verteidigungskriegs überdrüssig ist und nun endlich die Entscheidung suchen will. Auf mich kann er zählen!«

»Ja, das sehe ich auch so«, stellte Mohandur klar. »Ich muss nur an die vielen Millionen, wahrscheinlich Milliarden Menschen denken, die das Wiederaufflammen des Krieges das Leben kosten wird.« Er unterließ es, seinem erst kürzlich gewonnenen Freund von seinem Traum und den damit verbundenen düsteren Ahnungen zu erzählen, denn er wollte nicht als Spinner gelten, der derart mystische Dinge ernst nahm.

*

Gäbe es eigentlich etwas Langweiligeres im Universum als Ortungsoffizier zu sein, wenn nicht jeden Moment eine Ortung auf dem Schirm auftauchen könnte, die der Anfang unseres Endes wäre?, haderte Leutnant Mohandur mit seinem Schicksal. Offensichtlich hatte er seine Gedanken vor sich hingenuschelt, denn der neben ihm sitzende und die Arbeit an den Ortungsgeräten genauestens beobachtende Pendal fragte nach: »Was ist mit dem Universum?«

»Ach nichts!«, entgegnete der junge Offizier, wobei er seinen Blick kurz vom Ortungsbildschirm wandte und seinen Nachbarn ansah. Um seine Angst zu unterdrücken, merkte er betont lässig an: »Gehst du hier nicht auch ein vor Langeweile?«

Wollte der Leutnant seine Nervosität überspielen? Der erst neunzehnjährige Elitesoldat in spe beschloss aus Respekt, nicht weiter nachzubohren und entgegnete ebenso gleichgültig: »Irgendjemand muss diese öde Arbeit ja machen.«

Ein dreimal kurz hintereinander erklingender, eine Ortung signalisierender Summton sorgte dafür, dass sich Mohandur wieder auf den Bildschirm konzentrierte. Neben drei goldenen Bändern, die sich kreuzten und die kosmischen Strings in der Nähe der Ischtar-Festung anzeigten, leuchtete plötzlich ein roter Punkt in unmittelbarer Nähe jenes Strings, der in das Mohak-Reich führte. Das war an sich nichts Beunruhigendes, denn fast täglich schickten die Echsen Aufklärer in die Nähe der Festungen.

»Entfernung fünf Lichtjahre«, las der Ortungsoffizier die sich stetig verkleinernde Zahl, die das Ergebnis der Entfernungsmessung darstellte, in der unteren rechten Ecke des Bildschirmes ab. »Geschwindigkeit 0,01 Prozent LG[5]. Folglich wird das Objekt in fünfundzwanzig Minuten hier sein.«

---

[5] Lichtgeschwindigkeit in der Nähe des kosmischen Strings. 0,01 % davon entsprechen der einhunderttausendfachen Lichtgeschwindigkeit im flachen Raum.

»Oder auch nicht«, konstatierte Pendal. »Die Echsen drehen ja jedes Mal ab, bevor sie in der Wirkreichweite unserer Geschütze sind.«

Ja, aber diesmal steht die Invasion der Echsen unmittelbar bevor. Wenn es sich um eine Kontrubana handelt, sind wir alle erledigt!, stellte der für die Ortung Verantwortliche gedanklich fest.

Der Offizier fing sich schnell wieder und schluckte seine Befürchtungen hinunter. Nachdem er sich kurz gesammelt hatte, entgegnete er mit möglichst lockerem Tonfall, zumindest soweit ihm das in seiner gegenwärtigen Gemütsverfassung möglich war: »Dann wollen wir mal hoffen, dass es keine der vom Imperator angekündigten Kontrubanas ist. Andernfalls werden die Lurche ganz sicher nicht wenden.«

»In wenigen Minuten wissen wir Bescheid«, stellte Pendal seine mittlerweile gewonnenen Ortungstechnikkenntnisse unter Beweis, »nämlich dann, wenn die Echsen so nahe heran sind, dass uns der Ortungsreflex Form und Größe des anfliegenden Objektes offenbart. Du solltest schon mal für alle Fälle den General informieren. Die Invasion könnte tatsächlich hier bei uns beginnen.«

Ein schmerzhafter Stich ging ob der letzten Bemerkung des Hünen durch die Brust des Offiziers. *Ist heute der Tag, an dem ich sterbe?* Erneut beherrschte sich Mohandur und gab mit ruhiger Stimme zurück: »Das hatte ich ohnehin vor.« Mit diesen Worten setzte er seinen schwarzglänzenden VR[6]-Helm auf. Gedanklich befahl er, eine Verbindung zur Zentrale herzustellen. Auf einem kleinen Fenster in der linken unteren Ecke des Ortungsbildschirms erschien das Gesicht eines Verbindungsoffiziers.

---

[6] Virtuelle Realität. VR-Helme messen die Gehirnstrommuster ihrer Träger und können so Gedankenbefehle ihrer Träger weiterleiten. Auf dem Bildschirm des ausgefahrenen Gesichtsteils können neben der Umgebung beispielsweise auch Daten der Ortung, von Navigationssystemen oder der Gefechtskoordination dargestellt werden.

»Leutnant Mohandur. Was kann ich für Sie tun?«, erkundigte sich der vierschrötige Mann, der rote Haare hatte und ein mit Sommersprossen übersätes Gesicht.

»Wir haben hier etwas in der Ortung, das aus dem Mohak-Reich kommt und uns in fünfundzwanzig Minuten erreicht haben wird. Bitte verbinden Sie mich mit General Joldan.«

Der Rothaarige kniff die Lippen zusammen und senkte den Blick. Wie jeder andere in der Flotte hatte natürlich auch er die Ansprache des Imperators gehört und gesehen und befürchtete, die gemeldete Ortung könnte der Beginn der Invasion sein. Er sprach ein paar Worte, die der Leutnant nicht verstehen konnte, in das Mikrofon seines VR-Helmes. Übergangslos wurde das Bild des Verbindungsoffiziers durch das der Zentrale der Ischtar-Festung ersetzt. Eine Sekunde später trat der General in den Aufnahmebereich. Er trug seine hellblonden Haare zur Seite gescheitelt, während er an den Seiten und am Hinterkopf kahlrasiert war. Die wasserblauen Augen des Generals funkelten, als er fragte: »Können Sie schon Angaben über die Form des von Ihnen georteten Objektes machen?«

Offensichtlich war der Kommandant von Ischtar IX von seinem Verbindungsoffizier bereits informiert worden.

»In wenigen Sekunden liefert die Ortung erste Strukturergebnisse«, erklärte Mohandur. Gebannt starrte er auf den Hauptteil des Ortungsschirms, während der General geduldig wartete. Dann fuhr ein ungeheurer Adrenalinstoß durch seinen Körper. Der Leutnant unterdrückte die aufsteigende Panik und fuhr mit zitternder Stimme fort: »Zylindrische Grundform. Rund zwanzig Kilometer lang und zehn Kilometer durchmessend. Die Messergebnisse werden genauer: Der Durchmesser beträgt acht Kilometer. Jetzt wird auch das vierzig Kilometer lange Kanonenrohr mit den konzentrisch darum angebrachten Halterungen sichtbar. Es handelt sich zweifellos um eine Kontrubana.«

Während er dem General Bericht erstattete, hallten die Worte *»Ich werde heute sterben!«* durch seinen Schädel.

»Gefechtsalarm auslösen!«, bellte der General in die Zentrale, wobei er sich kurz von der Kamera abwandte. An Mohandur gerichtet fuhr er lakonisch fort: »Entfernung?«

»Dreikommaacht Lichtjahre. Eine große Anzahl weiterer Ortungsreflexe folgt der Kontrubana – es muss eine riesige Flotte sein.« Der Leutnant musste seine Stimme erheben, um das Auf- und Abschwellen der Sirenen zu übertönen.

»Können Sie Angaben über die genaue Zahl der Schiffstypen machen?«

»Die einzelnen Ortungen werden immer besser aufgelöst und spalten sich ständig in weitere Punkte auf. Wenn ich die Geschwindigkeit, mit der dies geschieht, hochrechne, kommen dort viele hunderte, wahrscheinlich mehr als eintausend Schiffe im Gefolge der Kontrubana auf uns zu.

Achtung! Aus der Riesenkanone löst sich ein Geschoss mit ein Prozent LG! Es wird in zwölf Sekunden in unsere Reflektoren schlagen! Jetzt schießt sie erneut!«

»Sperrfeuer entlang des Strings!«, schrie der General in die Zentrale.

Fünf der gigantischen Drillingstürme des Kalibers Dreikommavier-Meter richteten sich auf den in das Mohak-Reich führenden kosmischen String aus. Lediglich der einzelne, dem String abgewandte Geschützturm verharrte in Ruhe. Dann ging ein mächtiges Vibrieren und Dröhnen durch die zwanzig Kilometer durchmessende Ischtar-Festung mit der Nummer IX. Pro Sekunde spukte die Ischtar-Festung dreißig der schwersten Geschützgranaten, die je im Imperium hergestellt worden waren, ins All. Verschossen wurden sie aus fünfzehn je ein Kilometer langen Kanonenrohren. Von ihren Vril-Treibsätzen auf ein Prozent der Lichtgeschwindigkeit beschleunigt, eilten sie den anfliegenden feindlichen Granaten und der Kontrubana entgegen. Unterstützt wurde das Sperrfeuer von vierundsechzig dem String zugewandten Drillingstürmen des Kalibers 64 cm.

Wenige Sekunden später zeigte der riesige Feuerleitschirm

der Zentrale nur noch ein gleißendes Weiß. Das Abwehrfeuer war auf die feindlichen Granaten getroffen und hatte das Blei, aus denen sie bestanden, durch die sonnenheißen Gigatonnen-Explosionen in ein ultraheißes Plasma verwandelt.

Die Plasmawolken dehnten sich aus und trafen nur zu einem geringen Bruchteil die Reflektoren von Ischtar IX, die spielend damit fertig wurden.

Doch eine Granate der Kontrubana nach der anderen raste der Festung entgegen – aus immer kürzerer Distanz verschossen. Die Wolken aus Bleikernen, ihrer Elektronenhüllen beraubt, hatten immer weniger Zeit sich auszudehnen. Dementsprechend schlug ein stetig größer werdender Anteil der Plasmawolken in die Reflektoren der Festung. Schon machten sich die Schwingungen, die durch die Impulsübertragung des Bleiplasmas auf die Generatoren für die überstarken Reflektorschirme auftraten, immer deutlicher bemerkbar. Die Schwingungsdämpfer der Generatoren konnten den Ansturm der ungeheuerlichen Energiemengen nicht länger absorbieren und gaben die auftretenden Vibrationen zu immer größeren Teilen an die Kugelhülle der Festung weiter.

Ich werde heute sterben, war sich der Leutnant sicher, als das Dröhnen den Eindruck erweckte, sein Kopf befände sich in einer Kirchenglocke, die vom Hammer eines Riesen bearbeitet wurde. *Wie wird das wohl sein? Werden wir alle im Geiste Baals, der nach der Meinung unserer Wissenschaftler die Ursache für die Existenz des Universums ist, wiederauferstehen? Wird diese neue Wirklichkeit ein Paradies ohne Kriege sein?*

»In zehn bis fünfzehn Sekunden wird die Konzentration der auftreffenden Plasmawolken hoch genug sein, um unsere Reflektorfelder zusammenbrechen zu lassen«, meldete der technische Verbindungsoffizier dem General. Der nahm die Meldung nur nickend zur Kenntnis und befahl dem Feuerleitoffizier: »Versuchen Sie nicht länger, die anfliegenden Granaten aufzuhalten. Nehmen Sie die Kontrubana unter direkten Beschuss.«

Salve um Salve jagte der Riesenkanone entgegen, während die feindlichen Granaten nur noch wenige Sekunden von Ischtar entfernt waren.

»Wir sehen uns wieder im Geiste Baals«, hörte Mohandur die Stimme des Generals aus seinen Helmlautsprechern. Der Offizier wandte sich Pendal zu. Er bedauerte, dass dieser junge Soldat niemals die Gelegenheit haben würde, seine Fähigkeiten als Kämpfer in den Reihen der aldebaranischen Elite unter Beweis zu stellen.

Wir werden in wenigen Sekunden sterben, dachte der Ortungsoffizier ohne Angst, lediglich mit einem gewissen Bedauern. Immer noch seinem Kameraden zugewandt, wiederholte er die Worte des Generals: »Wir sehen uns wieder im Geiste Baals.«

Seine letzte Wahrnehmung in dieser Welt war das Lächeln Pendals.

*

Die vorausgeschickten Sonden lieferten ein ausgezeichnetes Bild der zwanzig Kilometer durchmessenden Raumfestung der Futtertiere. Arnatz[7] Orltz empfand Stolz, weil sich die schwächlichen Weißhäute so sehr vor seinem Volk fürchteten, dass sie den einzigen Ausweg im Bau solcher gigantischen Festungen sahen, die sie an strategisch wichtigen Stringknoten platziert hatten. Doch auch diese monströsen Bollwerke aus Stahl konnten sein Volk nicht aufhalten. Nichts würde den Siegeszug der Mohak durch die Galaxis stoppen! Als geborene Jäger, dessen war sich Orltz sicher, waren sie von der Natur auserwählt worden, über alle anderen Völker des Kosmos zu herrschen. Der Beweis dafür war die mächtigste Waffe, die die Galaxis je gesehen hatte. Und er, Arnatz Orltz, war vom Zhort als würdig befunden worden, die Kontrubana zu kommandieren.

---

[7] Oberst

Es wurden nicht nur die Hormone, die den Jagdtrieb bei Orltz verstärkten, in den Blutkreislauf des Mohak ausgeschüttet, als er den Feuerbefehl gab. Zusätzlich breitete sich eine Wolke Glückshormone in seinem Körper aus. Der Arnatz verspürte eine ungeheure Macht, als die mehr als zehn Meter durchmessenden Bleigranaten aus dem sechzig Kilometer langen Geschützrohr schossen und den mittlerweile sicherlich vor Angst zitternden Futtertieren entgegenjagten. Ein kräftiges Vibrieren durchlief bei jedem Abschuss die Kontrubana.

Der Zhort hatte ihn, einen Arnatz, gewählt, um die Kontrubana zu befehligen, obwohl dieses Kommando eher einem Pentalz[8] angemessen gewesen wäre. Erneut durchströmte eine Welle Glückshormone den Kommandanten. Er schloss aus der Wahl des Zhort, dass dieser von den bisherigen Leistungen Orltz' sehr angetan sein musste und ihn schon bald zum Subotz[9] befördern würde.

Deutlich war auf dem zehn Meter in der Diagonale messenden Hauptbildschirm der Kontrubana zu sehen, wie sich die mächtigen Drillingstürme der Raumfestung ausrichteten und den anfliegenden Granaten Sperrfeuer entgegenschickten.

Sollen sie nur!, dachte Orltz, während er einen Teil seines Raubtiergebisses auf eine Art entblößte, die ein anderer Mohak als »diabolisches Grinsen« interpretiert hätte. *Das zögert das Ende der Schwächlinge nur hinaus.*

Wenige Sekunden später musste die Lichtempfindlichkeit der Optiken reduziert werden, denn ultrahelle Sonnen blühten in unmittelbarer Nähe des kosmischen Strings in gespenstischer Lautlosigkeit auf. Der Arnatz wusste, dass der gegnerische Beschuss seine Granaten in ein Millionen Grad heißes Bleiplasma verwandelte, aber dass ein Teil der ursprünglichen Masse der Geschosse die Abwehrschirme der Weißhäute trotzdem treffen

---

[8] Raummarschall

[9] General

und den tödlichen Impuls übertragen würde. Je näher die Granaten der Festung kamen, bevor sie in expandierende Glutwolken verwandelt wurden, umso mehr ihrer Masse prasselte auf den Feind ein.

Pro Sekunde verließen zwei der fast fünfzigtausend Tonnen wiegenden Bleizylinder das Beschleunigungsrohr der Kontrubana. Jeder nachfolgende Zylinder kam näher an das Ziel heran als sein Vorgänger. Schon bald würden die Reflektorschirme den anstürmenden Plasmawolken nicht mehr standhalten können und die Riesenkugel der Futtertiere der Vernichtung preisgeben.

Plötzlich wurde der Hauptbildschirm dunkel. Es erfolgten keine weiteren Explosionen durch das Sperrfeuer. *Die Schwächlinge verzichten also darauf, ihr Ende unnötig hinauszuzögern. Wahrscheinlich können sie ihre Angst nicht länger ertragen und wünschen sich, davon befreit zu werden,* folgerte Orltz gedanklich.

»Achtung! Das Abwehrfeuer der Festung befindet sich nun in direktem Anflug auf uns!«, hörte der Arnatz die Stimme des Ortungsoffiziers. Der Kommandant der Riesenkanone hielt einen Kommentar für überflüssig. *Sollen sie uns doch mit ihren armseligen Waffen beschießen. Die Reflektoren dieses größten jemals von Mohak erbauten Raumschiffes halten jedem Beschuss stand. Der Zhort hat mir vor unserem Einsatz persönlich versichert, dass unsere Schutzschirme selbst dann nicht ernsthaft belastet würden, wenn eine Festung ihre gesamte Munition auf uns abschießt.*

Der Arnatz veränderte die Art, sein Gebiss zu zeigen. Aus dem diabolischen wurde ein überlegenes Lächeln. Gelassen beobachtete er den Anflug der feindlichen Granaten.

»Das Bild der Raumfestung wieder auf den Hauptbildschirm schalten«, befahl Orltz. Anstelle des unbedeutenden gegnerischen Feuers wollte er lieber den verheerenden Einschlag der eigenen Geschosse beobachten.

Wenige Sekunden später war es soweit. Die majestätisch im Raum schwebende Kugel zerbarst in Myriaden Bruchstücke.

Grelle Explosionen flammten zwischen dem auseinanderstrebenden Material auf, das einmal die von den Weißhäuten unzerstörbar geglaubte Festung gebildet hatte.

Nie zuvor hatte der Arnatz ein derartiges Triumphgefühl verspürt. Nun war der Weg frei für seine Spezies, sich das zu holen, was ihr zustand: Hunderte von warmen Sauerstoffplaneten, die an ein Volk von Schwächlingen verschwendet worden waren.

Der Einschlag der ersten Granaten der vernichteten Festung holte Orltz auf ziemlich rüde Weise in die Gegenwart zurück. Der Aufprall war so heftig, dass er von seiner Sitzschale auf den Boden der Zentrale befördert wurde. Er wollte sich gleich wieder aufrichten, als die nächste Welle der Geschosse ins Ziel traf. Risse bildeten sich in den Wänden – und von einem Moment auf den anderen herrschte Schwerelosigkeit.

»Die Reflektor-Generatoren wurden aus ihren Verankerungen gerissen und durch die Schiffshülle in den Weltraum geschleudert«, hörte der Arnatz eine Stimme, die er mit einiger Unsicherheit dem technischen Offizier zuordnete.

Ein fürchterlicher Ruck ging durch die Kontrubana. Die Risse in den Wänden wurden zu gähnenden Spalten. Zischend entwich die Atmosphäre. Vom Luftstrom mitgerissen wurde Orltz aus der Zentrale befördert.

Die Kontrubana bricht auseinander!, stellte der Kommandant entsetzt fest, während er herumgewirbelt wurde und mit irgendwelchen Gegenständen zusammenstieß. *Die Unverwundbarkeit unserer Endsiegwaffe war eine Lüge. Der Zhort hat mir das Kommando gegeben, weil er keinen Pentalz opfern wollte! Ihm kam es einzig und allein darauf an, die Festung aus dem Weg zu räumen, damit haben wir unsere Schuldigkeit getan.*

Nie zuvor in seinem Leben hatte er eine derartige Panik verspürt.

Ich werde jetzt sterben, erkannte Orltz, als ihn die entweichende Atmosphäre – zwischen unzähligen Bruchstücken und sich um ihre Achsen drehenden Mohak – gnadenlos in den Weltraum riss. Während seine Augen durch den Unterdruck aus den Höhlen traten und seine Haut an mehreren Stellen aufplatzte, durchströmte den Arnatz eine merkwürdige, ihm selbst unwirklich erscheinende Ruhe. *Der Tod ereilt heute nicht nur die Futtertiere, sondern auch die Jäger. Vor dem Tod ist alles Leben gleich – er macht keine Unterschiede. Das Leben selbst ist es, dass die eine Spezies über die andere erhebt, während der Tod der größte Gleichmacher des Universums ist.*

Während sich der Kommandant über seinen philosophischen Gedankengang unmittelbar vor seinem unausweichlichen Ende wunderte, platzten mehrere seiner Arterien und Venen. Sein Bewusstsein wurde in ein bodenloses Nichts gerissen.

Kapitel 2: Die Schlacht um Zuladur

Ohne erkennbare Gefühlsregung saß der Imperator in der Zentrale der ONSLAR. Der Wandbildschirm hinter seinem Pult zeigte das ausdruckslose Gesicht des Raummarschalls Delmor. Von der Gelassenheit und Weisheit, die der Raummarschall unter normalen Umständen ausstrahlte, war nichts zu bemerken. Mit tonloser Stimme berichtete Delmor, dass die Mohak die Ischtar-Festungen IX und XIII vernichtet hatten und dass damit die Zeit des seit fast einhundertfünfzig Jahren erzwungenen Friedens endgültig vorbei war. Die Phase des ungestörten Aufbaus und der Erholung von den weit zurückliegenden Angriffen der Mohak musste nun einem schicksalhaften Kampf um das Überleben der Menschheit weichen.

»Wissen Sie etwas über die Stärke der einfliegenden feindlichen Verbände?«, fragte der Herrscher über dreihundertvierzehn Sonnensysteme den vom imperialen Palast aus die Flottenbewegungen koordinierenden Raummarschall.

»Die beiden Angriffskeile der Echsen sind in etwa gleich groß. Jeder von ihnen beinhaltet mehrere hundert Schlachtschiffe und einige tausend Kreuzer und Zerstörer. Genaue Zahlen liefere ich nach, sobald sie vorliegen.«

»Danke. Schicken Sie den Mohak die Hälfte der Heimatflotte entgegen, aufgeteilt in zwei gleich starke Verbände. Ich werde mit meinen von Solomack heimkehrenden Schiffen das Gleiche tun. Auf meinen Befehl hin greifen wir die Echsen dann koordiniert an.« Damit unterbrach der Imperator die Verbindung zur zentralen Flottenkoordination.

»Stellen Sie eine Verbindung zu Marschall Karadon her«, befahl Sargon dem Funkoffizier, einem hageren Soldaten mit feuerroten Haaren. Wenige Sekunden später erschien der Oberkörper des alten Haudegens auf dem Hauptbildschirm der Zentrale.

Sein pockennarbiges Gesicht verzog sich zu einem freundlichen Lächeln, als er den Imperator erblickte.

Pflichtgemäß knallte er die Absätze zusammen, was an einem ruckartigen Aufrichten seines Oberkörpers zu erkennen war, und schlug sich die rechte Faust vor die Brust. »Ihre Befehle, mein Imperator?«

Kurz erklärte Sargon dem Raummarschall die Lage, die die Aufteilung der Flotte in zwei Gruppen nötig machte. »Ich übergebe Ihnen hiermit den Oberbefehl über zweiunddreißig Schlachtschiffverbände. Führen Sie diese zur ehemaligen Position der vernichteten Ischtar-Festung XIII. Ich werde mit meinen Verbänden Ischtar IX anfliegen. Marschall Delmor wurde angewiesen, die Hälfte der Heimatflotte in zwei Teile aufzuspalten und ebenfalls an die beiden Brennpunkte zu entsenden. Sie koordinieren vor Ort unseren Angriff auf die bei Ischtar XIII durchgebrochenen Mohak, während ich mich um die Mörderbrut bei Ischtar IX kümmern werde. Sie haben absolut freie Hand und ich verantworte jede Ihrer Entscheidungen persönlich mit. Fragen?«

Der verdiente Marschall lächelte erneut. »Übernehmen Sie die Aufteilung unserer vierundsechzig Verbände?«

»Ja, das werde ich. Die Liste der Ihnen zugeteilten Schlachtschiffe mit ihren Begleitschiffen erhalten Sie in wenigen Minuten. Sobald mir Ihr Einverständnis vorliegt, werde ich die Aufteilung über den Flottenrundruf bekannt geben.«

»Mein Einverständnis haben Sie jetzt schon, mein Imperator. Wie auch immer Sie die Schiffe aufteilen, soll es mir recht sein.«

Sargon war zufrieden, nachdem er die Verbindung zu Karadon beendet hatte. Ihm war daran gelegen, den Verband des unter den Terranern als Legende geltenden Prien und des für einen Aldebaraner fremdartig wirkenden Japaners Tomoyuki bei der eigenen Kampfgruppe mit dabeizuhaben. Die Terraner hatten bei ihrem Angriff auf Solomack zwar ihre außergewöhnlichen

Fähigkeiten bewiesen, doch der Widerstand der Mohak war so schnell zusammengebrochen, dass sich Sargon kein Bild darüber hatte machen können, wie diese von Unaldor in den höchsten Tönen gelobten Terraner kämpften, wenn sie im Vernichtungsfeuer eines übermächtigen Feindes standen. Und über eines war sich der Imperator vollkommen zweifelsfrei im Klaren: Die Feuerkraft der durchgebrochenen Mohak-Flotten würden alles bisher Dagewesene bei Weitem in den Schatten stellen.

*

Bericht Staffelführer Holmur

Die Worte des Majors musste ich erst einmal verarbeiten. Nach einhundertvierundvierzig Jahren der relativen Ruhe würde der verdammte Krieg nun erneut in eine heiße Phase treten. Zum Glück war meine Familie in Sicherheit. Der Frachter, der meine Frau und die Kinder nach Tangalon bringen sollte, hatte das System sicher schon verlassen.

Mein Schock, der auf die Ankündigung des Wiederaufflammens des Krieges folgte, wich glühendem Hass auf die arroganten, selbstherrlichen Echsen, die sich anmaßten, unser aller Leben zerstören zu dürfen, obwohl wir niemals Anspruch auf ihren Lebensraum erhoben hatten. Entweder würde ich bald sterben – oder aber erleben, wie das Reich der Gnadenlosen in sich zusammenfiel, unter den Schlägen meines von den Überheblichen weit unterschätzten Volkes! Die waren schwarz, wir weiß, irgendwelche Graustufen dazwischen hatten für mich aufgehört zu existieren.

Natürlich war ich mir der allgemeinen Primitivität des Denkens in schwarz-weißen Kategorien bewusst; doch in diesem Fall war sie angebracht. Es galt: entweder die Mohak oder die Menschheit. Sämtliche Alternativen zwischen diesen beiden Extremen waren von den Mohak durch ihre rücksichtslose Vorgehensweise nachhaltig eliminiert worden. Nun gut – das konnten sie haben. Die Mohak sollten ihre Arroganz bitter bereuen!

»Der Befehl General Estinors lautet, dass sich jeder sofort zu seiner Einheit begibt. Kampfhandlungen stehen unmittelbar bevor. Der General gibt seine Befehle über den Stützpunktrundruf in knapp zehn Minuten bekannt. Also Beeilung!«, rief der glatzköpfige Major mit dem kantigen Gesicht in den Mannschaftsraum unserer Haunebu, die vor wenigen Minuten ihren Landeplatz im unterirdischen Stützpunkt auf Zuladur VI eingenommen hatte.

Weitere Erklärungen waren überflüssig, also wandte sich der Major, der sich noch nicht einmal die Zeit genommen hatte, sich uns vorzustellen, ab und begab sich im Laufschritt zurück zum Schott des Schleusenraumes, durch das er den Mannschaftsraum betreten hatte.

Wir folgten ihm im gleichen Tempo. Jeder der auf Zuladur VI angekommenen Soldaten wollte so schnell wie möglich bei den Kameraden seiner Einheit sein, um den Echsen mit eiserner Entschlossenheit entgegenzutreten.

Nachdem ich die Rampe der Flugscheibe hinabgelaufen war, blickte ich mich kurz um. Eine weitere Haunebu senkte sich in den kilometertiefen Schacht hinab. Auch sie brachte wahrscheinlich Soldaten für unseren bevorstehenden Kampf gegen die Gnadenlosen. Von dem Reflektorschirm, der die Atmosphäre in unserer Landenische hielt, war naturgemäß nichts zu sehen, denn der war nichts weiter als die Überlagerung elektromagnetischer Wellen zu einem Gebilde, das dem, was die Physiker »Delta-Funktion« nannten, ziemlich nahe kam. Licht, das selbst aus elektromagnetischen Wellen bestand, wurde nach dem Superpositionsprinzip in seiner Ausbreitung vom Reflektorschirm in keiner Weise beeinflusst.

Durch ein stählernes Schott gelangten wir in das Gangsystem des Stützpunktes. In regelmäßigen Abständen war die Zahl »415« auf die ansonsten kargen Wände lackiert worden. Sie kennzeichnete die subplanetare Ebene; die mit der Nummer »1« lag unmittelbar unter der Oberfläche.

Zusammen mit Maradantor nahm ich einen Paternoster, der uns auf die Ebene »302« hinaufbeförderte. Dort befanden sich die Unterkünfte und das Casino des 231. Jagdbombergeschwaders der imperialen Leibgarde. Seite an Seite mit dem Leutnant betrat ich zwei Minuten später das rund tausend Quadratmeter große Casino, in dem bereits die Hälfte meiner zweihundert Piloten anwesend war. Sie standen auf und grüßten militärisch exakt, als ich eintrat.

Ich grüßte zurück und setzte mich in die erste Reihe der insgesamt fünfzehn Stuhlreihen. Die Stirnwand des Raumes bestand aus einem Bildschirm, der das aldebaranische Hoheitszeichen, das Rote Tatzenkreuz vor der Schwarzen Sonne, zeigte. Davor befand sich ein dreißig Zentimeter hohes Podest, das wir für Vorträge und Ansprachen benutzten.

In den folgenden zwei Minuten trafen die restlichen Kampfpiloten meiner Staffel ein. Gedämpft unterhielten sich die Männer über die militärische Lage. Spekulationen und Vermutungen wurden ausgetauscht, denn Genaueres war den Elitesoldaten bislang nicht bekannt. Uns blieb nichts Anderes übrig, als auf die Ansprache des Generals zu warten.

Kurze Zeit später war es soweit. Das Hoheitssymbol auf der Stirnwand wurde übergangslos durch die Aufnahme General Estinors ersetzt. Sie zeigte den Oberbefehlshaber der aldebaranischen Streitkräfte im Zuladur-System von der Brust aufwärts. Seine dünnen Lippen und der schmale Kiefer standen in einem auffallenden Gegensatz zu seinem ungewöhnlich großen, kahlrasierten Schädel mit der extrem hohen Stirn. Die tief in den Höhlen liegenden dunkelgrünen Augen verrieten selten etwas über den Gemütszustand ihres Besitzers.

»Kameraden!«, ertönte die schneidige, befehlsgewohnte Stimme des Generals. »Vor fünf Minuten haben die Mohak mit zwei Kontrubanas die Ischtar-Festungen IX und XIII vernichtet.« Für wenige Sekunden wurde das Bild des Generals durch das einer der sechzig Kilometer langen Monstren ersetzt, die die Mohak als »Endsiegwaffe« bezeichneten. »Dabei spielt es kaum eine Rolle, dass es den Besatzungen beider Festungen im Todeskampf gelang, die Riesenkanonen zu vernichten. Was zählt ist, dass unser Bollwerk aus Ischtar-Festungen nun zwei Lücken hat, durch die die Mohak mit Tausenden von Schiffen auf imperiales Gebiet vordringen.

Für unsere Truppen sind zunächst nur die durch die Ischtar-IX-Lücke vordringenden Feinde relevant. Wie Sie wissen, lag diese Festung in nur zwei Lichtjahren Entfernung von Zuladur. Ein gigantischer Konvoi der Echsen dringt jetzt über den String Delta-8935 ins Innere des Imperiums vor. Erwartungsgemäß hat sich ein Teil der feindlichen Flotte in der Nähe unseres Systems vom kosmischen String gelöst und befindet sich im Anflug auf unsere Hauptwelt Zuladur V. Unser PÜRaZeT habe ich natürlich abschalten lassen. Die Lurche werden also die gesamte Strecke vom String bis nach Zuladur V im freien Raum zurücklegen müssen. In siebenundfünfzig Stunden werden die Mohak, falls sie keine Kursänderungen vornehmen, unseren Stützpunkt hier auf Zuladur VI in wenigen Millionen Kilometern Entfernung passieren. Wir werden uns vorerst ruhig verhalten, denn ein offener Angriff unserer im System stationierten Streitkräfte auf den Feind wäre reiner Selbstmord. Die Mohak nähern sich uns mit dreitausendsechshundertzwei Raumern, darunter dreihundertvierunddreißig Schlachtschiffe – also eine starke Streitmacht, gegen die wir in einer Weltallschlacht nicht die geringste Chance hätten, jedenfalls nicht allein.

Soweit die schlechten Nachrichten. Nun die gute: Imperator Sargon II. befindet sich mit zweiunddreißig Schlachtschiffverbänden, die meisten davon werden von unseren neuen terranischen Freunden kommandiert, auf dem Rückflug von einem Einsatz im Solomack-System. Unmittelbar bevor ich mich hier an Sie wandte, hatte ich ein Gespräch mit dem Imperator, in dem er mir zusagte, mit seinen Verbänden den Kampf gegen die auf Zuladur vorstoßende Mohak-Flotte aufzunehmen.«

Diese Worte des Generals lösten im Casino des 231. Geschwaders einen begeisterten Jubel aus.

»Die Echsen werden vom Sperrfeuer unserer auf das ganze System verteilten Flakstationen ausgebremst und können daher nicht schneller als zehn Prozent der Lichtgeschwindigkeit fliegen. Die nachfolgende Flotte des Imperators wird hingegen von unseren Zielkoordinationsrechnern mit den Koordinaten und Geschwindigkeiten der abgefeuerten Flakgranaten versorgt. Sie kann unseren Geschossen also ausweichen, weshalb deutlich höhere Geschwindigkeiten möglich sind.

Sargon wird die Geschwindigkeit seiner Schiffe so bemessen, dass er die Mohak in unmittelbarer Nähe von Zuladur IV, dem verbotenen Planeten, einholt. Z IV befindet sich ziemlich genau auf der Verbindungsgeraden zwischen der Feindflotte und ihrem Ziel Zuladur V. Wir werden dort in voraussichtlich achtundfünfzig Stunden in die entbrennende Schlacht eingreifen, zur Unterstützung des Imperators, mit allem, was wir aufzubieten haben. Nutzen Sie die vor uns liegenden fast zweieinhalb Tage zur Entspannung, meine Herren. Ich melde mich wieder kurz vor unserem Angriff auf den Feind, falls nicht vorher unvorhergesehene Ereignisse Änderungen unserer Planungen notwendig machen.« Damit verschwand das Bild des Generals von der Stirnwand des Casinos und wurde wieder durch das aldebaranische Hoheitssymbol ersetzt.

Ein flaues Gefühl hatte sich in meiner Magengegend ausgebreitet. Ich versuchte, die Ursache dafür zu ergründen. Der bevorstehende Kampf mit den Mohak war es definitiv nicht, denn dafür hatten wir jahrelang trainiert; der Gedanke an eine Raumschlacht mit den Echsen war in dieser Zeit unser ständiger Begleiter gewesen. Als ich die Ansprache Estinors noch einmal Revue passieren ließ, wurde mir schlagartig klar, was mein ungutes Gefühl hervorrief: der verbotene Planet!

Auf Zuladur IV, im Prinzip eine gastliche, warme Sauerstoffwelt, hatten unsere Kolonisten vor achtzig Jahren eine einzigartige Fauna vorgefunden. Die Tierwelt reagierte auf Menschen derart aggressiv, wie wir es in der Geschichte des Imperiums noch niemals zuvor erlebt hatten. Nachdem es trotz sorgfältig geplanter Sicherheitsmaßnahmen unter den Kolonisten zu einigen Dutzend Todesfällen gekommen war, hatte man sich zurückgezogen und Zuladur IV zum verbotenen Planeten erklärt. Ich konnte mich noch gut an die Wochen nach der Ankunft von Dahia und mir auf Zuladur V erinnern. Natürlich hatte ich damals so viel wie möglich über das System wissen wollen, das unsere neue Heimat werden sollte...

Sorgfältig studierte ich die Dokumente des Kolonisationsministeriums im Universalnetz, die man über die insgesamt siebzehn Planeten des Systems angefertigt hatte. Das Dokument über den verbotenen Planeten wies lediglich darauf hin, dass bei einer Landung höchste Lebensgefahr bestünde und der Planet nur dann zu kolonialisieren sei, wenn man ihn zuvor sterilisierte. Letzteres hatte man natürlich aus ethischen Gründen verworfen. Interessant in diesem Zusammenhang war die Tatsache, dass die einhundert Millionen Jahre, seit sich die Sonne Zuladur zu einem roten Riesen aufgebläht hatte, nicht ausgereicht hatten, auf Zuladur V Leben entstehen zu lassen. Umso erstaunlicher war die Existenz der vielfältigen, niemals zuvor in dieser Form beobachteten Lebensformen beim Nachbarn Zuladur IV.

Ich forschte weiter im Universalnetz und fand die Bemerkung eines führenden Biologen namens Dalumor, nach dessen Meinung es sich bei den Lebewesen auf Zuladur IV um die gentechnischen Experimente einer uns unbekannten Zivilisation handelte. Weitere Informationen zum Thema fand ich nicht, weshalb ich dem mysteriösen Planeten seinerzeit keine Beachtung mehr schenkte...

Nun wurde ich wieder damit konfrontiert. Das gegenwärtige flaue Gefühl in meiner Magengegend rührte offensichtlich daher, in Kürze eine Schlacht gegen einen gnadenlosen, zahlenmäßig vielfach überlegenen Feind in unmittelbarer Nähe dieses nicht minder feindseligen Planeten schlagen zu müssen.

*

Meinen zweihundert Piloten gab ich die nächsten vierundzwanzig Stunden frei. Ich verbrachte die Zeit mit Sport, elf Stunden Schlaf, zwei Stunden fruchtloser Nachforschungen des erneut in mein Gedächtnis zurückgerufenen verbotenen Planeten, und ich sah mir einen Science-Fiction-Film zusammen mit Maradantor und zwei weiteren Kameraden an.

Der Film spielte fünfhundert Jahre in der Zukunft. Ich hatte selten einen dermaßen zusammengequirlten Unfug gesehen...

Die gesamte Milchstraße war ein einziges Staatengebilde, dessen oberste Regierung per Stimmabgabe gleichberechtigt von jedem Galaxisbewohner gewählt wurde, wofür lediglich ein bestimmter, verhältnismäßig niedrig angesetzter Intelligenzquotient nötig war. Um die Diskriminierung kulturell und technologisch unterlegener Völker zu vermeiden, hatte man ein Verfahren entwickelt, das die Kreuzung unterschiedlicher Weltraumspezies ermöglichte. Durch dieses staatlich geförderte Vermischungsprogramm, in dem jedem höchste gesellschaftliche Anerkennung zuteilwurde, der sich einen fremdartigen Partner wählte – je skurriler die Verbindung, desto besser –, wollte man eine galaktische Einheitsspezies züchten, mit der Absicht, langfristig eine perfekte Welt ohne Ressentiments und Kriege zu schaffen, was ja im Grunde genommen ein löbliches Ziel war. Mir gefiel der Mut des Autoren, die allgemein als utopische Spinnerei abgetane und überhaupt nicht dem herrschenden Zeitgeist entsprechende Demokratie ins Spiel zu bringen.

Doch dann nahm die Handlung eine üble Wende: Die »heile Welt« wurde von einem abgrundtief bösen, brutalen Volk aus Andromeda überfallen, dessen Angehörige – welch Zufall – wie

Menschen aussahen. Von da an entpuppte sich der Film als ein abstoßender Versuch, die Moral des aldebaranischen Volkes zu untergraben und es auf eine Stufe mit Halbintelligenzen zu stellen, die weder Kultur noch Technologie hervorgebracht hatten und in den Wäldern und Steppen ihrer Heimatwelten ein unwürdiges Dasein führten. Die Motivation des Autoren, dem Stolz des eigenen Volkes einen solchen Tiefschlag zu versetzen, blieb mir bis zum Schluss vollkommen schleierhaft.

Lediglich die phantasievollen Gestalten, die als Resultat der Kreuzungen über den Großbildschirm kreuchten und fleuchten, machten diesen Film streckenweise sehenswert. Tricktechnik war schon eine feine Sache.

Maradantor konnte sich nicht einmal dafür begeistern, so entrüstet war er. Als wir den Vorführungssaal verließen, merkte er kopfschüttelnd an: »Ein solches Machwerk sollte eigentlich verboten werden, weil es das Volk gegen die Regierung aufhetzen könnte.«

»Um Gottes Willen!«, entgegnete ich. »Eine Regierung, die das eigene Volk für so unmündig hält, dass es sich von jedem Schwachsinn aufhetzen lässt, verdient es nicht, zu regieren. Ich bin schon recht froh, dass es im Imperium keine wie auch immer gearteten Verbote oder Verkaufsbeschränkungen für Bücher und Filme gibt.«

»Da hast du auch wieder Recht!«, brummelte Maradantor und beendete die kurze Diskussion.

*

Für die nächste 24-Stunden-Periode befahl ich die Durchführung von Übungsbombenabwürfen auf eine Zielattrappe. Unmittelbar nach der Schlafperiode hatte ich mich mit dem Kommandanten der Wartungsmannschaften meiner Staffel in Verbindung gesetzt und die Ausrüstung unserer Jagdbomber mit Übungsmunition angeordnet.

Der Hangar für meine Staffel befand sich wie unsere Unterkünfte auf der 302. Ebene. Es handelte sich um eine Nische in dem kilometertiefen Ein- und Ausflugschacht, ähnlich derjenigen, in der die Haunebu, die uns von Zuladur V hierher gebracht hatte, gelandet war. Der Hauptunterschied war, dass der Hangar der Staffel erheblich größer war als der der Flugscheibe, da in ihm zweihundert[10] nadelförmige Jagdbomber Platz finden mussten.

Die Maschinen waren nach Anregungen von Nungal konstruiert worden, der vor fast eineinhalb Jahrhunderten mit seiner zu Jagdbombern umfunktionierten Jägerstaffel sagenhafte Erfolge erzielt hatte. Sein Konzept, mit hoher Geschwindigkeit eine Vril-Bombe auszuklinken und in ein feindliches Abwehrfort oder Schlachtschiff krachen zu lassen, hatte die für das Imperium überlebenswichtigen Schlachten um Maulack siegreich entschieden.

Hauptmanko der von Nungal entwickelten Technik des »Bombenschießens« war die Anfälligkeit der Jäger gegen das beim Anflug frontal auf sie treffende Flakfeuer. Um diesen Nachteil zu beseitigen, hatten die Konstrukteure den Jagdbombern die Form einer überdimensionalen Nadel von achtundzwanzig Metern Länge und nur einem Meter Durchmesser verliehen, was die frontale Angriffsfläche auf weniger als 0,8 Quadratmeter reduzierte.

In der drei Meter langen, für den Fall des Versagens der Frontreflektoren extrem stark gepanzerten Spitze befand sich der Gravitationsgenerator, der mithilfe von rotierenden Supraleitern den Andruck beim Beschleunigen neutralisierte.

Der Pilot positionierte sich halb liegend in jenem Bereich, in dem die Spitze in die zylindrische Form der Nadel überging. Unmittelbar hinter dem Piloten verrichtete zunächst der Generator für die Erzeugung des Frontreflektorfeldes seinen Dienst, das

[10] Genaugenommen 201

in wenigen Zentimetern Abstand parallel zur Spitze aufgebaut wurde. Frontal einschlagende Flakgranaten trafen so in einem flachen Winkel auf, weshalb sie nur einen geringen Teil ihres gefährlichen Impulses auf den Generator übertrugen.

Es folgte ein weiterer Generator für die aufgrund ihrer Ausdehnung erheblich schwächeren Seiten- und Heck-Reflektorfelder. Im Anschluss daran waren drei achtzig Zentimeter durchmessende und vier Meter lange Vril-Bomben hintereinander in dem schlanken, zylindrischen Leib untergebracht. Den Abschluss bildete naturgemäß ein extrem starkes Vril-Triebwerk, das den Jagdbomber mit sagenhaften fünfzehntausend g[11] beschleunigen konnte.

Die zweihundert Piloten meiner Staffel hatten vor ihren auf je zwei U-förmigen Halterungen ruhenden Maschinen Aufstellung genommen, als ich den Hangar betrat.

»Kameraden! Das Ziel unseres heutigen Übungsfluges ist eine Attrappe, die von einem Zerstörer in dreihunderttausend Kilometer Entfernung gezogen wird. Ihre Aufgabe besteht darin, mit Ihren drei Übungsbomben die Attrappe zu treffen. Damit dies nicht ganz so einfach wird, dürfen die Bomben erst zehntausend Kilometer vor dem Ziel ausgeklinkt werden. Sie werden den Anflug unter Gefechtbedingungen, also mit einem Zehntel der Lichtgeschwindigkeit durchführen. Somit haben Sie ein Zeitfenster von einer Drittelsekunde für das Ausklinken. Viel Glück, meine Herren.«

Mit dieser Übung trainierten wir ein weiteres Mal das Ausklinken der Bomben – so spät wie möglich vor Erreichen des anvisierten Ziels. Nur auf diese Weise blieben die Sprengkörper lange genug im Schutze der Frontreflektorfelder, um dem Beschuss durch gegnerisches Flakfeuer zu entgehen. Wir bereite-

---

[10] 1 g = 9,81 Meter pro Sekundenquadrat, was der Erdbeschleunigung auf Terra entspricht. Wegen der Differenz der Erdbeschleunigung auf Sumeran beträgt die Maximalbeschleunigung des Jagdbombers exakt 15 243 g.

ten uns auf die am nächsten Tag stattfindende Raumschlacht vor, deren Ausgang die Weichen für das zukünftige Schicksal des Imperiums stellen würde.

*

Bericht Imperator Sargon II.

Einunddreißig Superschlachtschiffe der Galaxisklasse, rund vierhundert Schlachtkreuzer und eine Vielzahl von Kreuzern und Zerstörern folgten der ONSLAR bei ihrer Aufholjagd durch das Zuladur-System. Ein vergleichbar großer Verband unter dem Kommando von Raummarschall Karadon hatte sich an die Fersen der Mohak geheftet, die bei Ischtar XIII in das Imperium eingedrungen waren. Der weitaus größte Teil dieser Schiffe, die an unserem Angriff auf Solomack teilgenommen hatten, stammte aus terranischer Produktion und wurde von den verwegenen Nachkommen gemeinsamer, aus der Zeit des ersten aldebaranischen Imperiums stammender Ahnen geflogen.

Wir bewegten uns mit fünfzehn Prozent der Lichtgeschwindigkeit durchs All, wobei wir anhand der Daten des Koordinationsrechners der planetaren Verteidigung den Wolken unserer Flakgranaten geschickt auswichen. Diese Daten standen den Mohak natürlich nicht zur Verfügung, weshalb sie ihre Geschwindigkeit auf zehn Prozent der Lichtgeschwindigkeit begrenzen mussten, um nicht Opfer der durch das System vagabundierenden Geschosse zu werden.

Wir würden Zuladur IV eine Stunde vor den Echsen erreichen und uns in Abfangposition bringen. Doch bis dahin lagen noch drei Stunden Flug inklusive Abbremsmanöver vor uns.

Ich hatte mir volle acht Stunden Schlaf gegönnt, um bei der Schlacht in optimaler Verfassung zu sein. Das war auch bitter nötig, denn jene Mohak-Einheiten, die sich vom Gros ihrer Flotte getrennt hatten, um in das Zuladur-System einzudringen, verfügten Computersimulationen zufolge über eine fünfmal höhere Feuerkraft als meine zweiunddreißig Superschlachtschiffverbände.

Seit sie die Ischtar-Festungen überwunden hatten, stellten die Mohak wie vor fast einhundertfünfzig Jahren erneut eine tödliche Bedrohung dar. Damals waren wir ihnen mit verzweifelten, doch glücklicherweise erfolgreichen Aktionen begegnet.

Vergessen geglaubte Gefühle drängten sich in mein Bewusstsein. Auf der einen Seite hatten wir nichts mehr zu verlieren, was uns die Kraft verlieh, die Echsen durch irrwitzige Unternehmungen auf dem falschen Fuß zu erwischen. Auf der anderen Seite hatten wir alles zu verlieren: unsere Familien, Freunde, unser Volk, das eigene Leben. Traf ich falsche Entscheidungen, konnte vieles untergehen, was bei einer richtigen Entscheidung hätte bewahrt werden können. Ich spürte sie wieder, diese erdrückende Last auf meinen Schultern, gefangen zu sein in dem Dilemma, den überlegenen Feind nur durch verwegene Taten besiegen zu können, wobei ein falsches Maß an Verwegenheit unseren Untergang bedeuten konnte.

In meiner privaten Kabine, die sich in nichts von den üblichen Offiziersunterkünften unterschied, kleidete ich mich nach meiner Morgentoilette in meine schwarze Uniform, die anstelle der Rangabzeichen von einem Roten Tatzenkreuz vor einer Schwarzen Sonne mit rötlicher Aura auf Brust und Rücken geziert wurde.

Als ich die Zentrale der ONSLAR betrat, verstummten augenblicklich alle Gespräche. Die Schwarzuniformierten standen stramm und schlugen sich grüßend die rechte Faust vor die Brust. Neben der üblichen Besatzung waren auch die zweiunddreißig Kommandanten der Superschlachtschiffverbände anwesend – siebenundzwanzig von ihnen waren auf Terra geboren worden. Zusätzlich waren drei terranische Raummarschälle zu der von mir anberaumten Einsatzbesprechung erschienen: der Deutsche Günther Prien, der Japaner Tama Tomoyuki und der Engländer

Harold B. Edwards. Sie würden je acht der Verbände befehligen, während ich die vierte Achtergruppe selbst zu kommandieren beabsichtigte.

Nachdem ich zurückgegrüßt hatte, wandte ich mich an Verbindungsoffizier Tundal, einem hochgewachsenen Soldaten mit scharfgeschnittenen Gesichtszügen.

»Gibt es Neuigkeiten von Raummarschall Delmor?«, wollte ich wissen.

»Das Gros der feindlichen Flotte hat sich in vier Teile gespalten. Sie fliegen zurzeit die Systeme Hunstral, Jaradan, Selbtigor und Funtramur an. Alle vier Systeme waren relativ dünn besiedelt und konnten rechtzeitig evakuiert werden. Da sie über keinen besonderen Rohstoffreichtum verfügen, entschied der Raummarschall, die Mohak nicht in einer offenen Schlacht zu stellen, sondern den Feind durch pausenlose Angriffe schneller Verbände, die sich nach erfolgter Attacke sofort wieder zurückziehen, zu zermürben«, erklärte Tundal in schneidigem Tonfall.

Vor dem Hintergrund der Ausführungen des Verbindungsoffiziers sah ich keine Veranlassung, Delmor zu kontaktieren, um ihm gegenteilige Befehle zu erteilen. Sollten die Echsen ruhig ihre Kräfte beim Sichern relativ unwichtiger Systeme verschwenden. Wie ich Delmor kannte, würde er die Invasoren nicht zur Ruhe kommen lassen. Ein massives Einschreiten seiner Heimatflotte war erst dann unvermeidbar, wenn die Mohak versuchen würden, ein kriegswichtiges System zu besetzen. Zu solchen Systemen gehörte Zuladur, aufgrund des extremen Rohstoffreichtums – darunter äußerst seltene Mineralien! – des fünften Planeten. Ebendeshalb würden wir Zuladur den Echsen nicht kampflos überlassen. Den Anschluss der Terraner ans Imperium, genau zu dem Zeitpunkt, als die Mohak unsere Ischtar-Bollwerke zu überrennen begannen, betrachtete ich als eine glückliche Fügung des Schicksals.

Nein, korrigierte ich mich gedanklich, *das war keine glückliche Fügung. Es war eine Folge der Heldentaten Major Sondtheims und seiner Männer, der die Informationen über die Kontrubana beschaffte, und es war die Ehrenhaftigkeit der Terraner, die auf persönliche Macht zugunsten eines vereinigten Imperiums der aldebaranischen Menschheit verzichteten.*

Ich wandte mich von Tundal ab und schritt auf das die Mitte der Zentrale dominierende ovale Pult zu, an dem die drei Raummarschälle auf mich warteten. In ihren Augen erkannte ich kalte Entschlossenheit, den Stolz darüber, einen Beitrag zum Erhalt des Imperiums leisten zu können, und bedingungslose Loyalität mir gegenüber. Hinter den Marschällen hatten sich die zweiunddreißig Verbandskommandanten versammelt.

Erwartungsvoll sahen mir die Offiziere entgegen. Plötzlich standen sie erneut stramm und salutierten. Ich drehte mich um und erblickte General Nungal, den Kommandanten meiner Leibwache, der soeben die Zentrale betrat. Der einzige noch lebende Träger des Schwarzen Sonnenkreuzes wurde nach einem alten Brauch der Flotte auch von höheren militärischen Rängen wie den Raummarschällen zuerst gegrüßt. Nungal hielt kurz inne und salutierte ebenfalls.

Ich lächelte den Mann an, der mir in den vergangenen fast eineinhalb Jahrhunderten zu einem guten Freund geworden war. Er und meine ehemalige Sekretärin Luana, die ich vor einhundertzwanzig Jahren geheiratet hatte, gehörten zum engsten Kreis meiner Vertrauten. Meine Entscheidungen, die das Leben vieler hundert Milliarden Menschen beeinflussten, diskutierte ich stets zunächst mit meiner Frau und dem Kommandanten meiner Leibgarde, bevor ich sie dem Inneren Orden vortrug und, falls keine gut begründeten Einwände erfolgten, die Ausführung befahl.

Wir begaben uns zu dem ovalen Pult, über dem bereits die Projektion der Flotte der Mohak schwebte. In vier Stunden würden wir uns den anstürmenden Feinden stellen. Es galt nun, die für uns optimale Strategie zu entwickeln.

Die Projektion offenbarte ein weiteres Mal die Vorliebe der Echsen für Dreiecke. Dreieckförmige Schiffe mit dreieckförmigen Einsparungen am Heck, Aufteilung der Flotte in ein paar Dutzend Verbände, die Dreieckformationen eingenommen hatten, wobei die Verbände wiederum ein gigantisches Dreieck bildeten. Militärisch machten diese Formationen keinen besonderen Sinn, was auch keine Rolle spielte, solange sich der Feind im ungestörten Anflug befand. Doch es wirkte beeindruckend – majestätisch, erhaben, unbesiegbar – das musste ich zugeben.

Bevor ich alle darüber informierte, wie ich die Echsen aufzuhalten gedachte, wollte ich mir natürlich die Vorschläge meiner neuen, auf Terra geborenen Raummarschälle anhören. Nach einer kurzen Aufforderung meinerseits war es Prien, der das Wort ergriff:

»Unser größter Vorteil gegenüber dem Feind ist der, dass wir durch unsere Flakstationen und Ortungssonden exakt über die Stärke des Feindes informiert sind. Die Mohak kennen unsere tatsächliche Stärke jedoch nicht. Damit das noch eine Weile so bleibt, sollten wir den Echsen lediglich ein Viertel unserer Streitkräfte entgegenschicken, um sich dem Feind aus dessen Flugrichtung betrachtet fünfhunderttausend Kilometer vor Zuladur IV zum Kampf zu stellen. Damit bewirken wir, dass die Mohak ihre Geschwindigkeit auf praktisch Null reduzieren müssen. Schon der Aufprall von 2-cm-Flakgranaten bei zehn Prozent der Lichtgeschwindigkeit ist eine harte Sache. Aber der Beschuss durch die 64-cm-Geschütze unserer Superschlachtschiffe und Schlachtkreuzer wird noch sehr viel härter, das können sie nicht riskieren.

Natürlich wäre ein Viertel unserer Flotte nicht einmal ansatzweise in der Lage, den Gegner dauerhaft aufzuhalten. Unsere Schiffe dienen lediglich als Köder. Sie werden sich allmählich Richtung Zuladur IV zurückziehen und den Planeten in geringer Entfernung passieren. Mit dem richtigen Abstand zum Feind kann man das Risiko von Verlusten möglichst klein halten und gleichzeitig die Mohak animieren, die Verfolgung aufzunehmen.

Auf der Rückseite des Planeten wartet dann das Gros unserer Flotte, zusammen mit den Verbänden der Heimatverteidigung Zuladurs. Wir schleusen sofort sämtliche Jäger und Jagdbomber aus und stoßen direkt in die feindlichen Linien vor, um die Echsen im Nahkampf auszuschalten. Auf diese Weise können die Mohak ihre zahlenmäßige Überlegenheit nicht in vollem Umfang ausspielen. Im Kampf Schiff gegen Schiff sind ihre Schlachtschiffe unseren Superschlachtschiffen deutlich unterlegen. Unsere Jagdbomber greifen unterstützend in den Kampf der größten Schiffsgattungen ein, während sich die Schlachtkreuzer um die kleineren Schiffe des Feindes kümmern.

Durch das Überraschungsmoment und gezielte Nahkämpfe sehen wir eine realistische Chance, den Mohak hinreichende Verluste zuzufügen und sie zu vertreiben.«

»Wir?«, hakte ich kurz nach.

Jetzt war es Tomoyuki, der sich einmischte: »Der Vorschlag meines Kameraden ist in einer Diskussion mit Harold, äh, Raummarschall Edwards und mir entstanden. Wir haben also keine abweichende Meinung von den Erläuterungen Priens.«

Ich schaute den drei Terranern der Reihe nach in ihre angespannten Gesichter, denen man ansah, dass sie nun darauf brannten, meinen Standpunkt zu hören. Prien stand unbeweglich da und fixierte mich mit seinen tiefblauen Augen. Edwards kratzte sich ein wenig nervös seinen für aldebaranische Verhältnisse ungewöhnlichen Wangenbart. Tomoyuki hatte seine Hände hinter dem Rücken gefaltet und wirkte wie ein Eisklotz. Lediglich seine dunklen Augen, die auf einen Aldebaraner fremdartig und exotisch wirkten, drückten eine kompromisslose Entschlossenheit aus, wie ich sie selten an einem Mann beobachtet hatte.

Man hätte eine Stecknadel in der Zentrale der ONSLAR fallen hören können. Gebannt erwarteten die Raummarschälle und die hinter ihnen stehenden Generäle meine Entscheidung.

»So machen wir's«, verkündete ich. »Ich sehe keine bessere Möglichkeit, dem Feind größere Verluste zuzufügen, bevor wir aufgerieben werden. – Deine Meinung, mein Freund?«, wandte ich mich an Nungal.

Der Kommandant meiner Leibgarde nickte zunächst mit zusammengekniffenen Lippen, bevor er anmerkte: »Ich gehe ebenfalls davon aus, dass die Lurche dumm genug sind, das Viertel unserer Flotte zu verfolgen und zu attackieren – sie wissen ja nicht, dass wir noch sehr viel mehr aufzubieten haben. Wahrscheinlich wählen sie eine halbkugelförmige Angriffsposition. Wenn unsere hinter dem Planeten wartenden Verbände diese Halbkugel von der Seite her überraschend angreifen, könnte dies die Echsen in arge Bedrängnis bringen.«

»So ist es!«, ergänzten Prien und Edwards fast gleichzeitig.

Wir hatten auf Basis der uns vorliegenden Informationen eine für uns optimale Strategie entwickelt.

Ende Bericht Imperator Sargon II.

*

Bericht Staffelführer Holmur

Es war ein ganz besonderes Gefühl, eine Videokonferenz mit einer lebenden Legende zu führen. Der Mann mit den stahlblauen Augen und der Narbe auf der linken Wange blickte mich über den Wandbildschirm meiner Kabine an, als ob die Invasion der Mohak das Normalste der Welt sei. Ich konnte keine Spur von Nervosität bei dem Träger des Schwarzen Sonnenkreuzes ausmachen.

»Finden Sie sich mit Ihrer Staffel in neunzig Minuten bei Zuladur IV ein. Dort erhalten Sie weitere Befehle zur Positionierung Ihrer Jagdbomber. Ich gedenke, das außerordentliche Beschleunigungsvermögen Ihrer Maschinen auszunutzen, um die Mohak zu überraschen, sobald sie aus dem Planetenschatten auftauchen.«

Nungal hatte mir die gesamte Planung des Oberkommandos erläutert. Ein kalter Schauer lief mir über den Rücken bei dem Gedanken, dass meine Staffel zusammen mit den Jabos[12] der Superschlachtschiffe den ersten Angriff fliegen würde.

Unmittelbar nach Beendigung meines Gesprächs mit dem Kommandanten der imperialen Leibgarde rief ich meine Piloten über den Staffelrundruf auf, sich in zehn Minuten im Hangar einzufinden. Natürlich steckten die Männer in Erwartung des bald bevorstehenden Einsatzes bereits in ihren Raumanzügen und hatten ihre persönlichen Agenten aktiviert.

Im Hangar bot sich mir fast das gleiche Bild wie vor dem gestrigen Übungsflug: Die knapp zweihundert Piloten hatten vor ihren Maschinen Aufstellung genommen, die ich vom Wartungspersonal bereits vor Stunden mit scharfer Munition hatte ausrüsten lassen. Im Unterschied zu gestern flogen wir dieses Mal jedoch nicht in einen sportlichen Wettkampf, bei dem jeder den anderen auf kameradschaftliche Weise zu übertrumpfen versuchte, sondern in einen Kampfeinsatz, den einige, wenn nicht alle von uns, nicht überleben würden. Entsprechend war die Unbefangenheit der Piloten einem tiefen Ernst gewichen. Furcht konnte ich jedoch bei keinem entdecken. Diese Elitesoldaten würden tun, was getan werden mußte! Falls wir in der kommenden Schlacht unterliegen sollten, so wäre die Ursache dafür sicherlich nicht ein nervliches Versagen dieser Männer – dessen war ich mir absolut sicher.

»Kameraden! Ich habe unsere Befehle vor wenigen Minuten von General Nungal persönlich erhalten. Wir werden zusammen mit den Jagdbomberstaffeln der Superschlachtschiffe die erste Angriffswelle auf den Feind fliegen. Unser Vorstoß wird für die Echsen überraschend aus dem Schatten des vierten Planeten erfolgen. Das Oberkommando erwartet«, ich fragte kurz die Uhrzeit bei meinem persönlichen Agenten ab, »dass wir in

---

12 Jagdbomber

siebenundsiebzig Minuten angriffsbereit sind, jeder auf seiner Position. Also los, Männer!«

Die letzten Worte meiner kurzen Ansprache waren für die Piloten das Signal, in ihre Jagdbomber zu steigen. Ich setzte meinen schwarzglänzenden Raumhelm auf und begab mich unter meine Maschine, deren Unterseite von zwei U-förmigen Halterungen zwei Meter über dem Hangarboden fixiert wurde. Die Pilotenkanzel war nach unten herausgeklappt worden und bildete mit dem Hangarboden einen Winkel von fünfundvierzig Grad. Ich nahm in halb liegender Position auf dem Pilotensitz Platz und drückte den Knopf für den Verschlussmechanismus. Summend klappte die Kanzel nach oben und rastete ein. Ihre Unterseite bildete nun eine fugenlose Einheit mit der Außenhülle des Jagdbombers.

Den Schlauch meines Rückentornisters für die Luft- und Nahrungsversorgung verband ich mit dem Mundstück meines Helms, dessen Gesichtsteil bereits geschlossen war. Erst nachdem ich den Stecker für die drahtgebundene Kommunikation mit dem Bordrechner in die dafür vorgesehene Buchse gesteckt hatte, zog ich meine Handschuhe an, deren Nanomaterialien sich sofort mit meinem Raumanzug verbanden und mich somit luftdicht von der Außenwelt abschlossen.

Per Gedankenbefehl schaltete ich die Navigationstriebwerke ein, die den Jagdbomber einen Meter von den Halterungen anhoben. Die Maschine schwebte nun auf dem Rückstoß der gerichteten Neutrinostrahlung.

»Erbitte Abflugerlaubnis!«, sprach ich ruhig ins Mikrofon meines Raumhelms.

»Erlaubnis erteilt!«, kam es fast unvermittelt von der Stützpunktkoordination aus meinen Helmlautsprechern zurück. »Atmosphäre wird abgepumpt und Reflektorfeld abgeschaltet!« Wenige Sekunden später fügte der unbekannte Sprecher »Startfreigabe!« hinzu.

Mit geringem Schub ließ ich die Maschine vom Hangar in den kilometertiefen Schacht gleiten. Der Rundumbildschirm auf der

Innenseite der Kanzelwandung vermittelte mir den Eindruck, mit meinem Liegesitz und den Steuerungsinstrumenten frei über dem gähnenden Abgrund zu schweben, dessen Wände von Nischen durchsetzt waren; aus einer davon kam soeben meine Staffel.

Ich ließ den waagerecht schwebenden Jagdbomber senkrecht nach oben kippen. Der fünfhundert Meter durchmessende Verschluss des Schachtes war bereits durch Einfahren seiner beiden Hälften geöffnet worden.

Per Gedankenbefehl beschleunigte ich mit zehn g. Nachdem ich den Schachtrand passiert hatte, gab ich die volle Beschleunigung von fünfzehntausend g auf das Haupttriebwerk. Rasend schnell fiel der trostlose Planet unter mir weg.

Nach und nach kamen die Klarmeldungen der zehn Rottenführer bei mir an. Ihre jeweils zwanzig Maschinen folgten mir auf dem Weg nach Zuladur IV.

Ende Bericht Staffelführer Holmur

*

Die kurzgeschorenen blonden Haare des Raummarschalls wurden von einem schwarzglänzenden Raumhelm verdeckt, da bei der bevorstehenden Schlacht jederzeit mit Vakuumeinbruch gerechnet werden musste.

Das Gesichtsteil seines Helms war noch geöffnet (im Katastrophenfall konnte es in Sekundenbruchteilen per Gedankenbefehl geschlossen werden). Dieser Umstand brachte die Besatzung der Zentrale in den Genuss, das Mitglied des Oberkommandos mit geschlossenen Augen und entspannten Gesichtszügen dastehen zu sehen. Prien strahlte eine unerschütterliche Ruhe aus, die sich auf die Soldaten in der Zentrale der CAESAR übertrug.

Die acht Superschlachtschiffverbände des Deutschen waren auf dessen Drängen dazu auserwählt worden, die Mohakflotte fünfhunderttausend Kilometer vor Zuladur IV aufzuhalten und im Rückzugsgefecht möglichst nahe am Planeten vorbeizuführen. Auf dessen Rückseite warteten die drei gleichstarken Gruppen Tomoyukis, Edwards' und des Imperators auf ihren Einsatz, nein, sie warteten nicht, sie brannten darauf. Da Prien es war, der diese von Sargon genehmigte Strategie seinem japanischen und britischen Kameraden vorgeschlagen hatte, sah er sich in der Verpflichtung, diesen gefährlichen Teil des Plans selbst auszuführen.

»Abstand sechshunderttausend Kilometer. Die Echsen bremsen weiterhin stark ab«, hörte der Raummarschall die sonore Stimme des Ortungsoffiziers Ralf Müller. Letzterer hatte die Formationen des Feindes auf den Hauptbildschirm der Zentrale gegeben, damit jeder der anwesenden Offiziere den Anflug beobachten konnte.

Längst hatten die Mohak ihre Dreiecke aufgelöst und, wie erwartet, ihre gewohnte Angriffsformation eingenommen – in Form einer Halbkugel, die sich mit der Öffnung nach vorn der imperialen Flotte näherte. An den Rändern befanden sich die Kreuzer und Zerstörer, während die Schlachtschiffe im Zentrum Aufstellung genommen hatten. Das Ziel des Gegners war es, die aldebaranischen Schiffe in das Zentrum der Kugel zu bekommen. Auf diesen Punkt hätten dann sämtliche Geschütze der Mohak die gleiche Schussdistanz, und sie konnten ihren unterlegenen Gegner mit einem einzigen koordinierten Feuerschlag aus dem All fegen.

Natürlich wussten die Echsen, dass die – durch unaufhörliche Propaganda ihrer Führung immer noch als Futtertiere verachteten – Menschen diese für sie extrem ungünstige Position zu vermeiden suchen würden. Der einzige Ausweg der schwachen Flotte der Weißhäute konnte aus Sicht der Echsen nur aus Rückzug bestehen. Rückzug als einzige Option war jedoch auf Dauer mit einer umfassenden Niederlage verbunden. So ließen sich eben keine Wohn- und Industrieplaneten verteidigen, nach der bestechenden Logik der Echsen.

Doch diese äußerst aggressive Angriffsformation hatte naturgemäß in der Defensive ihre Schwächen. Die Ränder der Halbkugel, also die dreidimensionalen Flanken der Formation, wurden nur von den verhältnismäßig schwachen Kreuzern und Zerstörern verteidigt. Sollte es einem Gegner gelingen, mit starken Verbänden in diese Flanke einzubrechen, so konnte er die gesamte Gefechtsformation durcheinanderbringen.

Genau darauf zielte der von Prien vorgeschlagene, mit Tomoyuki und Edwards ausgearbeitete und schließlich vom Imperator genehmigte Plan ab: Sobald die Halbkugel des Feindes Zuladur IV passierte, würde die dort wartende Flotte die Flanken der mohak'schen Formation angreifen. Nach dem erfolgten Durchbruch würden die Superschlachtschiffe und Schlachtkreuzer auf die schweren Kriegsschiffe im Zentrum der feindlichen Formation vorstoßen und diese in einen für die Mohak ungünstigen Nahkampf zwingen.

»Einhunderttausend Kilometer …«.

Bei dieser Entfernung würden die Granaten der aldebaranischen Flotte dreiunddreißig Sekunden benötigen, um den Feind zu erreichen – genug Zeit für die Mohak, dem Anflug der Geschosse auszuweichen. Folglich sparten die ehemaligen Angehörigen der Dritten Macht und jetzigen Soldaten des Imperiums die Munition.

Minuten verstrichen. Plötzlich öffnete Prien die Augen. »Feuern bei zehntausend Kilometer. Ausschließlich auf die Schlachtschiffe zielen«, befahl er mit ruhiger Stimme. »Anschließend Beschleunigung Richtung Zuladur IV. Abstand zu den Echsen halten.«

Bei einer Schussdistanz von zehntausend Kilometern betrug die Flugzeit der Granaten nur noch dreikommadrei Sekunden. Während die leichten Kreuzer und noch leichteren Zerstörer einem solchen Beschuss problemlos ausweichen konnten, bestand die Möglichkeit, bei den schweren Schlachtschiffen des Feindes den einen oder anderen Glückstreffer zu landen.

»Zehntausend Kilometer!«

Ein leichtes Vibrieren ging durch die CAESAR. Hervorgerufen wurde es von den sechs Drillingstürmen des Superschlachtschiffes, die mit einer Kadenz von einem Schuss pro Sekunde je Geschützrohr ihre 64-cm-Vril-Granaten dem Feind entgegenschickten. Etwas genauer betrachtet hatte das Vibrieren seine Ursache in der magnetfeldgestützten Stabilisierung der Flugbahnen der Granaten innerhalb der je einhundert Meter langen Geschützrohre.

Noch während die Salven der auf Terra gebauten Verbände die Schlachtschiffe der Mohak zu wilden Ausweichmanövern veranlassten, wendeten die Schiffe Priens und beschleunigten gen Zuladur IV.

Die Heckbildschirme der CAESAR zeigten Hunderte von Detonationen in der Umgebung der feindlichen Schlachtschiffe. Die Explosionen von je zwei Gigatonnen[13] Sprengkraft blühten lautlos im Raum auf und schienen sich zu einer einzigen, künstlichen Sonne zu vereinigen. Immerhin waren fünf Schlachtschiffe der Echsen bei ihren Ausweichmanövern in die Flugbahnen weiterer Granaten geraten und hatten die aufgehende Sonne durch die Detonation ihrer Generatoren und Triebwerke bereichert. Doch dreihundertneunundzwanzig von ihnen tauchten mit glühenden Reflektorschirmen, leuchtendes Plasma vor sich hertreibend, unversehrt aus dem Inferno auf.

Der Gegenschlag der Mohak, mit der zwanzigfachen Anzahl Geschosse geführt, wirkte noch spektakulärer. Prien hatte seine Verbände lose gemischt Aufstellung nehmen lassen, weshalb die Granaten der Echsen einen viel größeren Raumbereich »bearbeiten« mussten. Doch als die mohak'schen Geschosse detonierten und viele Millionen Kubikkilometer hell erstrahlen ließen, befanden sich die imperialen Streitkräfte bereits auf dem Weg zum vierten Planeten des Systems.

---

[13] Als Referenz gilt die Sprengkraft herkömmlichen TNTs.

Prien ließ die Heckgeschütze seiner Schiffe noch mehrere Salven abfeuern, die immerhin zwei weitere Schlachtschiffe der Mohak vernichteten. Kurioserweise waren sie zunächst nicht von Granaten getroffen worden, sondern bei ihrem Ausweichmanöver miteinander kollidiert. Der Aufprall hatte die Generatoren für die Reflektorfelder aus ihren Verankerungen gerissen und durch die Schiffshüllen in den Weltraum befördert. Die nachfolgenden Salven ließen ebenfalls ohne direkten Treffer die Panzerungen der ungeschützten Schlachtschiffe verdampfen, bis die Generatoren detonierten.

Auf dem Frontbildschirm der CAESAR wuchs Zuladur IV zu einer formatfüllenden grün-gelben Scheibe. Die imperialen Verbände passierten den Planeten in den oberen Schichten seiner Atmosphäre. Seiner Krümmung folgend, glitten die Meere und Kontinente rasend schnell unter den auf Terra Geborenen hinweg, bis schließlich das Gros der aldebaranischen Flotte in Form unzähliger Lichtpunkte sichtbar wurde.

Die dreitausend Kilometer durchmessende Halbkugel der Mohak folgte den, aus Sicht der Echsen, fliehenden Weißhäuten. Und dann erblickten sie die Flotte Aldebarans...

*

Bericht Staffelführer Holmur

Über den Flottenrundruf wurden die Sekunden heruntergezählt, bis die Flotte der Lurche laut Berechnung über dem Horizont von Zuladur IV auftauchen würde. Die vierundzwanzig im Schatten des Planeten wartenden Superschlachtschiffverbände hatten je eine Jagdbomber- und eine Jägerstaffel ausgeschleust. In diese vor der Flotte positionierten Formationen hatten sich acht Staffeln Jabos und dreizehn Staffeln Jäger der Heimatverteidigung Zuladurs eingereiht. Insgesamt warteten also dreizehntausendachthundert einsitzige Kleinstraumschiffe darauf, sich auf den in wenigen Sekunden auftauchenden Gegner zu stürzen.

»Fünf, vier, drei, zwei – eins!«

Majestätisch schob sich die Halbkugel der Echsen in Form von vielen tausend säuberlich aufgereihten Lichtpunkten über den Horizont des grün-gelben Planeten.

»Angriff!«, kam es dröhnend, so empfand ich es zumindest, aus den Lautsprechern meines Raumhelms.

Mit voller Beschleunigung rasten die Maschinen auf die Flanke des Feindes zu, wobei die nadelförmigen Jagdbomber die nach dem Nurflüglerprinzip konstruierten Jäger wegen ihrer höheren Triebwerksleistung hinter sich ließen. Innerhalb weniger Sekunden lösten sich aus den von den Schiffen der Echsen verursachten Lichtpunkten zehntausend weitere, die wie ein feiner, lichtdurchtränkter Nebel wirkten.

Beschuss?, war mein naheliegendster Gedanke. Doch in der nächsten Sekunde erkannte ich, dass der leuchtende Nebel sich zu Formationen zusammenschloss und beschleunigte. Ich schaltete die Optiken meines Jagdbombers auf Vergrößerung und erkannte eine riesige Zahl von Kleinstraumschiffen. Sie hatten die bei den Mohak so beliebte dreieckige Grundform. Von vorn betrachtet wirkte ihr Profil eher wie ein flaches »V« mit an beiden Enden nach unten abgewinkelten kurzen Stummeln.

»Feindliche Jäger im Anflug«, schrie ich in das Mikrofon meines Raumhelms. Nach einem kurzen Blick auf die Zählautomatik, die in den Panoramaschirm meiner Kanzel eingeblendet wurde, fügte ich hinzu: »Mehr als zweiundfünfzigtausend!«

»Jagdbomber Ausweichmanöver!«, kam die postwendende Antwort der Flottenkoordinationszentrale auf der ONSLAR. »Jäger angreifen!«

Ich stellte meine Maschine senkrecht zur Flugrichtung und ließ sie mit vollem Schub den anfliegenden Jägermassen ausweichen. Per Gedankenbefehl ließ ich die Heckansicht auf dem

Rundumbildschirm einblenden, was den Effekt von im Altertum verwendeten Rückspiegeln bei bodengebundenen Kraftfahrzeugen hatte. Ein Teil der feindlichen Jäger nahm die Verfolgung unserer Jabos auf, während der andere Teil in die Front unserer Jäger hineinraste. Es entwickelte sich eine erbitterte Raumschlacht der Kleinstraumschiffe. Schon in den ersten Sekunden platzten Hunderte von Glutbällen ins All, wobei ich nicht erkennen konnte, ob ihr Ursprung Maschinen des Feindes oder welche von uns waren.

Die unsere Jagdbomberstaffeln verfolgenden Jäger der Echsen beunruhigten mich zunächst nicht. Das mit fünfzehntausend g nie dagewesene Beschleunigungsmanöver unserer nadelförmigen Raumschiffe machte die Aufholversuche der Mohak chancenlos.

Ich ließ meinen Bordrechner den Zeitpunkt bestimmen, an dem wir erneut auf die Flotte der Mohak Kurs nehmen konnten, ohne dass deren Jäger die Möglichkeit hatten, uns den Weg abzuschneiden.

»Fünf Sekunden!«, hörte ich die blecherne Stimme der künstlichen Intelligenz.

»Abdrehen in Richtung der feindlichen Flotte in drei, zwei, eins!«, befahl ich auf der Staffelfrequenz meinen Piloten.

Zweihundert Spitzen unserer Riesennadeln deuteten nun auf einen Punkt unterhalb der aus Mohak-Raumern gebildeten Halbkugel. Zusammen mit unserer durch das Ausweichmanöver entstandenen Geschwindigkeitskomponente nach »oben«, würden wir mitten zwischen den feindlichen Schiffen in ihre Linien brechen.

»Unter« mir bemerkte ich in der tobenden Schlacht zwischen den Mohak-Jägern und unseren, dass einige der Echsen durchgebrochen waren und sich nun ihrerseits unserer Flotte näherten. Ich schaltete auf Vergrößerung und erkannte zylindrische Körper, die unten am Querprofil der V-Spitze der feindlichen Maschinen hingen.

Bomben! Auf der Flottenfrequenz gab ich durch: »Die Mohak imitieren offenbar unsere Technik des Bombenschießens, zumindest haben sie einen Teil ihrer Jäger entsprechend ausgerüstet.«

»Wissen wir schon«, kam die Antwort eines Verbindungsoffiziers. »Wir schicken ihnen unsere Zerstörer entgegen.«

Unsere achtzig Meter langen Zerstörer verfügten über acht doppelläufige Flakgeschütze; vier an der Ober- und vier an der Unterseite. Damit waren die kleinsten Einheiten unserer Flotte, nach den Jägern und Jagdbombern natürlich, für die Jägerabwehr prädestiniert.

Doch es blieb mir keine Zeit, den Erfolg der Kameraden auf den Zerstörern weiterzuverfolgen. Meine Staffel schoss mit zehn Prozent Lichtgeschwindigkeit auf den Feind zu, der unbeirrt die Gruppe von Prien zu verfolgen schien.

Je näher wir kamen, umso mörderischer gestaltete sich das auf diese Entfernung noch ungezielte Flakfeuer der Echsen. Mehrere Maschinen meiner Staffel platzten in glühenden Wolken auseinander.

Ich raste auf einen gegnerischen Kreuzer zu. Drei Sekunden vor Erreichen des zweihundertachtzig Meter langen dreieckförmigen Potts, mit der typischen, ebenfalls dreieckförmigen Aussparung am Heck, öffnete ich den Bombenschacht und ließ die erste meiner drei Vril-Bomben an Teleskopgreifern hängend hinausfahren. An meinem Frontreflektor zerplatzten derweil 1,7-cm-Flakgranaten der Mohak zu grellen Plasmawolken.

Weniger als zehntausend Kilometer von meinem Ziel entfernt gab ich den gedanklichen Befehl zur Aktivierung der Abwurfautomatik. Der 2-Gigatonnen-Sprengsatz schlug mit dreißigtausend Kilometern in der Sekunde in die hoffnungslos überlasteten Reflektorschirme des Kreuzers ein. Gleichzeitig zog ich den Jagdbomber leicht hoch, um nicht in die Ausläufer der aufgehenden Sonne zu geraten, in die meine Bombe den Kreuzer verwandelte. Für einen Sekundenbruchteil zeigte der Rundumbildschirm meiner Kanzel »unter« mir ein grelles

Weiß, über das ich einen Augenblick später schon hinweggerast war.

Die Flanke des Feindes durchbrechend drang ich nun unvermeidbar in das Innere der gegnerischen Halbkugel ein. Hier steigerte sich das Flakfeuer noch einmal gewaltig. Schlimmer noch: Es drang von der Seite auf mich ein. Die seitlichen Reflektoren meiner Maschine waren erheblich schwächer als der für den direkten Zielanflug großzügig dimensionierte Frontreflektor, der zudem nur die knapp 0,8 Quadratmeter Querschnitt des Jagdbombers zu schützen hatte. Ein einziger seitlicher Treffer würde genügen, um die Kerne meiner Körperatome mit denen des Kleinstraumschiffes auf alle Ewigkeit zu einem untrennbaren Gemisch zu verbinden, während die Elektronen eilig davoneilen würden.[14]

Genau jenes Schicksal ereilte etliche meiner Kameraden, obwohl wir uns nur eine Drittelsekunde innerhalb der Halbkugel aufgehalten hatten. Mindestens fünfzig grelle Plasmawolken trieben neben mir durch den Raum. Auf meinem eingeblendeten »Rückspiegel« erkannte ich jedoch eine noch größere Zahl expandierender Glutbälle in der von uns durchstoßenen Flanke des Feindes.

Per Gedankenbefehl drehte ich den Jagdbomber um einhundertachtzig Grad und verringerte so meine Geschwindigkeit relativ zu der schnell hinter mir zurückfallenden Feindflotte. Drei Minuten und zwanzig Sekunden später würde ich erneut auf die Halbkugel zurasen, um meinen nächsten Treffer zu landen. Die Spitze meiner verzögernden Maschine auf die gegnerische Flotte gerichtet, hatte ich einen ausgezeichneten Überblick über die Angriffe der uns folgenden Staffeln, die Tod und Vernichtung unter den Kreuzern und Zerstörern der Echsen säten. Mehrere

---

[14] Die durch einen Treffer verursachte Verwandlung von Jagdbomber samt Piloten in ein Millionen Grad heißes Plasma – von Staffelführer Holmur in einem Anfall fatalistischer Poesie beschrieben.

Dutzend grelle Detonationen kündeten von ihrem Erfolg. Mein Hochgefühl wurde durch das bedrückende Bild kleinerer Plasmawolken, die mit hoher Geschwindigkeit auf mich zuschossen, ins Gegenteil verkehrt. Es handelte sich um die in den vierten Aggregatzustand[15] übergegangenen Überreste meiner Kameraden von anderen Staffeln samt ihrer Maschinen. Mit gespenstischer Lautlosigkeit zogen sie wie die Geister der Gefallenen an mir vorüber.

Auf der Staffelfrequenz rief ich meine zehn Rottenführer an und bat um Schadensmeldung. Es meldeten sich nur sechs der angerufenen Piloten und vier Stellvertreter ihres jeweiligen getöteten Vorgesetzten. Meine Staffel hatte bei ihrem ersten Anflug auf die Feindflotte bereits zweiundsiebzig Jagdbomber verloren! Was für eine Bilanz! Wenn das so weiterging, würden wir aufgerieben sein, bevor die Letzten von uns die Gelegenheit hatten, ihre dritte Bombe ins Ziel zu bringen.

Ungeachtet unserer hohen Verluste versagte mir keiner meiner Piloten die Gefolgschaft. Wir flogen unseren zweiten Angriff nun auf die von unserer Flotte abgewandte Flanke des Feindes. Erneut brandete uns mörderisches Flakfeuer entgegen. Dieses Mal wurde mein Frontreflektor bis an seine Grenzen belastet. Ich erwischte einen weiteren Kreuzer, bevor ich den noch gefährlicheren Innenbereich der gegnerischen Formation durchflog. Ein seitlicher Streifschuss wirbelte meinen Jagdbomber um die Achse, während ich einen Sekundenbruchteil später durch die unserer Flotte zugewandte Flanke schoss. Ich brauchte einige Sekunden, um meine Maschine wieder zu stabilisieren und ihre Nadelspitze auf den Gegner zeigen zu lassen, um mit dem Abbremsmanöver zu beginnen. Zum zweiten Mal sah es so aus, als kämen mir die leuchtenden Seelen gefallener Kameraden entgegen. Doch ich wusste, sie hätten nicht geklagt, wenn sie noch zu uns hätten sprechen können. Sie hatten ihre soldatische Pflicht getan und

---

[15] Fest, flüssig, gasförmig, Plasma

waren im heldenhaften Kampf für ihre Familien und ihr Volk gestorben. Ein grausames Schicksal hatte vor einhundertfünfzig Jahren die Mohak in unser aller Leben treten lassen und forderte nun weitere Opfer von uns. Doch nicht zu kämpfen hätte ebenfalls den Tod durch diesen gnadenlosen Feind bedeutet.

Noch während ich abbremste, überholten mich Verbände unserer Flotte. Superschlachtschiffe, Schlachtkreuzer, Kreuzer und Zerstörer zogen an mir vorbei und strebten seitlich auf die Halbkugelformation der Echsen zu. Mit Erschrecken stellte ich die schweren Beschädigungen einiger unserer Schiffe fest. Doch die Rauchwolken und die schwarzen Flecken auf ihren Hüllen schienen sie nicht davon abzuhalten, nun den Feind zur Entscheidungsschlacht zu stellen.

Ende Bericht Staffelführer Holmur

*

Bericht Imperator Sargon II.

Die Nachricht, dass eine fünfstellige Anzahl Jäger mit Bomben unter den Rümpfen im Anflug auf unsere Flotte war, traf mich wie ein Schock.

Warum wunderst du dich?, fragte ich mich gedanklich. *Die Echsen haben eben von uns gelernt. Bei einem raumfahrenden Volk, das Hunderte von Systemen kolonialisiert hat, sollte dich das nicht verwundern.*

»Schickt ihnen unsere Zerstörer entgegen!«, befahl ich über den Flottenrundruf.

Zwei Sekunden später sah ich Hunderte der ovalen Schiffe aus unseren Verbänden ausscheren, um die feindlichen Jäger abzufangen. Wenig später traten ihre jeweils acht doppelläufigen Flaktürme in Aktion. In jeder Sekunde schickten sie den Echsen fast zwei Millionen Flakgranaten entgegen. Unzählige Gegner wurden in weißglühende Explosionswolken verwandelt. Doch es waren immer noch einige Tausend, die durch die aus unseren Zerstörern gebildete Linie brachen und auf uns zurasten.

Nun begannen auch die Flakgeschütze unserer größeren Schiffe mit ihrem Beschuss. Erneut wurde der Weltraum von Millionen Leuchtspurgeschossen durchzogen. Die Angreifer zerplatzten zu Hunderten, schließlich zu Tausenden. Doch mindestens fünftausend von ihnen würden in Abwurfdistanz ihrer Bomben kommen, schätzte ich ab.

Zwei Sekunden bevor sie uns erreichten, warfen sie ihre Bomben und drehten mit Höchstbeschleunigung ab. Diese Vorgehensweise unterschied die Echsen erheblich von unseren eigenen Piloten, die die Bomben solange wie möglich hinter ihren schützenden Reflektorfeldern hielten und erst eine Drittelsekunde vor Erreichen des Ziels abdrehten. Diese zwei Sekunden waren wahrscheinlich der Grund, warum nicht der Großteil unserer Schiffe durch den Angriff vernichtet wurde. Unsere Flakgeschütze hatten genau zwei Sekunden zur Verfügung, in denen sie mehr als neunzig Prozent der anfliegenden Bomben abschossen.

Leider verwandelten die übrigen Geschosse einige hundert unserer Schiffe, darunter zwei Superschlachtschiffe, in gleißendes Licht. Tausende meiner Kameraden starben innerhalb eines Sekundenbruchteils.

Das relativ frühe Ausklinken der Bomben muss seine Ursache in der Mentalität der Mohak als geborene Jäger haben, überlegte ich. *Ein zu hohes Risiko führt bei ihnen zu einer Art Jagdabbruchreflex, was die Echsen zum frühzeitigen Abdrehen veranlasst.*

»Angriff auf die Flanke des Feindes!«, lautete mein nächster Befehl. »Die vorgepreschten Zerstörer sollen auf uns warten und mit uns im Verbund angreifen.«

Mit einhundert g beschleunigten unsere Schiffe simultan. Erst als sie aus dem Lichtschein der überall expandierenden Gigatonnen-Explosionen auftauchten, erkannte ich, dass etliche Raumschiffe stark beschädigt waren. Ich sah schwarze Flecken und ausgefranste Löcher in den Hüllen. Einige Besatzungen schienen die betroffenen Bereiche noch nicht abgeschottet zu haben, denn aus ihren Bäuchen quoll dunkler Qualm als Resultat von Bränden, die durch die entweichende Schiffsatmosphäre entstanden waren.

Der riesige Hauptbildschirm zeigte uns, dass Prien mit seinen acht Verbänden umgekehrt war und nun aus allen Geschützen feuernd auf die Echsen zuflog. Gegen die Schiffe des Raummarschalls hatten die Mohak die aus ihrer Sicht optimale Formation eingenommen. Doch dem Gros der Flotte weiterhin die Flanke zuzuwenden, hätte den Invasoren extrem hohe Verluste zugefügt. Sie reagierten entsprechend und lösten die Halbkugel auf.

Bevor die Echsen neue Formationen einnehmen konnten, waren Tomoyukis Verbände die Ersten, die in die Linien der sich umgruppierenden Gegner einbrachen.

Unaldor, der ehemalige Prokonsul der Dritten Macht und heutige Gouverneur Terras sowie Raummarschall der Flotte, hatte mir von dem fremdartig wirkenden Volk der Japaner erzählt. Er hatte sie als hochintelligent gelobt und davon berichtet, dass sie mit einer heldenhaften Todesverachtung kämpften. Diese Einschätzung Unaldors bestätigten nun Tomoyuki und seine hauptsächlich mit Japanern besetzten Verbände. Ohne Rücksicht auf eigene Verluste walzten sich seine Schiffe durch die feindliche Flotte und hielten genau auf das Rückgrat der ehemaligen Halbkugel zu: die gegnerischen Schlachtschiffe.

»Tomoyuki folgen!«, rief ich laut, um das immer stärker anschwellende Vibrieren unserer Geschütze und das Dröhnen der Treffer in unseren Reflektorfeldern zu übertönen. In Kürze würde wohl nur noch eine Verständigung über unsere Raumhelme möglich sein.

Auf dem Steuerbordbildschirm erkannte ich, dass Edwards seinen Verbänden den gleichen Befehl gegeben hatte. Um uns herum entwickelte sich das reinste Chaos. Ohne Formation, ohne Taktik entstand eine ungeordnete Schlacht Schiff gegen Schiff, genauso, wie es Prien geplant hatte. Die grellen Blitze explodierender Raumschiffe wirkten, als hätte ein Wahnsinniger ein kosmisches Stroboskop in diesem Raumsektor aufgestellt. Kein Flottenkommandant konnte in diesem Gespinst sich ineinander verbissener Kriegsschiffe auch nur annähernd die Übersicht behalten. Aus diesem Grunde wurden auch keine weiteren Befehle gegeben. Jedes Schiff würde versuchen, so viele Gegner wie möglich zu vernichten und dabei situativ in Bedrängnis geratene Kameraden unterstützen.

Als wir in Wirkreichweite[16] zu einem Schlachtschiff waren, legte ich es als Ziel für alle Kanoniere per Gedankenbefehl fest. Es erschien nun auf allen Feuerleitschirmen der ONSLAR rot umrandet. Unsere erste 64-cm-Granaten-Salve zerplatzte an den Reflektoren des mehr als drei Kilometer langen Riesen. Doch schon nach der zweiten stand eine neue Sonne an der Stelle des gegnerischen Schlachtschiffs.

Immer mehr dieser schwersten Echsenschiffe kamen in Reichweite. Einige davon hatten sich die ONSLAR als Ziel ausgesucht. Ein Stakkato großkalibriger Geschosse schlug in unsere Reflektoren. Die Anzeige ihrer Belastung in der unteren rechten Ecke des Hauptbildschirms schnellte mit beängstigender Geschwindigkeit auf die Einhundert-Prozent-Marke hoch. Der Boden schwankte so stark unter meinen Füßen, dass ich mich am Pult festhalten musste, um nicht zu stürzen. Bei einhundertfünfundzwanzig Prozent ging schließlich ein fürchterlicher Ruck durch das Schiff. Ich wurde gegen den Steuerbordbildschirm geschleudert, prallte ab und schwebte schwerelos in der Zentrale. Schließlich wurde es kurz dunkel, bevor die Notbeleuchtung das Kommandodeck mit schwach rötlichem Licht erhellte.

Mein Blick fiel auf das angespannte Gesicht General Baltars, des Navigators der ONSLAR.

---

[16] Die Entfernung, in der es dem Ziel nur noch zu 50% Wahrscheinlichkeit möglich ist, den anfliegenden Granaten auszuweichen.

»Vakuumeinbruch!«, formte er deutlich mit den Lippen. Dann verschwanden seine Züge hinter den sich verschließenden Gesichtsteilen seines Raumhelms.

Ende Bericht Imperator Sargon II.

*

Bericht Staffelführer Holmur

Ich holte unsere Flotte wieder ein, während sie sich durch die sich auflösenden Reihen der Echsen auf deren Schlachtschiffe stürzte. Einem dieser Riesenkähne der Mohak wollte ich meine letzte Bombe schenken, großzügig wie ich nun einmal war.

Durch die voll entbrannte Raumschlacht schwirrten Myriaden Geschosse und Bruchstücke durch den Raum. Ich wunderte mich ernsthaft darüber, dass ich noch nicht getroffen worden war. Das war entweder einfach nur unverschämtes Glück, oder Ischtar hatte ihre schützende Hand über mich gelegt.

Rasend schnell kam einer der gigantischen Pötte auf mich zugeschossen – oder besser: ich auf ihn. Einen Augenblick, der deutlich weniger als die übliche Drittelsekunde betrug, vor Erreichen des Ziels klinkte ich die Bombe aus und stellte den Jabo senkrecht zur Flugbahn. Ich wollte mein fünf Tonnen schweres Geschoss möglichst lange vor dem überall vorhandenen Flakfeuer schützen, das gelegentlich glühende Plasmawolken auf meinem Frontreflektor erzeugte.

In wenigen Kilometern Entfernung zog ich an dem zerberstenden Ungetüm vorbei. Sofort ließ ich die Spitze des Jabos wieder in die Flugrichtung kippen. Hätte ein Flakgeschoss bei meiner hohen Geschwindigkeit in der Phase meines Ausweichmanövers die seitlichen Reflektoren getroffen, so hätte es mich in eine Glutwolke verwandelt.

»Flottenkoordination, hier Staffelführer Holmur! Bin leergeschossen. Erbitte Aufmunitionierung!«, bellte ich in das Mikrofon meines Raumhelms.

»Die ONSLAR ist Ihnen am nächsten und hat noch vierhundertdreiundzwanzig Vril-Bomben an Bord. Ich informiere das Wartungspersonal des Flaggschiffes und blende dessen Position auf Ihrem Schirm ein«, kam es metallisch plärrend aus den Lautsprechern meines Raumhelms. Natürlich hätte man dem koordinierenden Rechner auch eine menschlichere Stimme verpassen können. So wusste jedoch jeder, ob er mit einem Menschen oder mit einer Maschine sprach.

Ein roter Punkt erschien auf der Steuerbordseite meines Rundumbildschirms, knapp über dem Horizont des grün-gelben vierten Planeten der Sonne Zuladur. Per Gedankenbefehl nahm ich Kurs darauf. Um den roten Flecken herum blitzte es unaufhörlich auf. Mitten in einer Raumschlacht Munition zu fassen, war auch für mich eine Premiere.

Schnell wurde der rote Punkt zu einem Kreis, der das immer deutlicher zu erkennende Superschlachtschiff umrahmte. Es feuerte auf ein Schlachtschiff der Echsen, das wenig später in einer grauenhaften Detonation verging.

»Hangarkoordination an Staffelführer Holmur!«, hörte ich nun eine menschliche Stimme. »Folgen Sie dem Leitstrahl. Wartungspersonal zur Aufmunitionierung steht bereit.«

Auf meinem Bildschirm wurde eine goldene Linie eingeblendet, die in den rechten der beiden Hangars des Stolzes der Flotte führte. Ein Gefühl der Ehrfurcht überkam mich, als ich daran dachte, dass der Imperator selbst an Bord dieses prächtigen Schiffes war.

Durch die Lücke, die man um den Leitstrahl in die Reflektorfelder projiziert hatte, flog ich in den Hangar ein. Kein einziger Jäger oder Jabo befand sich dort – alle waren im Einsatz.

Sämtliche Konturen der riesigen Halle zitterten. *Schwerer Beschuss,* stellte ich sachlich fest. Der Leitstrahl endete genau zwischen zwei U-förmigen Klammern, neben denen fünf Männer in geschlossenen Raumanzügen und ein Laderoboter bereitstanden.

Meine Landung auf den Halterungen gestaltete sich ziemlich ruppig. Sie schlugen durch die Vibrationen des Schiffes zunächst mehrere Male gegen den Boden meines Jabos, bis die Magnetfelder meine Maschine schließlich fest verankerten. Nun wurden die Erschütterungen, denen die ONSLAR ausgesetzt war, jedoch voll auf mich übertragen. Ich fühlte mich in der engen Kanzel wie ein Baradoreiter auf dem Rücken eines Zandal[17].

Auf meinem Bildschirm beobachtete ich per Heckeinblendung das Wartungspersonal, wie es an meiner Maschine arbeitete. Ich fragte mich ernsthaft, wie die Männer bei diesen fürchterlichen Vibrationen die drei Bomben im Schacht meines Jabos unterbringen wollten. Dann krachte ein mächtiger Stahlträger in wenigen Dutzend Metern Entfernung von der Decke des Hangars. In der Heckansicht sah ich, wie sich der Wartungstrupp fluchtartig von meiner Maschine entfernte. Risse bildeten sich in den Wänden des Hangars. Feuerzungen schossen daraus hervor. Ich verschloss den Bombenschacht wieder und versuchte, den Jabo zum Abheben zu veranlassen. Doch die Magnetfelder der Klammern machten keine Anstalten, meine Maschine wieder freizugeben.

»Staffelführer Holmur an Hangarkoordination!«, schrie ich. »Magnetfelder abschalten!«

Ich wartete einige Sekunden vergeblich auf eine Antwort, während um mich herum die Welt unterzugehen schien. Die Risse in den Wänden wurden zu gezackten Löchern. Durch eines von ihnen, exakt mir gegenüber, konnte ich den Weltraum sehen, wo es unaufhörlich aufblitzte.

Es blieb mir nichts anders übrig, als alles auf eine Karte zu setzen. Ich gab einhundert g Schub auf das Haupttriebwerk. Mit einem Ruck zerrissen die Halterungen und wohl auch ein Teil

---

[17] Aldebaranisches Rodeo

der Hülle meiner Maschine, wie mich eine eingeblendete Schadensmeldung unterrichtete. Der Jabo wurde auf das Loch im Hangar katapultiert. Das Heck kollidierte mit der ausgefransten Wandung und riss die hintere Hälfte meiner Maschine einfach ab. Der mörderische Aufprall hatte den vorderen Teil in eine heftige Drehbewegung versetzt. Um die Querachse rotierend schoss das Bruchstück, in dem ich mich befand, aus der untergehenden ONSLAR in den freien Raum.

Mit einem Hieb auf einen durch einen Glaskasten gesicherten roten, pilzförmigen Knopf löste ich die Notfallautomatik aus. Die drei Meter lange Spitze des Jabos wurde abgesprengt und meine Kanzel ins All katapultiert. Das Erste, was ich nach der erfolgreichen Loslösung von den Überresten meiner Maschine sah, war ein mehrere Quadratmeter großes Bruchstück, das vor dem Hintergrund der auseinanderbrechenden ONSLAR auf mich zutorkelte. Der Aufprall war so heftig, dass ich den Schlag noch nicht einmal spürte. Es wurde übergangslos dunkel um mich.

Ende Bericht Staffelführer Holmur

*

Bericht Imperator Sargon II.

Jemand zog an meinem Arm. Ich wendete ihm meinen Blick zu und sah statt eines Gesichts das geschlossene Gesichtsteil eines Raumhelms. Der Unbekannte positionierte sich hinter mich, umklammerte meine Brust mit den Armen und zündete das Vril-Triebwerk seines Raumanzuges. Dann raste er mit mir durch die Zentrale in den Hauptgang des Schiffes. Er wich umherschwebenden Trümmerteilen mit einer Reaktionsschnelligkeit aus, die seine Identität entlarvte: Es konnte sich nur um Nungal handeln, der von der Isais mit außerordentlichen Fähigkeiten ausgestattet worden war. Bei diesem in der Form einer göttlich schönen Frau erschienenen Wesen handelte sich um eine Superintelligenz, die Nungal vor einhundertvierundvierzig Jahren auf einem Mond des Maulack-Systems gerettet hatte, um die logische Konsistenz des Universums zu bewahren, wie sie sich ausgedrückt hatte. Das Ganze war ein Mysterium geblieben, denn einen weiteren Kontakt zur Isais hatte es bis heute nicht gegeben.

Nungal bog in mehreren Gangkreuzungen mit einer derart hohen Geschwindigkeit ab, dass mir schwarz vor den Augen wurde. Wenige Sekunden später erreichten wir eine Vril, die mit der Unterseite nach außen in der Hülle der ONSLAR verankert war. Drei Soldaten waren gerade dabei, ihre Luke zu öffnen. Er schob mich nach den drei Männern ins Innere der Flugscheibe, begab sich auf den Pilotensitz und aktivierte den Rundumbildschirm per Gedankenbefehl. Ich hatte plötzlich den Eindruck, inmitten eines kreisrunden Loches in der Wandung meines Flaggschiffes zu schweben. Dutzende weitere Vrils lösten sich von dem sterbenden Giganten. Schließlich schossen auch wir in die vom Strobolicht der Detonationen unterbrochene Schwärze des Alls.

Einen Augenblick später schlugen mehrere Granaten in den Leib des längst seiner Reflektorfelder beraubten Riesenschiffs. Es brach an drei Stellen auseinander. Feuerzungen leckten aus den Bruchstücken in den Weltraum und trieben Trümmer und Männer in Raumanzügen vor sich her. Der Gigant, der mir fast einhundertfünfzig Jahre treu als Flaggschiff gedient hatte, verabschiedete sich mit einem Bild des Grauens.

Übergangslos verwandelte sich dieses Bild in ein konturloses Weiß. Eine enorme Druckwelle traf unsere Vril. Wie ein welkes Blatt vom Wind wurde sie herumgewirbelt. Zischend entwich die Atmosphäre durch entstandene Risse in der Hülle. Der Rundumbildschirm zeigte an mehreren Stellen nur noch ein hässliches Schwarzbraun. Zwischen den Flecken sah ich den verbotenen Planeten Zuladur IV, wie er langsam größer wurde.

»Die Haupttriebwerke sind ausgefallen«, informierte uns Nungal. »Wir stürzen ab!«

Kapitel 3: Der verbotene Planet

Ein tiefes Brummen, das wirkte, als ob es von seinen Schädelknochen in sein Hirn reflektiert wurde, holte Staffelführer Holmur aus seiner Bewusstlosigkeit zurück. Blaue, gelbe und grüne Farbtöne wirbelten durcheinander, als er die Augen zu einem schmalen Schlitz öffnete. Je mehr sein Bewusstsein zurückkehrte, umso mehr ordnete sich der Wirbel der Farben.

Zuladur IV, der verbotene Planet!, war der erste klare Gedanke, den der Jagdbomberpilot fassen konnte. Darauf folgte auch sogleich der zweite: *Bei Ischtar! Ich stürze ab!*

Per Gedankenbefehl kontaktierte Holmur die Bordautomatik und erkundigte sich nach dem Zustand der Kleinsttriebwerke seiner abgesprengten Kanzel.

»Triebwerksleistung bei fünfundzwanzig Prozent«, kam es klar und deutlich aus seinen Helmlautsprechern.

Das ist zu wenig, um das Gravitationsfeld des Planeten zu verlassen, reicht aber für eine sichere Landung aus, stellte der Elitesoldat fest.

Wenige Kilometer tiefer zog eine fremdartige, zerklüftete Landschaft vorbei, in der das Gelb dominierte und ansonsten, wenn auch in weitaus geringerem Maße, alle möglichen Farben des Spektrums vorkamen.

Der Staffelführer registrierte eine mehrere Quadratkilometer große runde Hochebene, die mit einem gelben Teppich bedeckt zu sein schien, der in einem merkwürdigen Kontrast zu den mit blauen, roten und grünen Schlieren durchzogenen Hängen des Tafelberges stand.

Gedanklich dirigierte Holmur die Kanzel über den gelben Teppich und ließ sie hinabsinken. Doch als die Rettungskapsel den vermeintlichen Boden berührte, sackte sie einfach weiter durch. Eine Sekunde später war sie bereits in der gelben, schaumartigen Substanz versunken. Sofort ließ der Pilot die Kanzel höher steigen. Ein aus dem Schaum hervorschießender rosafarbener Tentakel vereitelte den Aufstieg der Kanzel, indem er sie umwickelte und mit einer ruckartigen Bewegung nach unten zog.

Für einen Moment sah der Aldebaraner nichts weiter als das flockige Gelb um sich herum. Dann befand er sich auch schon in einem riesigen Hohlraum, der von schwachem, durch den gelben Schaum dringendem Licht ausgeleuchtet wurde. Der Boden der Höhle war ebenfalls rund und durchmaß etwas weniger als die gelbe Hochebene, die er soeben mit der »freundlichen Hilfe« des Tentakels durchdrungen hatte.

Das ist keine Hochebene, sondern ein Krater, der von dem gelben Schaum bedeckt wird, erkannte der Staffelführer.

Hunderte rosa Tentakel, von denen nur ein einziger die Kanzel immer tiefer hinabzog, reckten sich von dem ebenfalls rosa Boden zu der Höhlendecke aus gelbem Schaum empor. In der Mitte des Kratergrundes war eine hundert Meter durchmessende Fläche gänzlich frei von Tentakeln. Zwei dicke türkisfarbene Wülste zogen sich nebeneinander durch die freie Stelle. Mit einem gurgelnden Geräusch, so laut, dass es der Pilot sogar in seinem geschlossenen Raumanzug deutlich hören konnte, schoben sich die Wülste auseinander und gaben den Blick auf einen tiefen rötlichen Schlund frei, aus dessen Wänden mehrere Reihen dolchartiger Gebilde ragten. Durch den Wald aus Tentakeln hindurch wurde die Kanzel zum Schlund bugsiert. Das rosafarbene baumdicke Etwas drückte die Rettungskapsel einfach in den Schlund hinein und ließ danach sofort von seinem Opfer ab, um sich wieder gegen die gelbe Decke zu strecken. Gleich danach zog sich der Schlund um die Kanzel zusammen.

Mit einem hässlich kreischenden Geräusch schabten die Dolche über den schwarzen Unitall-Stahl, als die Einschnürung des Schlundes nach unten wanderte und so das Opfer immer tiefer in das Gebilde hineinschob.

Na toll! Ich bin gerade erst auf dem Planeten angekommen und werde zur Begrüßung gleich gefressen, stellte Holmur sarkastisch fest.

Er schaltete die Scheinwerfer der Kanzel ein, denn durch den Verschluss des Schlundes über ihm war es schlagartig stockdunkel geworden. Auf dem Rundumbildschirm wurde erkennbar, dass eine klare Flüssigkeit in Sturzbächen an der Außenwand der stählernen Kapsel herabfloss.

»Analysiere die Flüssigkeit!«, befahl der Soldat der Bordautomatik.

»Hochkonzentrierte Flusssäure«, kam die prompte Antwort zurück.

Verdauungssäfte!, kombinierte der Staffelführer. *Doch es hilft nichts – ich muss hier raus!*

Mit der Linken kramte Holmur das Magnetfeldgewehr unter seinem Liegesitz hervor. Seine Rechte packte einen Waffengürtel mit zusätzlicher Munition und einem Dutzend Vril-Granaten. Er band sich den Gurt um und drückte einen kleinen daran baumelnden Stecker in die dafür vorgesehene Buchse seines Raumanzuges. Auf diese Weise konnte er die Granaten mithilfe seines persönlichen Agenten gedanklich auf die gewünschte Sprengkraft einstellen.

Per Gedankenbefehl ließ der Staffelführer die Kanzel aufklappen. Ein Schwall der ätzendsten aller Säuren ergoss sich ins Innere. Vom ungeschützten Rundumbildschirm stiegen Rauchwolken als Folge des Auflösungsprozesses auf. Dem Raumanzug des Piloten konnte die klare Flüssigkeit jedoch nichts anhaben – zumindest nicht, wenn er das monströse Wesen in absehbarer Zeit davon überzeugen konnte, unverdaulich zu sein.

Zu diesem Zeck hob Holmur das Magnetfeldgewehr, stellte es auf die höchste Schussenergie ein und betätigte den Abzug. Sattblau glühende Geschossbahnen jagten aus der geöffneten Kanzel in den Verschluss des Schlundes. Die Reibungshitze der Kugeln ließ das rote Fleisch mehrere Zentimeter um die Einschusslöcher herum verdampfen. Sofort weiterte sich der Verschluss und gab den Blick hinauf in den Schlund zu den dolchartigen »Zähnen« frei.

Der Soldat schwebte auf dem Neutrinostrahl des Vril-Triebwerks seines Raumanzuges hinauf und gab noch ein paar Schüsse auf die Wände ab, um das Monstrum davon zu überzeugen, den Schlund nicht wieder zusammenzuziehen. Seine Argumente schienen ausreichend, denn es öffneten sich sogar die wulstigen Lippen des Viehs. Es schien froh zu sein, das widerspenstige Opfer loszuwerden.

Mit Höchstbeschleunigung raste der Angehörige der imperialen Leibgarde der gelben Decke entgegen, wobei er mehrfach den Tentakeln ausweichen musste, die ihn reflexartig zu fangen versuchten. Ohne zu bremsen durchstieß er den Schaum und schwebte einen Augenblick später über der gelben Hochebene.

In jenem Moment erreichte ihn ein dumpfes Donnern. Holmur hob den Blick und sah eine Vril, einen feurigen Schweif hinter sich her ziehend, über sich hinwegfliegen. Wenige Sekunden später verschwand die Flugscheibe hinter dem Horizont. Der Staffelführer merkte sich die Stelle und raste mit voller Beschleunigung hinter dem abstürzenden Kleinraumschiff her.

*

Hochkonzentriert steuerte Nungal die schwer beschädigte Flugscheibe. Mit dem letzten Rest der Leistung der stark in Mitleidenschaft gezogenen Triebwerke versuchte er, das Eintauchen in die Atmosphäre des verbotenen Planeten so sanft wie möglich zu gestalten. Trotzdem stieß die Flugscheibe mit für ihren Zustand viel zu hoher Geschwindigkeit in die oberen Schichten vor.

Die Schiffshülle glühte unter dem Ansturm der Sauerstoff- und Stickstoffmoleküle auf. Sprunghaft stieg die Temperatur im Innenraum an. Nach wenigen Sekunden begann der ohnehin nur noch an wenigen Stellen funktionsfähige Rundumbildschirm, Blasen zu werfen. Ohne ihre Raumanzüge wären die Soldaten und ihr Imperator bei lebendigem Leibe verbrannt.

Sargon saß angeschnallt vor dem Pult, das die Zentrale umlief, und beobachtete die Bemühungen Nungals mit scheinbar teilnahmsloser Ruhe. Er war sich darüber im Klaren, dass der beste Pilot der bekannten Galaxis und dazu sein engster Freund das Kleinstraumschiff steuerte. Wenn es ihm nicht gelang, die Flugscheibe einigermaßen kontrolliert auf dem Planeten zu landen, würde es niemandem gelingen.

Je weiter sie in die Atmosphäre vordrangen, umso heißer wurde es. Die Klimaanlagen arbeiteten auf Hochtouren und würden die Hitze in einer knappen Minute nicht mehr kompensieren können, falls der Temperaturanstieg ungebremst weiterging.

»Aus!«, verkündete Nungal. »Die Triebwerke sind nun völlig ausgefallen. Und auf dem Rundumbildschirm können wir nicht sehen, wo wir hinfliegen.«

»Wir steigen aus!«, befahl der Imperator, von dem nur Nungal wusste, dass es sich um diesen handelte. Die anderen drei Soldaten hatten an Bord der ONSLAR lediglich zwei Männer in geschlossenen Raumanzügen im letzten Moment ankommen und sich in die Vril retten sehen.

Der Raumhelm Nungals bewegte sich vor und zurück, was wohl ein Nicken andeuten sollte.

Die drei Soldaten folgten den beiden willig in den Schleusenraum, wo sich die Männer mit Gewehren und Vril-Granaten eindeckten. Nungal steckte noch einen Analysator und einen Mikrorechner, der genug Rechenleistung hatte, um als Translator verwendet werden zu können, in einen Rucksack und hängte ihn sich um. Danach betätigte er die Öffnungsautomatik. Aus dem sich öffnenden Spalt der Schleusenrampe drangen glühende Luftmassen ein. Der Kommandant der imperialen Leibgarde wartete, bis sich die Rampe vollständig geöffnet hatte. Offensichtlich war sie ebenfalls stark beschädigt worden, wohl durch die Druckwelle der explodierenden ONSLAR, denn sie wurde einen Moment später von dem rasenden Luftstrom weggerissen.

Nungal stürzte sich als Erster in die tosenden Gewalten der erhitzten Atmosphäre. Sargon folgte als Nächster. Der Luftstrom riss die Männer brutal mit sich, doch ihre Geschwindigkeit wurde dadurch stark reduziert, was ihnen die dringend notwendige Kühlung verschaffte. Um alle Achsen drehend torkelten sie der zerklüfteten Landschaft entgegen. Das helle Blau des Himmels wechselte in rascher Folge mit dem Gelb der unter ihnen liegenden Landschaft. Doch auf Dauer hatten die Naturgewalten keine Chance gegen die Vril-Triebwerke der Raumanzüge. Ihr Flug stabilisierte sich.

Unter den fünf Aldebaranern lag ein riesiges Feld mit fünfzig Meter durchmessenden gelben Ballons, die an dünnen Stielen mit dem Boden verbunden waren. Träge bewegten sie sich im schwachen Wind. Zwischen den scheinbar schwerelosen Kugeln waren schwarze, gelb gepunktete Objekte zu erkennen, fein säuberlich nach ihrer Größe geordnet, in Formation marschierend.

Als sie sich nur noch wenige hundert Meter über dem Boden befanden, sahen die fünf Raumfahrer, dass es sich bei den krabbelnden Objekten um Riesenkäfer handelte, mehrere Dutzend, die an überdimensionale Marienkäfer erinnerten. Sie waren schwarz und mit gelben Punkten übersät.

Vor den etwa zehn Meter durchmessenden Gigantinsekten, die eine Linie gebildet hatten, marschierten in Reih und Glied einige tausend ebenfalls schwarze, aufrecht gehende Zweimeter-Gestalten. Sie hatten zwar eine humanoide Grundform, ihre dreieckigen Köpfe mit den in allen Farben des Spektrums schillernden Facettenaugen schlossen eine Verwandtschaft mit dem Menschen allerdings definitiv aus.

Die Aufrechtgehenden trugen Schilde und Speere, womit sie ein wenig an die Legionen der sumeranischen Imperien aus der vorindustriellen Zeit erinnerten.

In regelmäßigen Abständen marschierten vier Meter große Exemplare in den Reihen. Äußerlich unterschieden sie sich lediglich durch ihre Länge von den Zweimeter-Kriegern.

Wie auf ein geheimes Zeichen hin entstanden Öffnungen in den Rückenpanzern der Riesenkäfer. Eine Sekunde später schossen daraus Pfeile hervor, die nahezu perfekt auf die in nur noch fünfzig Meter Höhe schwebenden Aldebaraner ausgerichtet waren.

Verblüfft wichen die Männer dem plötzlichen Beschuss aus und verdoppelten ihre Flughöhe. Entweder konnten die Käfer ihre Pfeile nicht bis in diese Höhe verschießen, oder sie waren zufrieden mit dem Rückzug der Fremdlinge. Der Beschuss wurde jedenfalls eingestellt.

»Haben Sie so etwas schon mal erlebt?«, fragte Nungal in die Runde.

»Nein. Pfeile verschießende Käfer, die in einer geordneten Kampflinie marschieren, sind für mich neu«, entgegnete Sargon, während die drei anderen Männer stumm nickten. Der Imperator deutete auf einen Felsen, der an einen mit gelben Pflanzen bewachsenen, verwitterten Turm erinnerte und wenige Meter über ihre derzeitige Flughöhe hinausragte. »Dort können wir uns vielleicht in Sicherheit bringen und uns erst einmal von den Strapazen erholen«, sagte er, wobei er die Redewendung »uns erst einmal die Wunden lecken« vermied, um keine negative Stimmung zu erzeugen.

Auf ihrem Weg zur Felsenspitze kreuzten sie die Bahn eines Schwarms quallenartiger, lila schimmernder Wesen, die sich durch die Luft bewegten wie ihre irdischen Entsprechungen im Wasser. Die fünf Aldebaraner wichen ihnen weiträumig aus. Man konnte schließlich nicht wissen, welche unangenehmen Überraschungen diese seltsamen Lebewesen bereithielten.

Der Pflanzenbewuchs auf dem Felsen machte nicht den Eindruck, als würde von ihm eine Bedrohung ausgehen. Die Aldebaraner entschieden sich daher zur Landung. Knöcheltief sanken sie in das gelbe Moos ein, das den Gipfel bedeckte.

Nungal kramte den Analysator aus seinem Rucksack, hielt das stabförmige metallene Gerät mit der ausgestreckten Linken von sich und drückte mit der Rechten einen kleinen roten Knopf. Anschließend legte er den Stab auf den Boden und nahm einen kleinen Rechner in Betrieb, den er ebenfalls im Rucksack verstaut hatte. Über eine drahtlose Verbindung wurden die Daten des Analysators übertragen und auf dem Bildschirm dargestellt.

»Die Luft ist atembar, keine gefährlichen Keime vorhanden«, hörten die vier Aldebaraner, die sich um den General versammelt hatten, die stark verrauschte Stimme des Kommandanten der imperialen Leibgarde aus ihren Helmlautsprechern; es hörte sich an, als würde in der Nähe ein Störsender arbeiten.

Vertrauensvoll ließen die Männer die Gesichtsteile ihrer Helme aufgleiten. Ein angenehm würziger Geruch drang in ihre Nasen.

»Ach, du meine Güte!«, entfuhr es einem der Drei, die zusammen mit Sargon und Nungal an Bord der Vril dem Untergang der ONSLAR entronnen waren, als er die beiden zugestiegenen Fluggäste erkannte.

Die Soldaten überwanden ihre Verblüffung und beeilten sich, zackig vor ihrem Imperator und dem Kommandanten seiner Leibgarde zu salutieren.

»Hauptmann Mardal!« Nungal lächelte herzlich, als er den Kameraden erkannte, der zusammen mit ihm an dem Kommandounternehmen im Solomack-System teilgenommen hatte. Der Zweimeterzwanzig-Hüne mit dem fast kahlrasierten Schädel gab das Lächeln zurück. Er war vor einhundertvierundvierzig Jahren nach dem Tod seiner Frau der Leibgarde beigetreten. Nungal wusste um die ausgezeichneten Fähigkeiten Mardals bei der Durchführung von Spezialeinsätzen. Zusätzlich galt der extrem athletisch gebaute Elitesoldat als ausgezeichneter Zerstörerkommandant.

Auch die anderen beiden Soldaten waren dem General der Leibgarde bekannt. »Major Sondtheim und Feldwebel Green!«, begrüßte er die Terraner ebenso herzlich. »Haben die übrigen

Teilnehmer des Kommandounternehmens ›Solomack‹ es ebenfalls geschafft, sich rechtzeitig von der ONSLAR abzusetzen?«

»Die nahmen eine andere Vril, in die wir nicht mehr hineinpassten«, antwortete Major Sondtheim, der aufgrund seiner tollkühnen Einsätze unter den Terranern als Legende galt. »Da sie vor uns gestartet sind, dürften sie von der Explosion der ONSLAR weniger in Mitleidenschaft gezogen worden sein als wir«, ergänzte der Soldat mit der auffälligen Hakennase, den dunkelblonden Haaren und den graublauen Augen.

Nachdem Sargon die Soldaten ebenfalls kameradschaftlich begrüßt hatte, fragte er: »Hat jemand Vorschläge, was wir jetzt tun sollten? Ich konnte während unseres Fluges nur ein Rauschen und eure aus unmittelbarer Nähe gesendeten Worte verstehen, aber nichts aus dem Weltraum empfangen. Es scheint so, als würden die Sendungen von einem Störsender überlagert. Einfach die Flotte herbeirufen, auf dass man uns abholt, fällt somit aus.«

»Dann müssen wir eben den geheimnisvollen Störsender finden und ausschalten«, schlug Wolfgang Sondtheim vor. »Mit unseren bescheidenen Mitteln können wir leider keine Dreieckspeilung durchführen, um den Standort des Senders zu ermitteln. Immerhin gibt es einen Hinweis auf Zivilisation: diese merkwürdige Insektenarmee[18].« Der Major deutete in die entsprechende Richtung. »Vielleicht erfahren wir ja etwas von den komischen Vögeln, wenn wir ihnen unauffällig folgen.«

»Komische Vögel?«, hakte der Imperator nach, der die deutsche, auf sumeranisch formulierte Redensart nicht kannte.

»Ich meine die seltsamen Figuren mit den dreieckigen Köpfen und ihren Käfer-Geschützen«, stellte Wolfgang klar.

---

[18] Die Käfer und Zweibeiner der Armee wären aufgrund der unterschiedlichen Anzahl von Gliedmaßen korrekt als Gliederfüßler zu bezeichnen, von denen die Insekten nur eine Klasse bilden. Der Einfachheit halber werden im Folgenden jedoch die Begriffe „Insekten“ und „Insektoide“ verwendet. Biologen mögen mir das nachsehen.

Der Imperator schüttelte leicht den Kopf ob der laxen Ausdrucksweise der Soldaten. *Irgendwie sind sie selbst komische Vögel, diese Terraner.*

»Ich unterstütze den Vorschlag des Majors«, ergänzte Nungal.

»Na, dann los!«, entschied Sargon.

Damit der Fahrtwind ihnen nicht die Tränen in die Augen trieb, verschlossen die Soldaten erneut die Gesichtsteile ihrer Raumhelme. Dann ließen sie sich von den Vril-Aggregaten in die Höhe tragen und nahmen Kurs auf den Wald der gelben Ballons.

Die Insektenarmee hatte den Bereich der sanft im Wind schaukelnden riesigen Kugeln jedoch bereits verlassen. Sie marschierte jetzt einen sanft ansteigenden Hügel hinauf. Deutlich erblickten die Aldebaraner, zu denen seit ein paar Tagen auch die Terraner gehörten, die Linien der Insektoiden, die sich schnurgerade durch schilfähnlichen Bewuchs arbeiteten.

Die fliegenden Menschen hielten Abstand von mehreren hundert Metern, um keine weiteren Angriffe der Pfeil-Käfer zu provozieren.

Hinter dem Hügel schloss sich eine zehn Kilometer durchmessende ebene Fläche an, auf der keine einzige Pflanze wuchs. Abrupt ging die kahle Stelle an all ihren Rändern in die übliche zerklüftete, mit bizarren Pflanzen bewachsene Landschaft über.

Im Mittelpunkt des eingeebneten entlaubten Bereichs stand ein Gebilde, das ebenso wie der ockerfarbene Boden aus Sand und Lehm bestand: ein fünfhundert Meter hoher und am Boden zwei Kilometer durchmessender aufgeschütteter Haufen, der offenbar nach seiner Errichtung mit Höhlen durchzogen worden war. Nach dorthin war die Insektenarmee unterwegs.

Allem Anschein nach wollten die Heranmarschierenden nichts Gutes von den Hügelbewohnern, denn aus den Höhlen strömten Tausende bewaffnete zweibeinige Insekten und mehrere Dutzend der Riesenkäfer. Diese Krieger unterschieden sich lediglich in der Farbe ihrer Schilde von den Kämpfern der anrückenden Armee, die mittlerweile die eingeebnete Fläche erreicht hatte.

Die Angreifer bildeten mehrere Rechtecke, jeweils aus Dutzenden Soldaten bestehend sowie einem der Viermeter-Riesen im Mittelpunkt. Dahinter marschierten die schwarz-gelben Käfer auf einer Linie. Die aus dem Bau hervorstürmenden Gegner nahmen eine ähnliche Aufstellung ein und bewegten sich den Invasoren entgegen.

Plötzlich war ein tiefes Brummen zu hören. Major Sondtheim erinnerte es spontan an schwere Bomberverbände aus dem Zweiten Weltkrieg, die er allerdings nur aus Bild- und Tonaufzeichnungen kannte.

In die Rechtecke kam Bewegung. Die Soldaten liefen auseinander, wobei sie die Rechteckform beibehielten und lediglich die Dichte verringerten.

Plötzlich tauchten *sie* über den zerklüfteten Felsen der Dschungellandschaft auf: Dutzende von fledermausähnlichen Wesen mit einer Spannweite von knapp zehn Metern. Sie schlugen jedoch nicht mit den Flügeln. Irgendetwas anderes, das jenes tiefe Brummen verursachte, musste sie von innen heraus antreiben.

Genau wie die Zweibeiner am Boden hatten sie dreieckförmige Köpfe mit zwei Facettenaugen in ihrer spitz nach unten weisenden Front. Mit ihren nach hinten gestreckten Beinen hielten sie zylinderförmige Körper fest.

Aus dem Gipfel des Hügelbaus schossen ähnliche Wesen hervor und nahmen Kurs auf die Angreifer. Im Nu entwickelte sich ein heftiger Luftkampf. Aus den Vorderseiten ihrer Flügel verschossen die insektenartigen »Fledermäuse« Pfeile auf ihre artgleichen Gegner. Schon trudelten die ersten Toten dem Boden entgegen, mit mehreren Pfeilen in ihren Körpern steckend. Die zylinderförmigen Behälter ließen sie dabei fallen. Sobald einer der Zylinder auf den Boden prallte, verging er in einem Feuerball.

Langsam aber sicher verlagerte sich der Luftkampf über das Gebiet der sich annähernden Armeen. Nunmehr ließen die »Fledermäuse« ihre Behälter gezielt auf den jeweiligen Gegner fallen. Die Wirkung auf die Truppen am Boden war durch das weiträumige Auseinanderziehen der Aufstellung jedoch nur mäßig. Vereinzelt fingen einige Krieger Feuer. Ihre Körper schienen aus einem sehr gut brennbaren Material zu bestehen, denn jeder entzündete Insektensoldat loderte schon nach wenigen Sekunden wie eine Fackel. Für kurze Zeit sah es auf der Freifläche vor dem Hügel wie auf einem Geburtstagskuchen aus – bis ein Körper nach dem anderen in sich zusammenfiel und nur noch hier und da eine »Kerze« brannte.

Die fünf Aldebaraner waren auf einem zerklüfteten Felsen gelandet, von dem aus sie einen ausgezeichneten Überblick über das Kampfgeschehen hatten. Nungal hatte den Rucksack wieder abgenommen und den Kleinrechner ausgepackt.

»Ich starte das Translator-Programm«, informierte er kurz seine Kameraden.

In der nächsten Kampfphase eröffneten die Riesenkäfer beider Seiten das Feuer in Form eines Pfeilhagels auf die vorrückenden zweibeinigen Krieger. Die seltsamen Wesen mit den aus einer Vielzahl von Dreiecken bestehenden Köpfen kauerten sich Schutz suchend hinter ihre Schilde. Meter um Meter schoben sie sich vor. Durch die Wucht des Pfeilaufpralls wurde hin und wieder einem der schwarzen Krieger der Schild aus den Klauen gerissen. Meistens wurde derjenige direkt danach von einem weiteren Pfeil niedergestreckt.

Minuten später war der ockerfarbene Boden des Schlachtfeldes mit Tausenden von schwarzen Pfeilen übersät, während am Himmel nach wie vor die Luftschlacht tobte. Alle paar Sekunden trudelte eine schwer getroffene Fledermaus der Erde entgegen und geriet in den beidseitigen Pfeilhagel, der ihr dann den Rest gab. Zwischen diesem Meer aus Pfeilen, Kriegern und toten Körpern flammten immer wieder die Feuerbälle explodierender Zylinder auf.

»Die Insekten kommunizieren im Ultraschallbereich«, klärte Nungal seine Gefährten auf. »Die Viermeter-Riesen geben Befehle, die von den kleineren Zweibeinern und den Käfern beantwortet werden. Das meiste davon hat das Translator-Programm inzwischen entschlüsselt, aber die knappen Anweisungen reichen erst zu einem zwanzigprozentigen Grundverständnis der grammatikalischen Struktur der Insektensprache aus.«

Mittlerweile hatten sich die Frontlinien der beiden Armeen bis auf wenige Meter genähert. In diese vorderen Bereiche schlugen nun keine weiteren Pfeile mehr ein, weil dies die jeweils eigenen Soldaten der Käferbatterien gefährdet hätte.

Die vorderen Reihen der schwarzen Krieger nutzten das Ausbleiben des Beschusses, um sich aufzurichten und auf den Feind loszustürmen. Daraufhin entwickelte sich ein gnadenloses Mann-gegen-Mann-Gemetzel.

Der Luftkampf schien sich zugunsten der Verteidiger zu entscheiden. Nur noch vereinzelt fielen Fledermäuse auf den Boden herab. Die verbliebenen warfen nun gezielt aus großer Höhe – um nicht von den Pfeilen getroffen zu werden – ihre Brandbomben auf die Linien der Riesenkäfer. Die meisten der am Boden eintreffenden Zylinder hinterließen jedoch nur hässliche schwarze Brandflecken, weil das Feuer schon nach wenigen Sekunden mangels Nahrung in sich zusammensackte. Nur selten wurde wirklich ein Käfer getroffen. In diesem Fall fraßen sich die Flammen allerdings rasend schnell durch den halbkugelförmigen Körper.

Mit ihrem an schwere Propellerflugzeuge erinnernden Brummen kehrten viele Fledermäuse, die ihren Zylinder bereits abgeworfen hatten, in den monströsen Bau zurück und tauchten bald darauf mit neuen Brandbomben wieder auf. Ihre Gegner verfügten über keine Nachlademöglichkeit, zumindest nicht in unmittelbarer Nähe.

Eine Viertelstunde später waren die Riesenkäfer der angreifenden Partei stark dezimiert, weshalb der Pfeilhagel auf die Verteidiger merklich nachließ. Als Folge davon erhoben sich nun auch die hinteren Linien der Zweibeiner und eilten ihren

Kameraden, die sich schon im harten Nahkampf befanden, zu Hilfe. Auf diese Weise führten sie erheblich zahlreichere Truppen in den direkten Kampf, als dies den unter heftigem Beschuss stehenden Angreifern möglich war. Entsprechend schnell brach deren Front zusammen.

Immer mehr angreifende Krieger lösten sich aus der Schlacht, verzichteten »großzügig« darauf, den gegnerischen Bau zu erobern und suchten ihr Heil in der Flucht. Etliche von ihnen kamen nicht weit, sie wurden auf der langen Strecke zum Dickicht des gelben Dschungels von abgefeuerten Pfeilen der Riesenkäfer oder geworfenen Speeren ihrer Verfolger niedergestreckt. Die letzten Überlebenden des Angriffs wurden von den Verteidigern bis an die Pflanzengrenze gejagt. Erst dort wandten sich die Sieger ab und marschierten in loser Formation zu ihrer wenige Kilometer entfernten riesigen Behausung zurück.

Interessiert beobachteten die fünf Aldebaraner, wie die Ströme Tausender von Insekten in den zwanzig Meter durchmessenden Höhlen des Baus aus Lehm und Sand verschwanden. Vom Feind war weit und breit nichts mehr zu sehen.

»Wir nehmen Kontakt mit ihnen auf«, entschied der Imperator und deutete auf die letzten der schwarzen Krieger, die sich noch außerhalb des Hügels aufhielten. »Gib mir bitte den Translator, Nungal! Ich fliege allein bis kurz vor das Bauwerk und werde mich ihnen zeigen. Falls die Schwarzen Ärger machen, kann ich mich mit dem Flugaggregat schnell in Sicherheit bringen, denn komische Vögel« – Sargon bedachte Major Sondtheim mit einem Lächeln – »können sicherlich nicht fliegen.«

Die vier Begleiter des mächtigsten Mannes der bekannten Galaxis redeten gleichzeitig los, bis sich Nungal mit einer horizontalen Handbewegung Ruhe verschaffte und allein weitersprach. »Erstens sollten wir uns auf diesem gefahrvollen Planeten nicht trennen. Wir wissen nicht, welche Überraschungen die Fauna und Flora hier sonst noch bereithalten. Und zweitens: Wenn überhaupt jemand ohne Begleitung geht, dann sollte ich das sein. Meine Überlebenschance ist sicherlich am höchsten, falls die Insekten gleich zum Angriff übergehen.«

Sargon überlegte. Er senkte den Kopf leicht nach vorne, was für ihn typisch war, wenn er nachdachte. Dabei fielen ihm normalerweise seine schulterlangen hellblonden Haare über die Wangen, was diesmal jedoch von seinem Raumhelm verhindert wurde. »Also gut. Wir bleiben zusammen und begeben uns gemeinsam vor die Höhle des Löwen[19]. Verschließt eure Helme, es geht sofort los.«

Die Gesichtsteile fuhren aus den Seiten und schirmten so die Soldaten hermetisch von der Außenwelt ab. Abgesehen vom Schutz vor dem schneidenden Fahrtwind, hatte das noch einen weiteren Vorteil: Jetzt sahen die Aldebaraner wie schwarze Zweibeiner und somit nicht mehr ganz so fremdartig für die Insekten aus.

Unmittelbar bevor der Imperator den Befehl zum Start geben wollte, deutete Sondtheim auf eine Stelle hinter dem Rücken Sargons. »Dort! Das ist kein eingeborener Vogel. Das sieht eher aus wie …«

Der Major ließ den Satz unvollendet, denn jeder der Männer blickte nun in die von ihm angedeutete Richtung. Über den schroffen Felsformationen näherte sich ein dunkler fliegender Punkt mit beachtlicher Geschwindigkeit. Aus dem Punkt schälten sich schließlich die Konturen eines Mannes in einem Raumanzug mit umgehängtem Magnetfeldgewehr heraus.

Mardal stieg auf dem Neutrinostrahl seines Flugaggregats ein paar Meter in die Höhe, damit der unbekannte Soldat auf die Gruppe aufmerksam wurde.

Die Bemühungen des Hünen wurden von Erfolg gekrönt, denn der Schwarzuniformierte änderte leicht seinen Kurs und hielt nun auf den Felsen zu, der den Aldebaranern als Beobachtungs-

---

[19] Redewendung, die der aldebaranischen Formulierung des Imperators am nächsten kommt.

posten für die Schlacht gedient hatte. Wenige Sekunden später landete er zeitgleich mit Mardal zwischen den Wartenden.

Die sechs Männer ließen die Gesichtsteile ihrer Helme aufgleiten. Holmur wäre fast hintenüber gefallen, als er den Imperator und den Kommandanten von dessen Leibwache erkannte.

»Gott sei Dank! Sie haben es ebenfalls geschafft«, platzte es aus dem erleichterten Jagdbomberpiloten heraus. Erst danach beeilte er sich, zu salutieren und stellte sich mit Namen und Dienstgrad vor. Mardal, Sondtheim und Green nannten ebenfalls ihre Namen, während Nungal und Sargon lediglich lässig grüßten.

»Wurde auch Zeit, endlich einmal ein paar von euch sagenhaften Terranern kennenzulernen«, konnte sich Holmur mit Blick auf den Major und den Feldwebel die Bemerkung nicht verkneifen.

»Wir sind unmittelbar vor der Explosion der ONSLAR mit einer Vril geflohen, die dabei allerdings so stark beschädigt wurde, dass wir aussteigen mussten«, übernahm der Imperator die Gesprächsführung. »Was ist Ihre Geschichte, Soldat? Wissen Sie etwas darüber, wie sich die Raumschlacht nach dem Untergang der ONSLAR weiterentwickelt hat?«

Mit wenigen, präzise formulierten Sätzen berichtete Holmur, dass er sich ebenfalls an Bord des Flaggschiffs befunden hatte, um Munition aufzunehmen, als dessen Reflektorfelder zusammenbrachen. Er berichtete über den Absturz seiner vom zerstörten Jagdbomber abgesprengten Kanzel und über sein Abenteuer im Verdauungstrakt des Monstrums. Im Gegenzug erfuhr er von der Schlacht, die sich zwischen den Insektenarmeen abgespielt hatte.

»Ich fürchte, das Funkgerät meines Raumanzuges ist defekt. Ich habe nichts als Rauschen empfangen. Ansonsten hätte ich mich längst über Funk bei Ihnen gemeldet«, erklärte der Neuankömmling.

»Das hat nichts mit Ihrem Funkgerät zu tun«, konstatierte Nungal. »Es gibt hier vermutlich irgendwo einen Störsender, der es uns unmöglich macht, die Flotte herbeizurufen, damit sie uns abholt. Deshalb planen wir, mit den offenbar intelligenten Insekten in direkten Kontakt zu treten. Vielleicht erhalten wir so Hinweise auf den Standort des Senders. Kurz bevor Sie hier auftauchten, wollten wir uns zu ihrem Bau« – der General deutete auf das fünfhundert Meter hohe Gebilde – »begeben, um mit den Fremden zu kommunizieren, mittels eines Translators, der während der Schlacht ihre Sprache zum Teil analysierte.«

»Wir sollten keine weitere Zeit mehr verlieren. Raumhelme schließen und Start Richtung Bau! Zweihundert Meter davor, also außerhalb der Reichweite der Käferpfeile, landen wir.« Damit beendete Sargon das Gespräch.

Eine halbe Minute später landeten die sechs Raumfahrer auf der eingeebneten Fläche, die hart wie Beton wirkte.

Einige hundert der Zweimeter-Insekten strömten aus den Höhlen. Begleitet wurden sie von einer Handvoll der Viermeter-Riesen. Nungal reichte dem Imperator den kleinen Rechner mit dem Translator-Programm, womit er seinem Vorgesetzten die Gesprächsführung überließ.

»Wir kommen in Frieden!«, ließ der Herrscher über zweihundert Milliarden Aldebaraner verlauten. Das kleine Gerät übersetzte die Worte in ein für Menschen unhörbares Pfeifen im Ultraschallbereich. Ruhe kehrte ein in die Reihen der Fremdartigen, die sich vor den Eingängen ihrer Festung versammelten.

»Wir sind auf der Suche nach dem, was nicht hierher gehört«, fuhr Sargon fort. Falls die Insekten etwas von dem Störsender, der wahrscheinlich Teil einer Station oder eines Raumschiffs von Unbekannten war, wussten, so würden sie die fremdartige Technologie sicherlich als nicht in ihre Welt passend empfinden.

Die Viermeter-Riesen lösten sich aus der Insektenkriegermenge und traten auf die kleine Gruppe Menschen zu.

»Vorsichtig sein!«, ertönte es aus dem Translator. »Fremde zu mir bringen!«

»Das kam aus dem Inneren des Baus«, stellte Sargon nach einem Blick auf den Bildschirm des kleinen Gerätes fest, das die Quelle der im Ultraschallbereich liegenden Stimme im Zentrum des von den Insekten errichteten Berges ruck, zuck geortet hatte.

Der Imperator nahm sich einen Moment Zeit, die fünf Riesenwüchsigen zu mustern. Nungal stand unmittelbar neben ihm, um einem möglichen Angriff sofort mit seinen von der Isais verliehenen Kräften begegnen zu können.

Die mattschwarze Oberfläche der Insektoiden machte einen stabilen Eindruck. Es schien sich tatsächlich, wie bei Insekten üblich, um ein Außenskelett zu handeln, wahrscheinlich aus Chitin oder einer ähnlichen Substanz. Die Beine wirkten säulenförmig, wobei an den Gelenken vom jeweils oberen Glied trichterartige Ausstülpungen über das untere ragten. Den Abschluss bildeten tellerförmige Füße.

Im Hüftbereich befand sich eine nur fünfzig Zentimeter durchmessende »Einschnürung«, von der aus der Oberkörper auf eine Breite von zwei Metern im Schulterbereich anwuchs. Die Arme, ähnlich geformt wie die Beine, waren fast zweieinhalb Meter lang und endeten in sechsfingrigen Klauen mit dreißig Zentimeter langen dolchartigen Gebilden, dort, wo sich beim Menschen die Fingernägel befanden.

Der Kopf hatte von vorn betrachtet die Form eines Dreiecks, das mit dem spitzen Winkel auf dem Oberkörper ruhte. Nach hinten lief der Kopf ebenfalls spitz zu. Vor einer kreisrunden Mundöffnung blickten, oberhalb von zwei Zangen, zwei in allen Farben des Spektrums schillernde Facettenaugen kalt auf die Aldebaraner herab.

»Folgt mir zur Mutter!«, drang es aus dem Translator, wobei die Menschen nicht erkennen konnten, welcher der fünf Giganten gesprochen hatte.

Sargon trat ohne zu zögern näher an die Riesen heran, so als ob Angst ein Fremdwort für ihn war. Die großen Insektoiden warteten ab, bis alle sechs Männer zwischen ihnen standen, dann drehten sie sich um und stapften auf ihre Festung zu, mit einer mäßigen Geschwindigkeit, damit die kleineren Besucher Schritt halten konnten. Die Zweimeter-Krieger bildeten eine Lücke, durch die die Menschen in Begleitung ihrer Gastgeber auf einen der Höhleneingänge zugingen.

Im Inneren des Baus beschlich die Soldaten ein ungutes Gefühl, als hinter ihnen die Lücke geschlossen wurde und die Insektoidenmassen ebenfalls in die Höhle marschierten. Falls sich die geheimnisvolle Mutter nun doch zum Angriff entschließen sollte, war den Menschen der Rückweg versperrt.

Mächtige Säulen, die von dicken schwarzen Schläuchen umwickelt waren, an denen weiße eiförmige Gebilde unterschiedlicher Größe hingen, zogen sich wie ein Gespinst durch das weiträumige »Antichambre«. Die fünf Titanen stiegen eine der Säulen hinauf, die in etwa fünfzig Metern Höhe an der Unterseite einer Plattform endete, welche von drei weiteren Säulen getragen wurde. Die Aldebaraner mussten ihre Vril-Aggregate benutzen, um den hervorragenden Kletterern folgen zu können. Dabei achteten sie peinlich darauf, keines der weißen Gebilde zu berühren, bei denen es sich nach einhelliger Meinung wohl um Eier handeln musste.

Die Plattform hatte eine Dicke von fünf Metern, wobei ihr Durchmesser das Zwanzigfache betrug. Als die sechs Soldaten daran vorbeikletterten, konnten sie durch runde Öffnungen in die hohle Plattform hineinblicken. Tausende von zweibeinigen Kriegern, Käfern und Fledermäusen – erheblich kleiner als jene, die draußen die Schlacht geschlagen hatten – drängten sich über ein blutiges Durcheinander aus Fleisch und Knochen.

Eine Fütterungsstation für den Nachwuchs, kombinierte Sargon gedanklich. »Gut, dass wir die Raumanzüge geschlossen haben«, hörte er die Stimme Sondtheims aus seinen Helmlautsprechern. »Das stinkt bestimmt grauenhaft.«

Oben angekommen bestiegen die fünf Riesen eine weitere Säule, die aus der Plattform ragte und zur nächsthöheren Ebene führte. Auf diese Weise passierten sie insgesamt vier der scheibenförmigen Gebilde, bis in zweihundertfünfzig Metern Höhe die durchlöcherte Unterseite einer dreihundert Meter durchmessenden Halbkugel sichtbar wurde. Aus den Löchern wanden sich die manndicken schwarzen Schläuche hervor, die überall um die Säulen gewickelt waren.

Die Menschen kletterten hinter ihren »Fremdenführern« an dem mächtigen Gebilde vorbei weiter nach oben, bis sie schließlich einen Überblick über die Oberseite der riesigen Halbkugel hatten. Sie wirkte wie eine gigantische Schale, die vollständig von einem schwarzen, einer überdimensionalen Walnuss[20] ähnelnden Lebewesen ausgefüllt wurde. Dass es sich zweifelsfrei um etwas Lebendiges handelte, schlossen die Männer aus dem leichten Pulsieren des Körpers und aus den zahlreichen Facettenaugen, die zu beiden Seiten der Naht der »Walnuss« den mächtigen Leib umliefen.

Die fünf Viermeter-Riesen stiegen auf den zwanzig Meter breiten Rand der Schale und positionierten sich vor die – aus dieser Perspektive senkrecht nach oben verlaufenden – beiden Augenreihen links und rechts von der Naht.

»Wer seid ihr?«, kam die Frage, die der Imperator schon von den Kriegern erwartet hatte, klar und deutlich aus dem Translator. Das Gerät hatte bei ihrer Kletterpartie genügend Gelegenheit gehabt, Gespräche zwischen den Insektoiden zu belauschen, um die Sprache der Bewohner des verbotenen Planeten fast vollständig zu entschlüsseln.

»Wir kommen von den Sternen in friedlicher Absicht. Wir sind hier, um etwas zu finden, das Geräusche, die nur wir hören können, zu den Sternen strahlt«, entgegnete Sargon.

»Wenn ihr von den Sternen kommt, seid ihr böse, denn auch diejenigen, die uns schufen und versklaven wollten, kamen einst

[20] Der aufmerksame Leser wird die Parallelen zu den Erlebnissen von Elnan und seiner Mannschaft, die im Neocapella-System auf eine Mutter der Yx trafen, sicherlich schon bemerkt haben. Dem Imperator und seinen Gefährten ist diese Parallele natürlich unbekannt.

von den Sternen. Als eine der Mütter der Utrax[21] ist es meine göttliche Pflicht, mein Volk vor euch zu schützen – indem ich euch töte!«

Ruckartig wandten sich die fünf Riesen den Menschen zu. Ihre dolchartigen Klauen schossen vor.

»Warte! Du machst einen Fehler, Mutter der Utrax!«, rief der Imperator. Die Insektenkrieger hielten auf ein Kommando ihrer Herrscherin in ihrer Bewegung inne.

»Ich kann euch ebenso gut auch später töten, also sprecht!«

»Nur weil die, die euch versklaven wollten, von den Sternen kamen, ist der daraus resultierende Schluss, dass *alles*, was von den Sternen kommt, genauso böse ist, nicht zwangsläufig logisch, sondern grundfalsch.« Soweit die der Wahrheit entsprechenden Ausführungen des Imperators. Anschließend fügte er eine Notlüge hinzu: »Wir sind die Feinde derer, die euch schufen, demzufolge sind wir eure Freunde.«

Die Mutter brauchte mehrere Sekunden, um die Worte des Aldebaraners zu verarbeiten. Die Primitivität ihrer Gedankengänge offenbarte sie in ihrer Antwort: »Eure Worte sind geeignet, uns in die Irre zu leiten. Deshalb soll der große Utraxtar darüber entscheiden, ob ihr die Wahrheit sprecht. Ich fordere eine Klärung in einem Jodatur.«

»Was ist ein Jodatur?«, hakte Sargon nach.

»Ein Schwertkampf zwischen zwei Kriegern. Utraxtar verleiht demjenigen die Kraft zum Sieg, dessen Ziele im Einklang mit der göttlichen Harmonie stehen. Der Verlierer wird getötet, wodurch seine Seele zu den Teufeln fährt, die uns geschaffen haben. Wählt euren Teilnehmer!«

Ach, du meine Güte, ein Gottesurteil!, dachte Nungal. *Die glauben allen Ernstes an einen allmächtigen Gott, der bei jeder*

---

[21] Der Translator formt die Phoneme der Originalsprache in diejenigen der aldebaranischen um, die er für naheliegend hält.

Gelegenheit in das weltliche Geschehen eingreift. Das wäre bei uns Menschen gar nicht machbar, der arme Kerl hätte alle göttlichen Hände voll zu tun.

In der aldebaranischen Geschichte gab es erst einen einzigen nachweisbaren Fall eines halbspirituellen Eingreifens, das man als göttlich bezeichnen könnte: die Erscheinung der Isais, als sie Nungal von der Verschwörung Pentars berichtete und seinen Körper modifizierte. Welche Ironie, dass er diese Kräfte nun einsetzen musste, um ein sogenanntes, an Primitivität kaum noch zu überbietendes Gottesurteil herbeizuführen.

»Ich werde kämpfen«, erklärte der General der Leibgarde mit fester Stimme. Ihm war klar, dass nur er eine echte Chance gegen den wahrscheinlich besten Krieger der Mutter haben würde.

Nachdenklich betrachtete Sargon seinen Freund und langjährigen Kampfgefährten und schaltete den Translator stumm, damit die Herrscherin des Insektenvolkes seine Worte nicht mithören konnte. »Du weißt nicht, was dich erwartet. Wir sollten uns überhaupt nicht auf diese archaische Farce einlassen.«

»Warum denn nicht?«, entgegnete der Isais-Krieger selbstbewusst. »Die Mutter weiß schließlich ebenso wenig, worauf sie sich einlässt.«

*

Einer der fünf Riesen zog sein Schwert. Nungal übergab sein Magnetfeldgewehr an Major Sondtheim. Seine fünf Kameraden stellten sich nun ebenfalls am Rand der Schale auf, die der Mutter als Lager diente.

Der General schaute an seinem doppelt so großen Gegner hoch. »Ich habe kein Schwert!« protestierte er.

Der Translator machte die Mutter auf den Missstand aufmerksam. Sie erteilte einen kurzen Befehl, woraufhin einer der am Rand wartenden Giganten sein Schwert zog und es auf den Boden vor Nungal warf.

Nach und nach wurden die nahegelegenen Säulen von vielen hundert Soldaten bevölkert. Selbst einige Dutzend »Fledermäuse« fanden sich ein, um das bevorstehende Schauspiel nicht zu verpassen.

Bedächtig hob der Sonnenkreuzträger das zwei Meter lange Schwert auf. Es wog rund vierzig Kilogramm, wodurch es für einen normalen Menschen nicht zu benutzen gewesen wäre. Wie sein Kontrahent stellte es Nungal auf die Spitze und stützte beide Hände auf den Griff. Bei ihm wirkte diese Geste jedoch unfreiwillig komisch, weil er dazu seine Hände über den Kopf erheben musste, während sie sich bei seinem Gegner in Hüfthöhe befanden.

Auf ein Zeichen der Mutter hin, das der Translator plärrend mit »Das Jodatur ist eröffnet!« übersetzte, ließ der Insektenkrieger in einer blitzschnellen Bewegung sein Schwert gegen das seines kleineren Widersachers krachen. In hohem Bogen flog die Waffe direkt vor die Füße der am Rand stehenden Menschen. Der nächste Hieb des Insektoiden ging ins Leere und erzeugte nur einen Funkenregen auf dem betonartigen Boden, denn Nungal sprang mit einem einzigen Satz die zwanzig Meter zu seinen wartenden Kameraden empor. Mit einer Hand nahm er die Hiebwaffe wieder auf und hielt sie wie ein Degenfechter vor sich.

Beide Kämpfer gingen langsam aufeinander zu. Als der General in Reichweite war, ließ der Krieger der Mutter sein Schwert beidhändig auf die hingehaltene Waffe des Sonnekreuzjägers herabsausen. Nungal stellte rasch ein Bein vor, um von dem Aufprall nicht umgerissen zu werden. Klirrend traf Metall auf Metall. Zu seinem eigenen Erstaunen erreichte der Viermeter-Gigant mit seinem gewaltigen Hieb lediglich, dass das am übermenschlich starken, ausgestreckten Arm des Generals nach vorn gerichtete Schwert ein paar Zentimeter nach unten gedrückt wurde. Deutlicher hätte der Isais-Krieger seine körperliche Überlegenheit nicht demonstrieren können.

Im nächsten Augenblick sprang der Kommandant der Leibgarde vor und rammte seinem Gegner die Spitze seiner Waffe in den Oberschenkel. Er setzte das für menschliche Verhältnisse monströse Schwert tatsächlich wie ein Degenkämpfer ein.

Der Insektoid taumelte zurück. Nungal sprang an ihm hoch und schlug dem Riesen den Knauf seines Schwertes gegen den Schädel. Die Waffe fiel dem Giganten aus den kraftlos gewordenen Händen. Seine Beine gaben nach. Bewusstlos, ohne den Fall auffangen zu können, fiel er mit einem dumpfen Geräusch auf den Rücken.

Erleichterung überkam den Imperator. Nungal hatte völlig Recht gehabt mit seiner Behauptung, die Mutter wisse nicht, worauf sie sich einlasse. Sicherlich hatte sie dem kleinen, schmächtigen Wesen nicht zugetraut, den doppelt so großen und mindestens viermal schwereren Gegner zu besiegen. Dabei war der General noch nicht einmal ernstlich in Bedrängnis geraten; sein Kampfstil hatte geradezu spielerisch gewirkt.

»Utraxtar hat entschieden!«, kam es aus dem Translator. Immerhin war die Mutter eine faire Verliererin. »Der kleine, aber mächtige Krieger hat nun das Recht erworben, den Willen Utraxtars zu vollenden und das Leben meines besten Kämpfers zu nehmen.«

»Ich verzichte auf mein Recht«, erklärte Nungal. »Es war ein von beiden Seiten ohne Arglist geführter Kampf, also gibt es keinen Grund, zu töten.« Mit seiner geschickten Wortwahl wies der erfahrene Soldat indirekt darauf hin, dass die Menschen Arglist als verwerflich betrachteten, was die Sorge der Mutter, sie könnte von den Raumfahrern »in die Irre geleitet« werden, zusätzlich zum Gottesurteil entkräftete, vorausgesetzt, sie war intelligent genug, den Hinweis zu verstehen.

»Ich danke dir für deine Großmut«, kam es aus dem Translator, »und heiße euch willkommen im Nest Durnilla.«

Seine fünf Kameraden hatten sich mittlerweile zum Kommandanten der Leibwache gesellt, wobei Wolfgang Sondtheim anmerkte: »Sie hätten das Ganze ruhig etwas spannender machen können. Das erinnert mich an die Boxkämpfe Mike Tysons, die meist nach wenigen Sekunden vorüber waren.«

»Mike wer?«, fragte Nungal.

»Schon gut!«, entgegnete der Major mit einem vergnügten Lachen.

Der Imperator war derweil mit dem Translator in der Hand vor die Mutter getreten. »Wie ich bereits erwähnte, suchen wir nach etwas, das nur für uns vernehmbare Worte zu den Sternen ruft. Es könnte mit jenen zusammenhängen, die euch erschufen und versklaven wollten und die ihr ›Teufel‹ nennt. Gibt es von denen noch welche auf dieser Welt?«

»Ich weiß nicht, ob noch Teufel auf unserer Welt leben, doch ich kenne die Lage ihres einstigen Baus: Er befindet sich in der Mitte einer Hochebene, zehn Flugstunden eines Fossadraren entfernt.« Damit mussten wohl die »Fledermäuse« gemeint sein. Sargon schätzte die Fluggeschwindigkeit der Riesenflügler auf rund dreihundert Kilometer in der Stunde.

»Der Eingang in den Bau ist ein direkt in den Boden führendes Tor aus Metall, das noch niemals von einem Utrax geöffnet wurde«, fuhr die Mutter fort. »Deshalb hat einer der Stämme sein Nest in Tornähe errichtet. Die Nestbewohner warten auf das Erscheinen eines Teufels, der in seinen Bau hinein oder hinaus möchte. Ihre Aufgabe ist es, den Teufel zu fangen und ihm das Geheimnis des Lebens zu entreißen.«

»Kannst du mir zeigen, in welcher Richtung die Hochebene liegt?«, fragte Sargon.

»Ich wurde in dieser Schale geboren und werde sie niemals verlassen. Doch ich kann einem Bossandor befehlen, euch draußen die Richtung zu weisen.«

Einer der Viermeter-Riesen trat auf seine Herrscherin und den obersten aller Aldebaraner zu.

»Ich danke dir«, verabschiedete sich Sargon höflich von der Mutter. »Möge Utraxtar mit dir sein.«

»Falls ihr die Teufel findet, könnt ihr uns eure Freundschaft beweisen: Zwingt die Schrecklichen, das Geheimnis des Lebens zu verraten und gebt es an uns weiter – auf dass der Tod keine Macht mehr über uns alle hat. Viel Glück!«

Wahrscheinlich glauben die Utrax, dass diejenigen, die sie erschaffen konnten, generell über die Macht verfügen, Leben zu schenken, zu verlängern und die Toten wiederauferstehen zu lassen, überlegte Sargon. Er wandte sich von der Mutter ab und folgte mit seinen Männern dem Bossandor, der sich anschickte, an dem Säulengespinst hinabzuklettern...

Wenige Minuten später standen sie wieder auf der Ebene, auf der vor einer Stunde die Schlacht der Bewohner des Baus mit dem verfeindeten Insektenvolk stattgefunden hatte. Hunderte sechsbeinige schwarze Wesen, die wie Ameisen aussahen, aber so groß wie Pferde waren, nahmen die Überreste der Gefallenen zwischen ihre Zangen und schleppten sie in den riesigen Bau der Sieger.

»Um die Hochebene mit dem Bau der Teufel zu erreichen, müsst ihr dort entlang.« Der Bossandor deutete auf einen mit gelbem Schilf und blauen Pilzen bewachsenen Felsen am Rande der planierten Ebene.

Der Imperator fragte sich, wie groß ihre Abweichung bei dieser »Genauigkeit« der Richtungsangabe wohl nach dreitausend Flugkilometern sein würde. Er hielt es fast für ausgeschlossen, aufgrund dieser vagen Informationen den Stützpunkt der Unbekannten zu finden, aber er wollte es wenigstens versuchen.

*

Mit mehr als sechshundert Stundenkilometern rasten die sechs Aldebaraner über die unwirklich erscheinende Landschaft. Wie überdimensionale, von gelben Schlingpflanzen umwucherte Stalagmiten ragten die Felsen bis zu einem Kilometer hoch auf. Manngroße Insekten schwirrten um die violetten, blauen und roten Blüten, die die Stalagmiten verzierten.

Urplötzlich verlangsamte sich der Flug der sechs Soldaten rapide und wurde schließlich ganz aufgehoben. Wie an einem Gummiband zog sie eine geheimnisvolle Macht zurück in die Richtung, aus der sie gekommen waren. Schließlich kamen die Männer fünfhundert Meter über dem Boden schwebend zur Ruhe.

»Wir kleben an einem Netz«, erkannte Feldwebel Green als Erster die Lage der Männer. Jetzt erst fiel auch den anderen das riesige feinmaschige Netz fast unsichtbarer Fäden auf, das sie festhielt.

»Irgendetwas hat es zwischen diese beiden Felsen gespannt«, ergänzte Mardal, wobei er auf die von ihm gemeinten Stalagmiten deuten wollte. Es gelang ihm jedoch nicht, einen seiner Arme vom Netz zu lösen. »Das verdammte Zeug hält uns fest!«, fügte er aufgeregt hinzu.

»Fliegt rückwärts, damit uns die Vril-Aggregate von den teuflischen Fäden losreißen«, befahl Sargon.

Das vorgeschlagene Manöver erwies sich als undurchführbar. Zwar ließ sich das Netz immer weiter dehnen, dennoch gab es seine Gefangenen nicht frei.

Plötzlich löste sich von einem der Felsen ein Schatten und wurde zu einer der furchteinflößendsten Kreaturen, die Sargon je gesehen hatte. Das Wesen sah aus wie ein schwarzgelb gestreifter Tausendfüßler von sechzig Metern Länge und zehn Metern Breite. In der Mitte von vier äußerst beweglichen Armen, die in hummerartigen Scheren endeten, lag ein runder Kopf mit mehreren Stielaugen und einem breiten Maul, dessen wulstige Lippen den Blick auf mehrere Reihen »Haifischzähne« freigaben. Mit einer Geschwindigkeit, die man ihm aufgrund seiner immensen Größe kaum zugetraut hätte, kletterte das Biest an seinem Netz entlang und hielt auf seine Beute zu.

»Ich fürchte, unsere Raumanzüge zerreißen, wenn wir die Leistung der Triebwerke weiter hochfahren!«, schrie Feldwebel Green.

»Besser das, als von dem Monstrum gefressen zu werden«, bemerkte Wolfgang Sondtheim trocken.

Der Erste, der sich von der klebrigen Substanz löste, war der

General. Einige Fetzen seines Anzuges blieben tatsächlich an dem Gespinst hängen, doch das war ihm egal, denn das Ungeheuer war schon fast heran. Gierig schnappte eine der fünf Meter langen Hummerscheren nach dem Feldwebel. Der befreite Nungal warf sich mit dem vollen Schub seiner Triebwerke dagegen. Dadurch griff die gewaltige Schere ins Leere und zerriss sogar das Netz auf ein paar Metern Länge.

Nun aber wurde der Sonnenkreuzträger selbst von einer Schere gepackt. Mit dem Oberkörper lag er zwischen den mächtigen Greifern, die unerbittlich zudrückten.

Der Isais-Krieger versuchte den Druck zu mindern, indem er sich mit den Armen dagegen stemmte. Doch den urgewaltigen Kräften des Untiers war selbst die übermenschliche Stärke Nungals unterlegen. Ihm wurde schwarz vor Augen.

Mit einem Ruck, der ihn mehrere Dutzend Meter wegkatapultierte, löste sich Holmur von dem Netz, das über einen besseren Klebstoff verfügte als alles, was in dieser Art bisher im Imperium bekannt war. Der Bomberpilot nahm in einer fließenden Bewegung das Magnetfeldgewehr von seiner Schulter, während er seinen Flug per Gedankenbefehl abbremste, eine leichte Kurve zog und sich dem Monstrum näherte. Mit höchster Energie und Kadenz[22] jagte er zahlreiche Neun-Millimeter-Kugeln in das Gelenk, das die Schere, die Nungal zusammenpresste, mit dem Arm des Ungeheuers verband. Blau glühende Schussbahnen durchdrangen die Panzerung des gigantischen Insekts. Durch die Reibungshitze stieg Rauch aus den Einschusslöchern auf, bis das Gelenk schließlich Feuer fing.

Ein urweltliches Brüllen ausstoßend riss das Untier seinen verletzten Arm aus der Schussbahn und gab sein Opfer frei. Haltlos stürzte Nungal dem fünfhundert Meter tiefer gelegenen Boden entgegen. Mit einem der gesunden Arme schlug das Monstrum derweil nach seinem Peiniger und schleuderte ihn fort.

---

[22] Schüsse pro Sekunde

Benommen stabilisierte Holmur seine Flugbahn. Aus dem Augenwinkel nahm er den General wahr, der den felsigen Grund zwischen den beiden Stalagmiten schon fast erreicht hatte. Mit der maximalen Beschleunigung seines Vril-Aggregats stürzte sich der Jagdbomberpilot hinab, um den Sonnenkreuzträger zu retten. Doch er kam zu spät. Nungal krachte auf die Felsen, wurde durch den Aufprall einige Meter hochgeschleudert und fiel dann unsanft zu Boden. Mit verdrehten Gliedmaßen lag er regungslos da.

Holmur blickte nach oben und sah, dass sich die anderen ebenfalls aus dem Netz befreit hatten und dass sich der monströse Tausendfüßler in seine Ecke zurückzog. Der Soldat landete neben dem Kommandanten der imperialen Leibgarde und öffnete dessen Raumhelm. Blut quoll dem General aus den Mundwinkeln. Jeder normale Mensch wäre durch den Druck der Scheren oder den anschließenden fünfhundert Meter tiefen Fall garantiert zu Tode gekommen. Aber Nungal war kein normaler Mensch. Er öffnete die Augen und blickte in eine imaginäre Leere. Kurz darauf klärte sich sein Blick, und er erkannte das pockennarbige Gesicht des Mannes, der seinen Oberkörper hielt.

Schlagartig schlossen sich seine Lider wieder und sein Körper erschlaffte.

Die vier Kameraden waren ebenfalls gelandet und hatten ihre Helme geöffnet.

»Nungal ist tot, kein Herzschlag«, presste Holmur mit verzerrtem Gesicht hervor, immer noch den Oberkörper des höchstdekorierten Soldaten des Imperiums mit dem rechten Arm haltend. Mit seiner linken Hand ertastete er den Puls des Soldaten am Hals.

Sargon blickte zu seinem Freund hinab. Seine Augen glänzten feucht. »Das kann nicht sein!«, wollte der Imperator die grausame Realität nicht wahrhaben. »Die Isais hat den besten Krieger auserwählt, das Imperium zu retten, nur damit er auf diesem verdammten Planeten von einem primitiven Urvieh getötet wird?«

*

Das Rauschen des Meeres wurde zu einer Melodie, und die Melodie zu einer zarten, sanften Stimme.

»Wach auf! Du verbrennst dich noch!«

Er spürte die wärmenden Strahlen der Sonne und die liebvoll streichelnden Hände auf seiner Haut und öffnete die Augen. Gleißende Helligkeit ließ ihn seine Lider sofort wieder schließen. Erneut vernahm er die vertraute angenehme Stimme.

»Aufwachen, Faulpelz!«

Vorsichtig blinzelnd versuchte er, seine Umgebung zu erkennen. Vor ihm kniete seine Frau. Sie war vollkommen nackt – eine Situation, die so mancher Ehemann als Albtraum empfunden hätte, er hingegen nicht, denn seine Frau war wunderschön. Im warmen, weichen Sand des Strandes liegend ergab er sich den Liebkosungen ihrer Lippen. Beide umarmten sich voller Leidenschaft – als sich eine andere, rauere Stimme mit dem Rauschen des Meeres vermischte.

» … nur damit er auf diesem verdammten Planeten von einem primitiven Urvieh getötet wird?«

Diesmal riss er die Augen weit auf. War der Strand etwa doch nicht menschenleer? Diese verfluchten Spanner!

Doch da war kein Strand. Und seine Frau war Lichtjahre entfernt. Eben noch hatte er sich zusammen mit ihr in einem alle Sinne betörenden Paradies aufgehalten – und plötzlich lag er auf hartem Felsgestein. Was war das für eine bodenlose Gemeinheit?

Sein Oberkörper wurde gestützt, aber leider nicht von einer unbekleideten Schönen, sondern von irgendeinem hässlichen Kerl. Hier gefiel es ihm nicht. Wie kam er bloß zurück in die Welt der Träume?

Noch weitere Personen waren anwesend. Nungal erkannte seinen besten Freund, der eine Leichenbittermiene aufgesetzt hatte. War denn irgendwas Schlimmes passiert, oder hatte der Imperator nur schlechte Laune?

Als der Herrscher über ein Sternenreich in die geöffneten Augen des verletzten Mannes blickte, erhellten sich seine Gesichtszüge...

*

Durch den Kampf mit der Bestie und den anschließenden Sturz hatte sich Nungal mehrere Rippen gebrochen, wovon ihm eine in die Lunge gedrungen war. Stöhnend richtete er sich auf.

»Ihr Herzschlag hatte ausgesetzt«, erklärte Holmur mit ungläubigem Blick, als der Isais-Krieger wackelig auf seinen Beinen stand.

»Wie lange war ich bewusstlos?«, wollte der General wissen.

»Ungefähr eine Minute«, gab der Jagdbomberpilot zurück. »Ich war fest davon überzeugt, Sie seien nicht mehr am Leben.«

»Vielleicht war ich ja tatsächlich tot«, krächzte der Schwerverletzte. »Möglicherweise haben mich die molekularen Konstrukteure, mit denen mich die Isais gesegnet hat, zurück ins Leben geholt.«

»Das könnte sein«, stimmte Sargon zu. »Hauptsache, du weilst wieder unter uns.« Er gab seinem Freund einen leichten Klaps auf die Schulter, was jedoch zu einem unartikulierten Schmerzenslaut führte. »Meinst du, du kannst fliegen? Wir sollten möglichst schnell weg vom Boden. Ich habe keine Lust, weitere Exemplare der hiesigen Tierwelt kennenzulernen.«

»Wird schon gehen«, brachte Nungal mehr stöhnend als sprechend hervor.

Langsam hoben die sechs Aldebaraner ab, stiegen auf eine Höhe von zwei Kilometern und nahmen Kurs auf die noch zwei Flugstunden entfernte Hochebene – falls sie diese überhaupt fanden. In ihre Flughöhe ragte selbst der größte Stalagmit nicht empor, weshalb die Soldaten nicht Gefahr liefen, erneut in das Netz eines Tausendfüßlers zu geraten.

Nungal dachte an das erotische Erlebnis mit seiner Frau am Strand. Ihre Liebkosungen waren fast unwirklich schön gewesen. Hatte er sich in der Minute, in der sein Herz aufgehört hatte zu schlagen, tatsächlich im Paradies befunden?

Unsinn!, dachte der Kommandant der Leibgarde. *Das Paradies existiert in ferner Zukunft unmittelbar vor dem Ende der Zeit. Wie sollte ich von dort zurückgekommen sein? Wahrscheinlich hat mein Gehirn im Todeskampf ein paar Hormone ausgeschüttet, die mir mein Erlebnis vorgegaukelt haben.*

Minuten verrannen und wurden zu einer Stunde...

Inzwischen war die Stalagmiten-Landschaft einer von mächtigen Sanddünen durchzogenen Wüstenlandschaft gewichen. Am Horizont zeichneten sich die Umrisse eines Gebirges ab. Die Aldebaraner hielten genau darauf zu. Um die Gipfel zu überfliegen, mussten die Soldaten etwa eine halbe Stunde später auf eine Höhe von fünf Kilometern steigen.

Die steilen Hänge waren mit bunten Farbklecksen übersät, deren Natur den sechs Betrachtern verborgen blieb. Nach ihren bisherigen Erlebnissen auf diesem Planeten verspürte keiner von ihnen das Verlangen, das Phänomen näher zu erforschen.

Hinter der zerklüfteten Bergkette bot sich den Sechsen ein phantastisches Bild. Der Nachmittagsschein der roten Riesensonne tauchte die Landschaft in ein sanftes Licht, das die Pflanzen und Felsen irreal erscheinen ließ, als seien sie mit Pastellfarben gemalt worden. Der wolkenlose Himmel leuchtete hellblau. Schwärme von drachenähnlichen Tieren zogen über eine weite Ebene mit flachen Hügeln. Dazwischen ragten im Abstand von mehreren Dutzend Kilometern die ockerfarbenen Bauten der heimischen insektoiden Intelligenzen auf – einige davon erheblich größer als das Nest Durnilla.

Der Flug der Aldebaraner führte unmittelbar an dem mächtigsten Bauwerk vorbei, das sie bisher auf diesem Planeten gesehen hatten. Der wie die anderen Nester einem mit Höhlen durchzogenen Sandhaufen ähnelnde Berg erreichte eine Höhe von fünf Kilometern. Bis zu einhundert Meter durchmessende dunkle Öffnungen legten den Schluss nahe, dass die hiesigen Insekten erheblich größer sein mussten als die Krieger der Mutter Durnillas. Diese Vermutung wurde nach dem Überfliegen des Gigantbaus bestätigt. Auf der planierten Ebene dahinter bewegte sich eine Armee aus Hunderttausenden von Insektoiden in Dutzenden von Rechteckformationen der in ein paar Stunden untergehenden Sonne entgegen.

Die Formationen bestanden wie gehabt aus den bereits bekannten schwarzen Zweimeter-Kriegern, mit vereinzelt zwischen ihnen marschierenden Viermeter-Bossandoren, sowie aus Gruppen der als Artillerie dienenden halbkugelförmigen Käfer, ebenfalls in der gewohnten Größe. Zusätzlich zogen vierzig Meter lange Ameisen-Ähnliche und achtzig Meter hohe monströse Gottesanbeterinnen-Ähnliche in den geordneten Formationen mit.

Offensichtlich waren die sechs Soldaten beim Überfliegen des Riesennestes entdeckt worden, denn aus der Öffnung im Gipfel des Insektenbaus schossen plötzlich hunderte Fossadraren heran. Noch bevor sie ihnen zu nahe kamen, beschleunigten die Aldebaraner mit vollem Schub senkrecht in den wolkenlosen hellblauen Himmel. Schnell blieben die fledermausähnlichen Insektoiden hinter ihnen zurück.

»Wir müssen wieder runter, sonst frieren wir uns noch was ab!«, kam die verrauschte, gequält klingende Stimme Sondtheims aus den Helmlautsprechern der Männer. Sein Raumanzug wies wie bei seinen Kameraden einige Löcher auf, die beim gewaltsamen Loslösen von dem extrem klebrigen Netz des Riesentausendfüsslers entstanden waren.

Sargon ließ sich per Gedankenbefehl die Flugdaten auf seinen Helmbildschirm projizieren. Ihre Höhe betrug elf Kilometer, was eine Außentemperatur von minus vierzig Grad Celsius zur Folge hatte. »Sobald wir uns fünfzig Kilometer vom Nest der Fledermäuse entfernt haben, stoßen wir runter auf drei Kilometer«, entschied er.

Fünf Minuten später war der vom Imperator geforderte Sicherheitsabstand zum Gigantbau erreicht. Unmittelbar bevor die Aldebaraner ihre Flughöhe reduzierten, erspähte Sondtheim einen mächtigen Tafelberg, der sich über den Horizont schob.

»Dort, auf zwei Uhr! Das könnte die gesuchte Hochebene sein!«, rief der Major in sein Helmmikrofon.

»Das *muss* sie sein!«, stimmte Sargon ihm hoffnungsvoll zu. »Wir nehmen Kurs darauf.«

Als sich die Soldaten langsam absacken ließen, verschwand der Tafelberg hinter dem Horizont, um nach weiteren fünf Minuten Flug wieder aufzutauchen.

»Da werden wir wohl noch etwas aufsteigen müssen«, befürchtete Sondtheim. »Der Berg ist mindestens sechs Kilometer hoch.«

»Nun stell dich mal nicht so an«, bemerkte Feldwebel Green respektlos. »Wenn dir tatsächlich was abfriert, kümmere ich mich eben um deine Frau.«

Der Imperator wunderte sich über den lockeren Umgangston zwischen den Terranern, wusste er doch, wie äußerst diszipliniert sie im Kampfe waren.

Die Hänge des Tafelberges waren mit jenen schwebenden gelben Ballons bewachsen, die die Männer schon in der Nähe von Drunilla gesehen hatten und die durch dünne Stiele mit dem Erdboden verbunden waren. Sie entdeckten einige Fledermäuse, welche die zylindrischen Metallkörper, die sie als Bomben nutzten, mit einer Seite gegen die Ballons drückten.

»Ich vermute, die seltsamen Gebilde enthalten ein Gas, das sie schweben lässt«, spekulierte Nungal. »Wahrscheinlich ist dieses Gas explosiv, weshalb die Fossadraren es für ihre Bomben verwenden.«

»Klingt plausibel«, stimmte Mardal zu und dachte an das Kampfgeschehen zurück. »Die geladenen Geschosse lagern sie innerhalb ihrer Hügelbauten, damit sie stets genug Munition für den Angriffsfall parat haben.«

»Wir gehen hinunter, damit wir nicht entdeckt werden«, unterbrach der Imperator das Gespräch. »Unterhalb der Ballons haben wir eine ganz gute Deckung.«

Zwischen den nur armdicken türkisfarbenen Stielen, an denen die bis zu fünfzig Meter durchmessenden gelben Kugeln über dem lehmigen, rutschigen Boden schwebten, landete der kleine Trupp Schiffbrüchiger und setzte den Weg zu Fuß fort. Nach wenigen hundert Metern Marsch wurde der Hang so steil, dass sie erneut ihre Vril-Triebwerke zu Hilfe nehmen mussten, um ihn zu erklimmen. Hin und wieder sahen sie den Schatten eines Fossadraren zwischen den sanft im Wind schaukelnden Ballons. Die Fledermäuse schienen ihre Aufmerksamkeit glücklicherweise nicht auf den Boden zu richten.

»Wir fliegen in zwei Metern Abstand mit geringer Geschwindigkeit den Hang hinauf«, bestimmte der Imperator. »Das Risiko, unterhalb der fliegenden Bälle entdeckt zu werden, steigt dadurch nicht.«

Einen Kilometer vor dem Gipfel lichtete sich der Wald aus den seltsamen gelben Ballons. »Wir legen hier eine Pause ein und warten den Einbruch der Dunkelheit ab, bevor wir weiterziehen«, befahl Sargon. Sie suchten sich einen wenige Quadratmeter durchmessenden Vorsprung in dem mit circa siebzig Grad ansteigenden Hang.

Nachdem sie lehmigen, aber immerhin festen Boden unter den Füßen hatten, legte Mardal den Kopf in den Nacken und deutete nach oben. »Hundert Meter höher scheint sich die Konsistenz des Bodens zu verändern«, ließ er seine Kameraden wissen. Der rötlichbraune Lehmboden wurde in der von Mardal bezeichneten Höhe übergangslos zu ockerfarbenem Sand.

»Sieht aus wie das Zeug, aus dem die Ureinwohner ihre Nester bauen«, meinte Green.

»Seht ihr das, in dreihundert Metern auf zehn Uhr?«, machte Holmur seine Gefährten auf eine Einbuchtung aufmerksam. »Dort könnte der Eingang zu einer Höhle sein.«

»Vielleicht wurde das von der Mutter beschriebene ›Teufelsnest‹ in die Hänge dieses Tafelbergs integriert«, überlegte Sargon laut. »Umso vorsichtiger werden wir vorgehen müssen. In etwas mehr als einer Stunde dürfte es dunkel sein, dann haben wir gute Chancen, uns an den Höhlen, sofern es sich tatsächlich um welche handelt, vorbeizuschleichen.«

*

Der Bossandor stand vor der ersten von insgesamt zwölf Müttern, die dem Volk der Torwächter das Leben schenkten. Die älteste der walnussförmigen Lebensspenderinnen hatte ihn auf den Rand ihrer Ruheschale befohlen. Vor ihm ragten die zwei Reihen Facettenaugen neben dem Fresswulst der Mutter in die Höhe.

»Die Teufel kehren heim«, eröffnete ihm die Herrscherin. »Sie scheinen weniger mächtig zu sein als wir dachten, denn sie schleichen sich im Schutze des Ganguhlenwaldes an. Das hätten sie nicht nötig, wenn sie uns für ungefährlich hielten.

Du siehst nun, wie wichtig es war, dass uns die anderen Völker der Utrax, allen Streitigkeiten und Kriegen zum Trotz, darin unterstützt haben, unser Nest um den Eingang zur Hölle herum zu bauen. Stelle eine Gruppe Krieger zusammen und hol die Teufel hierher. Ich will sie lebend, um ihnen endlich ihre Geheimnisse zu entreißen.«

Ohne den geringsten Widerspruch, der nach einem Befehl der ersten Mutter unweigerlich seinen Tod bedeutet hätte, wandte sich der Bossandor ab. Er begab sich zum nächstgelegenen Wohnblock, der, wie alle anderen auch, im Säulengespinst des den Tafelberg umlaufenden Nestes hing. Dort suchte er zehn weitere Bossandoren aus, die ihn bei seinem Angriff auf die Teufel begleiten sollten. Er befahl ihnen, leichte Wurfpfeile in ihre Waffengürtel zu stecken, nachdem sie die Spitzen mit Guwrl-Elixier benetzt hatten, das in jedem Wohnblock bereitstand, um Jagdbeute zu betäuben. Getötet wurde nur in Ausnahmefällen, lebendes Futter schmeckte schließlich immer noch am besten.

Die Viermeter-Riesen kletterten geschickt über das Säulengespinst zu jenem Ausgang aus dem einen Kilometer hohen

Nest, der dem Standort der sechs Teufel am nächsten war. Dort warteten sie auf den Einbruch der Dunkelheit, die ihr Vorhaben sicherlich begünstigen würde.

*

Nachdem die letzten Lichtstrahlen der riesigen, roten Sonne hinter dem Horizont verschwunden waren, befahl Sargon den Aufbruch. Das Leuchten der Sterne am wolkenlosen Himmel reichte normalerweise lediglich aus, um die Konturen des vor ihnen liegenden Hanges erkennen zu können. Die Aldebaraner betrachteten die Landschaft jedoch über die Innenbildschirme ihrer geschlossenen Raumhelme, was ihnen eine Sicht wie am hellen Tage verschaffte. Natürlich konnten sie nicht ahnen, dass die hiesigen Insektoiden über eine ähnliche Fähigkeit verfügten...

Ein leises Surren kündigte das Unheil an, das einen Sekundenbruchteil später Mardal zu Boden stürzen ließ. Innerhalb der nächsten Sekunden ereilte die anderen das gleiche Schicksal. Selbst Nungal verlor unter dem Einfluss des Giftes, das durch den in seinem Rücken steckenden Wurfpfeil in seine Adern gelangte, aufgrund seiner Schwächung sofort das Bewusstsein.

Die Bossandoren hatten geduldig gewartet, bis die sechs Kleinwüchsigen (»Größe« ist ein relativer Begriff) in einem weiten Bogen um den Eingang herumgeflogen waren. Mit der ihnen angeborenen Wendigkeit waren sie ihren Opfern hinterhergeklettert und hatten dann ihre Wurfpfeile aus einer Entfernung von fünfzig Metern geworfen.

Man gab den schmächtigen Wesen, die ihre erste Mutter für Teufel hielt, keine Chance zur Gegenwehr. Bewusstlos stürzten sie gegen den steilen Hang des Nestes, der weiter unten in den des Tafelberges überging, und rollten den elf Kriegern kraftlos entgegen. Die Bossandoren brauchten die Teufel nur aufzufangen. Sechs der Riesen luden sich je einen Teuflischen über die Schulter. Das geringe Gewicht der Fremden behinderte sie nicht im Mindesten bei ihrer anschließenden Kletterpartie hinab zum Höhleneingang.

Keine zehn Minuten später luden sie ihre Gefangenen auf dem Rand der Liegeschale der ersten Mutter ab. Die erschlafften Körper machten nicht den Eindruck, dass sich deren Bewusstlosigkeit bald verflüchtigen würde.

Die Herrscherin über das Volk der Torwächter sprach ein anerkennendes Lob an den Anführer der Bossandoren aus. Danach widmete sie sich wieder ihrer Ei-Produktion. Gedanklich wählte sie eine Hormonmixtur aus, die ihr Körper in ihre Eier abgab, wodurch sie festlegte, welcher Typus in ihnen heranwuchs. An diesem Tag stand die Zeugung einer Serie von Gabardassoren an, spinnenförmigen schäferhundgroßen Insektoiden, die aus ihren Exkrementen und Erde jene harte Substanz schufen, aus der die Bauten der Utrax errichtet wurden. Die erste Mutter wollte ihre Tätigkeit erst dann unterbrechen, wenn sich die Teufel zu regen begannen. Das konnte noch lange dauern, einige Beutetiere benötigten dazu sogar mehrere Tage.

*

Die molekularen Konstrukteure in Nungals Körper bauten das Guwrl-Elixier innerhalb von einer halben Stunde zu einem Großteil ab. Der Kommandant der Leibgarde nahm zunächst nur ein Scharren und Quieken wahr, als die Konzentration des Elixiers in seinem Blut unter den Schwellwert absank, der seinen Sinnen erlaubte, ihre Tätigkeit wieder aufzunehmen.

Der Sonnenkreuzträger spürte, dass er auf der Seite lag. Erfreut stellte er fest, dass inzwischen auch die bohrenden Schmerzen seiner am schlimmsten gebrochenen Rippe weitgehend verschwunden waren – ein kleines Schläfchen bewirkte mitunter Wunder, insbesondere bei Menschen mit göttlichen Abwehr-

und Heilkräften. Er öffnete die Augen, was eventuellen Feinden in seiner Nähe durch den geschlossenen Raumhelm verborgen bleiben musste. Nungal sah ein sechsbeiniges gelbes Tier, ähnlich einem Pferd, das von acht Bossandoren in den Fresswulst einer Mutter geschoben wurde. Das Tier wehrte sich heftig, doch sein Hinterleib steckte bereits zur Hälfte zwischen den feucht glänzenden schwarzen Lippen des Wulstes.

Nungal folgerte ganz richtig, dass er die Ursache der Bewusstlosigkeit früher bewältigt hatte als seine Kameraden, und er beschloss, sich solange nicht zu rühren, bis einer der Soldaten sich zu regen begann oder bis die Insektoiden ihnen das gleiche Schicksal zuteilwerden lassen wollten wie dem gelben Pferdegeschöpf.

Es dauerte zwei Stunden, bis der General die vertraute Stimme des Imperators aus den Lautsprechern seines Raumhelms hörte: »Ist außer mir schon jemand wach?«

»Ich bin schon eine geraume Weile wieder unter den Lebenden und hatte das zweifelhafte Vergnügen, bei der Fütterung einer Mutter zusehen zu dürfen. Die acht Bossandoren vor ihrem Fresswulst waren bis vor einer halben Stunde noch damit beschäftigt, unterschiedliche Tiere bei lebendigem Leibe in die Walnuss zu stopfen. Seitdem stehen sie einfach nur da und warten wahrscheinlich darauf, dass wir uns regen«, entgegnete der Kommandant der Leibgarde.

»Wir verhalten uns ruhig, bis alle anderen wach sind«, gab Sargon zurück.

In den nächsten Minuten meldeten sich nach und nach die restlichen Schiffbrüchigen.

»Wir können hier nicht ewig liegen bleiben, also geben wir zu erkennen, dass wir wieder bei Sinnen sind«, entschied der Imperator und bewegte vorsichtig seinen linken Arm, um seine Bewegungsfähigkeit zu testen. Er konnte keinerlei Beeinträchtigungen feststellen. Gefolgt von den fünf anderen erhob er sich langsam.

Die bedrohlich wirkenden Viermeter-Riesen stampften sofort auf die Menschen zu. Mit ihren dolchartigen Klauen packten sie die Aldebaraner an den Armen und zerrten sie vor den Facettenaugen-Fresswulst. Sargon befürchtete, dass man sie ebenfalls verfüttern wollte und stellte sich auf einen Kampf ein.

»Verratet mir das Geheimnis des Lebens und ich verschone euer Leben«, kam es unvermittelt aus dem Translator im Rucksack Nungals, den er glücklicherweise eingeschaltet gelassen hatte.

»Ich verstehe nicht, was du meinst«, erklärte Sargon, obwohl er aufgrund von Mutter Durnillas Andeutungen natürlich ahnte, worauf die Kreatur hinauswollte.

»Ich will wissen, wie Leben geschaffen wird, damit ich all meine toten Krieger wiedererwecken kann.«

»Du denkst also, wir hätten dein Volk, die wilden Tiere und die vielfältigen Pflanzen auf diesem Planeten erschaffen, und daraus schließt du, dass wir deshalb in der Lage sein müssten, Tote wieder zum Leben zu erwecken. Ich muss dich leider enttäuschen, so etwas ist völlig unmöglich. Tot bleibt tot. Außerdem sind wir nicht die, die euch einst schufen«, machte ihr der oberste aller Aldebaraner deutlich, um Missverständnissen von vornherein vorzubeugen.

Die erste Mutter reagierte sauer auf seine klaren Worte. »Du lügst! Wenn du nicht kooperierst, werde ich euch alle fressen! Dann seid ihr wenigstens dazu nütze, meinen Hunger zu stillen und in das edle Fleisch meiner künftigen Krieger verwandelt zu werden.« Demonstrativ öffnete sie mit einem schmatzenden Geräusch ihren Fresswulst. Sofort verstärkte sich der Griff der Bossandoren.

»Holt den Teufel aus dem Schrein!«, befahl das fast fünfhundert Meter durchmessende Walnusswesen zwei ihrer Riesen, die nicht damit beschäftigt waren, einen Menschen festzuhalten. An den Imperator gewandt fuhr sie fort: »Gleich beweise ich dir, dass ich deine Lüge durchschaut habe. Danach darfst du deine Weigerung noch ein letztes Mal überdenken.«

Zwei endlose Minuten später kehrten die beiden Viermeter-Riesen zurück. Zwischen sich trugen sie eine Bahre mit einem leblosen Körper, der der Form nach möglicherweise menschlicher Natur war. Er war in tellergroße gelbe Blätter gewickelt, vermutlich, um ihn zu konservieren.

Die Bossandoren kippten den Toten vor die Füße der sechs Männer. Einer von ihnen riss ein Blatt zur Seite, das den Blick auf einen Raumhelm freigab: dunkelgrau, matt und von Kratzern und Flecken übersät. Es fehlte zwar der im Nackenbereich verbreiterte Teil, doch eine gewisse Ähnlichkeit mit einem aldebaranischen Modell war zweifellos vorhanden; für die Insektoiden mochte dieser Unterschied unbedeutend sein.

»Siehst du?«, triumphierte die Mutter auf. »Das ist einer derjenigen, die uns schufen – und er sieht genauso aus wie du.«

»Woher habt ihr ihn?«, wollte Sargon wissen.

»Nach unseren uralten Überlieferungen ist der Tote ein unvorsichtiger Teufel, der von einem unserer Krieger kurz nach der Schöpfung überwältigt und vor den anderen Teufeln versteckt wurde. Die Tat dieses mutigen Kriegers hat dein Volk in Schrecken versetzt, denn alle Teufel verschwanden kurz darauf. Ihr seid die Ersten, die seitdem wieder hier auftauchten, wahrscheinlich, um das Werk eurer Vorfahren zu vollenden und uns zu versklaven. Und jetzt«, die Mutter machte eine bedeutungsschwangere Pause, »verratet ihr mir entweder das Geheimnis des Lebens oder ihr werdet von mir gefressen.« Heller Schleim tropfte ihr aus dem immer noch geöffneten Fresswulst.

Es war weiß Gott keine besonders appetitliche Vorstellung, im Verdauungstrakt einer schleimigen Riesenwalnuss zu enden, doch der Griff der Bossandoren war stahlhart und ließ eine Flucht unmöglich erscheinen. Die Männer hätten keine Chance gehabt, an ihre um den Rücken geschnallten Magnetfeldgewehre zu kommen, wäre nicht der Isais-Krieger unter ihnen gewesen.

Alles ging unheimlich schnell und lief so präzise ab wie ein Made-in-Germany-Uhrwerk: Mit einem Ruck riss sich Nungal los, zog in einer fließenden Bewegung sein Gewehr von seinem Rücken und jagte eine blauglühende Salve in die Brust des Riesen, der den Imperator festhielt. Einer der Bossandoren wuchtete Holmur in den schleimigen Schlund der Mutter, während Nungal einen weiteren Insektenkrieger erschoss. Sargon packte den Unterarm des Bomberpiloten und zog ihn unter Aufbietung all seiner Körperkräfte wieder hinaus. Diese Zeitspanne nutzte der Sonnenkreuzträger, um die übrigen anwesenden Viermeter-Giganten zu erschießen. Seiner übermenschlichen Reaktionsschnelligkeit und den modernen Waffen hatten die Riesen nichts entgegenzusetzen.

»Feindliche Krieger im Nest!«, ertönte aus dem Translator ein Warnruf der ersten Mutter. Sekunden später kletterten mindestens hundert Krieger unterschiedlicher Größe über das Säulengespinst auf ihre Schale. Zeitgleich schossen mehrere Dutzend Fledermäuse mit infernalischem Lärm zwischen den ockerfarbenen Gebilden hervor.

»Schluss mit lustig!«, rief Major Sondtheim und feuerte den wendigen Fluginsekten eine erste Salve entgegen. Drei von ihnen krachten brennend gegen die Säulen. Die anderen Soldaten eröffneten nun ebenfalls das Feuer. Sargon nahm eine Handgranate aus seinem Waffengürtel, stellte sie gedanklich auf eine Sprengverzögerung von dreihundert Sekunden ein und warf sie in den Schlund der Mutter. Ihre Sprengwirkung würde der einer Kilotonne herkömmlichen TNT's entsprechen.

»Wenn du unbedingt fressen willst, friss das!«, schrie er ihr entgegen, wusste wegen des Kampflärms aber nicht, ob der Translator seine Worte übersetzte. »Rückzug!«, befahl er seinen Kameraden.

Die Soldaten stiegen auf und brachten sich schnellstens außer Reichweite der einen Augenblick später auf dem Rand der Liegeschale eintreffenden Krieger. Auf der Flucht schossen sie ausschließlich auf die Fossadraren, die ihnen als einzige in der Luft gefährlich werden konnten. Die Insektoiden am Boden und an den Säulen hatten in der Hektik noch keine Zeit gefunden, sich mit Speeren oder sonstigen Fernwaffen auszurüsten.

Zwischen dem verwirrenden Durcheinander der Plattformen und Säulen entwickelte sich jetzt eine hektische Verfolgungsjagd. Die Elitesoldaten bewiesen ein Höchstmaß an Konzentrationsfähigkeit und Kampferfahrung, während sie mit hoher Geschwindigkeit ständig Hindernissen auswichen und gleichzeitig auf ihre geflügelten Verfolger feuerten. Die fortwährenden, durch die chaotische Bauweise erzwungenen Richtungsänderungen hatten den Vorteil, dass die von den Fledermäusen abgeschossenen Pfeile ihre Ziele verfehlten.

Endlich kam die Außenwand des Nestes in Sicht. Die Aldebaraner wählten spontan einen der vielen Höhlengänge und flogen hinein. Einen Augenblick später schwebten sie im Freien. Hunderte Fossadraren jagten ihnen nach. Sie fielen reihenweise dem Feuer der Magnetfeldgewehre zum Opfer, da sich die Soldaten nun besser aufs Schießen konzentrieren konnten.

»Wir sind im Innenbereich des die gesamte Hochebene wie ein Wall umlaufenden Nestes«, stellte Nungal nach einer Rundumschau fest. »Und dort, in der Mitte der Ebene, befindet sich wohl eine Art Bunker.«

Auch den anderen Männern fiel nun das quaderförmige Gebäude auf, auf das er zeigte. Es wirkte stark verwittert. Die wahrscheinlich ursprünglich scharfen Kanten waren vom Zahn der Zeit abgerundet worden. Löcher und Risse durchzogen die fensterlosen Wände.

Als sie den Bunker überflogen, entdeckten sie eine Tür aus mattem Metall. »Wir versuchen, hineinzukommen«, befahl der Imperator. »Nungal wird die Tür öffnen. Wir geben ihm Feuerschutz.«

Der Isais-Krieger landete unmittelbar vor der stählernen Türe, während seine Kameraden ein paar weitere Dutzend der fliegenden Insekten zu ihren Ahnen schickten. Als er die Klinke hinabdrücken wollte, brach sie sofort ab. Daraufhin klemmte er seine

Finger zwischen die Oberkante der Tür und den Rahmen, wobei er beide Füße links und rechts daneben gegen die Wand stemmte. Mit einem kräftigen Ruck riss er die Tür aus den Angeln. Das kreischende Geräusch verbiegenden Metalls machte seine Kameraden auf den Erfolg seiner Bemühungen aufmerksam. Sie verließen ihre Schusspositionen auf dem Dach des nur vier Meter hohen Gebäudes und folgten Nungal ins Innere.

Vor ihnen lag ein etwa einhundert Quadratmeter großer Raum. An der gegenüberliegenden Wand befanden sich drei Metallplatten mit jeweils einem vertikalen Spalt in der Mitte.

»Könnten Aufzüge sein«, kombinierte Holmur wortkarg.

Green war bereits an den mittleren herangetreten und schob seine Finger in den Spalt. Als er versuchte, die beiden Hälften auseinanderzuziehen, fielen sie aus ihren Halterungen polternd auf den Boden. Dahinter kam ein leerer Schacht zum Vorschein, der in die Tiefe führte. Green flog ein Stück hinein und schätzte: »Der muss mindestens hundert Meter tief sein.«

Draußen landeten zahlreiche Fossadraren, die den Menschen jedoch nicht in das Gebäude folgten. Es war ihnen nicht geheuer, dass der Bau der Teufel, der seit vielen Jahrtausenden fest verschlossen war, nun geöffnet vor ihnen lag und aus den Tiefen der Hölle zu rufen schien: *Tretet ein, tretet ein...*

Die Utrax hatten nie einen Versuch unternommen, die metallene Türe zu öffnen, zu groß war ihre Angst gewesen, damit eine Rückkehr der Teufel zu provozieren.

Eine mächtige Explosion ließ den Boden wie bei einem Erdbeben erzittern.

»Die Mutter bekam offenbar Verdauungsprobleme nach dem Leckerchen, das ihr der Imperator serviert hat«, stellte Sondtheim trocken fest, während die draußen gelandeten Fossadraren aufgeregt davonflogen.

Die Schiffbrüchigen ließen sich bis zum Boden des Schachtes hinabsinken. Dort fanden sie die Überreste dessen, was wahrscheinlich einmal eine Aufzugskabine gewesen war. Mit einem Tritt öffnete Green den Ausgang des Aufzugsschachts auf unkonventionelle Weise, womit er den Blick auf eine rund einen Quadratkilometer große Halle freigab. Unmittelbar vor den Männern lag eine Galerie aus Gitterrosten, die die gesamte Halle in einer Höhe von fünfzig Metern umlief. Als Green vertrauensvoll auf das Rost trat, gab es sofort nach. Der Aldebaraner mit den irischen Vorfahren fing den Sturz jedoch mühelos mit seinem Flugaggregat ab und landete sicher zwischen zwei Maschinenblöcken auf dem Boden.

Seine Gefährten betraten die Galerie erst gar nicht, sondern flogen gleich aus dem Aufzugschacht hinaus und gesellten sich zu Green.

»Hat jemand eine Ahnung, was das heißen könnte?«, fragte der Ire und deutete auf die Maschinenblöcke, die mit fremdartigen Schriftzeichen versehen waren.

»Natürlich habe ich eine Ahnung,«, entgegnete Nungal. »Die Schrift ist schließlich klar und deutlich zu sehen.«

Der junge Feldwebel machte ein verblüfftes Gesicht. »Sie können das lesen?«

»Nachdem uns Unaldor von der Existenz des Ersten Imperiums berichtet hatte, haben die Mitglieder des Oberkommandos die Verkehrssprache der Ahnen per Gehirnstrominduktion erlernt. Auf dem Maschinenblock steht ›Vril-Meiler I‹; auf dem daneben übrigens ›Vril-Meiler II‹, wie man sich wohl denken kann. Auch wenn es mir schwerfällt, das zu glauben: Anscheinend waren die teuflischen Schöpfer der Utrax unsere Vorfahren.«

Die sechs Aldebaraner gingen zwischen den rund zwanzig Meter hohen Stromgeneratoren hindurch ins Innere der Halle. Geräteschränke reihten sich aneinander, die mit »Gen-Sequenzierer«, »Gen-Modulator«, »Gensynthese« oder »Katalyse« beschriftet waren. Der Stützpunkt der Ahnen schien ein riesiges Labor gewesen zu sein.

»Dies könnte das Rechenzentrum sein«, mutmaßte Holmur und deutete auf eine Reihe Regale, in denen jeweils mehrere

Geräte standen, die stark an aldebaranische Rechner erinnerten.

Die Soldaten untersuchten die Schränke und Regale näher und entdeckten dabei, dass die Geräte über Netzwerkknoten miteinander verbunden waren.

»Wir sollten versuchen, die Meiler einzuschalten. Vielleicht bekommen wir so das Rechenzentrum wieder in Gang und erfahren Genaueres über die damaligen Pläne der Ahnen«, schlug Holmur vor.

»Das sollten wir unbedingt sein lassen«, entgegnete Sondtheim. »Ich habe Filmaufnahmen gesehen, die Unaldor aus dem Tangalon-System mitgebracht hatte. Auf dem dritten Planeten des Systems wurde, wie Sie alle wissen, ein Stützpunkt des Ersten Imperiums entdeckt, der ebenfalls über ein großes Rechenzentrum verfügte. Nach dem Einschalten der Geräte brannten die meisten von ihnen durch. Dadurch gingen wertvolle Information verloren, die man vielleicht durch eine Analyse der Datenträger noch hätte retten können.«

»Die Zeit hat wahrscheinlich sämtliche Daten gelöscht«, lautete Nungals Beitrag zur Diskussion. »Nach dem Gesetz der steigenden Entropie[23] dürften die Speicher nach einigen Jahrtausenden nur noch Datenmüll enthalten.«

»Das ist korrekt«, stimmte ihm Sondtheim zunächst zu. »Mittels elektronenmikroskopischer Untersuchung der Datenträger wäre die Wiederherstellung der ursprünglich gespeicherten Informationen jedoch prinzipiell möglich. Das hat zumindest Alan Turing behauptet, ein genialer britischer Informatiker, der seit seinem vorgetäuschten Selbstmord für die Dritte Macht arbeitet.«

»Wir werden uns darauf konzentrieren, den Störsender zu finden, damit wir die Flotte rufen können«, entschied Sargon, wobei ihm ein schmerzhafter Stich durch die Brust fuhr, als ihm bewusst wurde, dass es die aldebaranische Flotte im Zuladur-System vielleicht schon nicht mehr gab – ausradiert von den Mohak.

---

[23] Maß für den Grad der Unordnung eines physikalischen Systems

»Schaut mal her!«, verkündete Frank Green eine erneute Entdeckung. »An dem Schrank hinter diesem Pult hängt eine Kunststofffolie, die mit einer Sternenkonstellation bedruckt ist.«

»Interessant«, bemerkte Nungal, der neben den Feldwebel getreten war, nachdenklich. »Die Überschrift auf der Sternenkarte lautet: Capellanisch-Regulanische Republik!«

»Demnach ist dies kein Stützpunkt des Ersten Imperiums, sondern der Capellaner und Regulaner, die sich von Imperium abspalteten und sogar einen kurzen Krieg gegen Aldebaran führten, den sie jedoch verloren«, zitierte Sargon seine Geschichtskenntnisse, die er durch das von Unaldor gelieferte Material erworben hatte.

»Ich denke, ich habe den Störsender gefunden«, behauptete Holmur, der sich einige Dutzend Meter von der die Sternenkarte betrachtenden Gruppe entfernt hatte.

Seine fünf Kameraden eilten sofort zu ihm und richteten ihr Augenmerk auf ein langes Pult, vor dem acht Metallgestelle standen, die wohl einmal Stühle gewesen waren. Ihr Stoffbezug schien vor langer Zeit zu Staub zerfallen zu sein. Das Pult war übersät mit Reglern und Knöpfen und ähnelte der Ausrüstung des Funkraums auf aldebaranischen Schiffen. Es waren sogar noch einige Kontrollleuchten in Betrieb. Hinter dem Pult reckte sich ein dreißig Meter großes stabförmiges Gebilde empor, das mit einer sehr hohen Wahrscheinlichkeit der eigentliche Sender war.

Konzentriert studierten Sargon und Nungal die alt-aldebaranischen Schriftzeichen auf dem Pult.

»Das hier ist der Ausschalter«, stellte der Imperator lakonisch fest.

»So ist es«, pflichtete ihm der Sonnenkreuzträger bei. »Der Aufbau ist mit unseren heutigen Geräten fast identisch. Es ist mir jedoch unverständlich, warum ausgerechnet der Sender die Jahrtausende unbeschadet überstanden hat, während alles andere deaktiviert zu sein scheint.«

»Darüber können wir uns später den Kopf zerbrechen, wir sollten das Ding erst einmal abschalten«, entschied Sargon und drückte den Schalter.

Die Kontrollleuchten erloschen sofort. Im gleichen Moment war das lästige Rauschen aus den Lautsprechern der Raumhelme verschwunden.

»Ich sende ein Notsignal!«, informierte Sargon seine Begleiter. »Falls es noch imperiale Streitkräfte in diesem System gibt, werden wir in Kürze abgeholt.«

Ein Geräusch, als ob Metall im Sekundentakt auf den Boden geschlagen wurde, vermischt mit einem tiefen Summen, durchkreuzte die Absicht des Imperators. Die Elitesoldaten wirbelten herum. Ein zwei Meter und fünfzig großer Roboter stapfte auf die kleine Gruppe Menschen zu. Sein Kopf erinnerte an einen verschmutzten, matt metallisch glänzenden Totenschädel mit rotglühenden Augen.

»So einen habe ich schon einmal gesehen, und zwar in den Filmaufnahmen Unaldors aus dem Tangalon-System. Der Roboter hatte sich damals kooperativ gezeigt, nachdem er die Gruppe um Professor Bendalur als Nachfahren seiner Erbauer anerkannt hatte.« Begeisterung schwang in der Stimme Sondtheims mit.

»Identifizieren Sie sich!«, schnarrte die tiefe Stimme der Maschine, nachdem sie in drei Metern Entfernung stehen geblieben war.

»Mein Name ist Sargon. Ich bin der Leiter dieser capellanischen Einsatztruppe«, stellte sich der Imperator vor. Nach dem Zerwürfnis der alten Capellaner mit dem Ersten Imperium war es sicher keine gute Idee, sich als Aldebaraner vorzustellen.

»Senden Sie Ihren Identifikationscode«, hakte der Roboter nach.

»Die Informationen über den für diese Station gültigen Code sind in dem Jahrtausende währenden Krieg gegen das Imperium verloren gegangen«, konstruierte Sargon seine Geschichte weiter.

»Warum haben Sie den Sender ausgeschaltet?«, fragte die Maschine.

»Weil er unsere Kommunikation mit der Flotte stört, die sich im Orbit dieses Planeten befindet«, blieb der Herrscher über ein Sternenreich zur Abwechslung bei der Wahrheit – so hoffte er zumindest. »Warum ist der Sender überhaupt noch in Betrieb?«, stellte er eine Gegenfrage.

»Ich habe die Anlage funktionsfähig gehalten, damit mich die Herren finden, falls sie jemals zurückkehren. An Ihrer Anwesenheit erkenne ich, dass meine Bemühungen erfolgreich waren.« Mit seinem letzten Satz gab der Roboter zu erkennen, dass er die Aldebaraner als seine Herren anerkannt hatte.

Erleichterung machte sich unter den Elitesoldaten breit. Sargon war zwar davon überzeugt, dass sie, wäre es zu einem Kampf gekommen, mit der Maschine fertig geworden wären. Doch dabei wäre der Roboter, der eine wertvolle Informationsquelle darstellte, höchstwahrscheinlich komplett vernichtet worden.

»Wir haben diesen Raumsektor erst vor wenigen Jahren zurückerobert«, spielte Sargon weiterhin den Capellaner. »Wir verfügen kaum noch über Informationen, was hier vor der Räumung dieses Sektors geschah. Gib uns Auskunft über den Hintergrund der Forschungen, die hier betrieben wurden.«

Mit seiner tiefen, metallisch klingenden Stimme gab der Roboter bereitwillig die gewünschten Informationen preis: »Die Zuchtstation auf Ugahar IV wurde, genau wie die elf weiteren in den allgemein bekannten Sonnensystemen, vor rund zehntausendachthundert Jahren[24] gebaut. Ziel der Forschungen war es, für eine bevorstehende Auseinandersetzung mit dem Imperium eine Kriegerrasse zu entwickeln, die in der Lage sein würde, die imperiale Flotte zu besiegen.

Hier auf Ugahar IV gelang es unseren Wissenschaftlern erstmalig, primitive Waffensysteme, beispielsweise das Verschie-

[24] Wie immer: übersetzt in terranische Jahre

ßen von Pfeilen, organisch nachzubilden. Dazu entwickelten die Forscher Gensequenzen von Gliederfüßlern, die sich durch eine eingeschlechtliche Fortpflanzung vermehren und mehrere spezialisierte Kasten hervorbringen können.

Aber der totale Krieg mit dem Imperium brach früher aus als erwartet. Noch war die Forschung in keiner der zwölf Zuchtstationen soweit, wirklich gefährliche Lebewesen hervorzubringen, die es mit Aldebaran aufnehmen konnten. Speziell die hier auf Ugahar durchgeführten Forschungen dienten dem Zweck, die lebenden primitiven Waffensysteme weiterzuentwickeln. Man stand kurz davor, Gensequenzen für einen künstlichen Vril-Prozess zu modellieren. Zusätzlich sollte eine Sequenz entwickelt werden, die unsere Geschöpfe auf diesem Planeten fügsamer gegenüber den Herren, die ja immerhin ihre Erschaffer waren, machen sollte, denn die hiesigen Experimentierergebnisse legten ein renitentes Verhalten an den Tag und entfalteten zu viel Eigenständigkeit. Noch bevor die Herren etwas dagegen unternehmen konnten, mussten sie diesen Raumsektor unter dem Druck der siegreichen imperialen Verbände verlassen.«

»Was ist mit den sonstigen Lebewesen auf diesem Planeten? Sind das auch gentechnologische Entwicklungen meiner Ahnen?«, wollte der Imperator wissen.

»Korrekt. Ugahar IV war eine sterile Welt, als wir sie entdeckten. Genau deshalb eignete sich der Planet ausgezeichnet dafür, ein komplett neues künstliches Ökosystem zu entwickeln. Wir schufen Pflanzen und Tiere, um eine Umwelt zu formen, in der die Gliederfüßler überleben konnten – und natürlich, um unsere Gentechnologie zu verfeinern.«

»Kennst Du die galaktischen Koordinaten der anderen elf Zuchtstationen?«, fragte Sargon.

»Selbstverständlich«, entgegnete der Roboter und nannte die Zahlentripel, während Nungal die Worte der Maschine mit seinem Vielzweck-Translator aufzeichnete.

»Beschäftigten sich jene elf Zuchtstationen ebenfalls mit Gliederfüßlern?«

»Nein. Ansonsten wurden Forschungen in alle denkbaren Richtungen betrieben. Einzelheiten über die auf den übrigen Stationen eingeschlagenen Wege kenne ich jedoch nicht. Ich hörte lediglich einmal einen unserer Forscher erwähnen, dass man auf Gudalon eine vielversprechende Reptiloiden-Spezies entwickelt habe.«

Die weitere Befragung des Roboters brachte keine neuen Erkenntnisse. Daher entschied sich der Imperator nach wenigen Minuten, das Gespräch mit der Maschine abzubrechen. Er befahl ihr, sich wieder in den Ruhemodus zu versetzen und auf Anweisungen zu warten.

Dann justierte er das Funkgerät seines Raumhelms auf die Flottenfrequenz und stieß gedanklich ein Gebet zur Ischtar aus, dass es da draußen noch jemanden gab, der seinen Notruf empfangen konnte.

*

Trotz eines überwältigenden Sieges herrschte gedrückte Stimmung in der Zentrale der CAESAR.

Der Schlachtschiffverband Tomoyukis war todesmutig in das Herz der feindlichen Flotte vorgestoßen und hatte die Reihen ihrer Schlachtschiffe in ein fatales Durcheinander versetzt. Dieses Chaos hatten die nachstoßenden aldebaranischen Verbände ausgenutzt, um den Echsen den Rest zu geben. Die wenigen Schiffe der Mohak-Flotte, die das Gemetzel überstanden hatten, waren schließlich kopflos geflohen und zumeist Opfer der sie verfolgenden aldebaranischen Kriegsschiffe geworden.

Doch der Preis für diesen Sieg war hoch. Raummarschall Prien hatte auf dem Hauptbildschirm seines Flaggschiffes mit ansehen müssen, wie die ONSLAR zunächst schwer getroffen worden und schließlich in einer gewaltigen Detonation vergangen war.

Im Anschluss hatte man diese Schlacht zwar gewonnen, dafür aber den nach einhelliger Meinung besten Imperator, der je über das Sternenreich geherrscht hatte, verloren. Außerdem war Nungal an Bord des Superschlachtschiffes gewesen. Der Tod dieses als lebende Legende von den Soldaten verehrten Mannes würde eine weitere schwere Belastung für die Moral innerhalb der Flotte sein. Er war für Milliarden Kameraden ein Symbol für die Unbesiegbarkeit des aldebaranischen Willens. Dieser Mut spendende Mythos war nun zerbrochen – für immer.

Mit herabhängenden Schultern stand der ehemalige U-Boot-Kommandant in der Mitte der Zentrale und schaute in die bedrückten Gesichter seiner Mannschaft. Sein erster Offizier und langjähriger Weggefährte General von Varendorff legte ihm einen Arm um die Schulter. Mit gedämpfter Stimme versuchte er seinen Freund zu trösten: »Sargon hat bis zum letzten Atemzug gekämpft. Sein Vorstoßen in die feindlichen Linien war der Anfang unseres Sieges. Er starb, wie er lebte: als Held.«

»Ich kannte ihn persönlich erst seit ein paar Tagen«, gab Prien zurück. »Doch die kurze Zeit reichte aus, um mich von den mehr als außergewöhnlichen Fähigkeiten dieses Mannes als Herrscher zu überzeugen. Ich fürchte, der Tod Sargons war nicht nur der Anfang unseres Sieges in dieser Schlacht, er war auch der Anfang unseres Untergangs. In diesen schweren Stunden brauchen wir an der Spitze einen Mann mit den Eigenschaften Sargons – doch Männer wie er werden nur alle paar hundert Generationen einmal geboren.«

Nach Sekunden des Schweigens befahl der Raummarschall, der nach dem Tode des Imperators den Oberbefehl über die Verbände im Zuladur-System übernommen hatte: »Die Flotte soll mit der Bergung der Mannschaften beschädigter Schiffe beginnen. In der Zwischenzeit nehme ich Verbindung mit den Marschällen Delmor und Karadon auf. Danach entscheide ich, an welcher Stelle wir unsere Kameraden unterstützen.«

Die Bergungsarbeiten dauerten sechs Stunden. Mehrere tausend imperiale Soldaten waren aus den Schiffen geborgen worden, von denen einige sicherlich zu einem späteren Zeitpunkt repariert werden konnten. Zu diesem Zweck wurden sie von den Reflektorfeldern der Bergungsschiffe in einen Orbit um Zuladur IV geschoben, wo sie auf das Eintreffen der Reparaturtrupps warten sollten – falls die Menschen unter den Schlägen der Mohak überhaupt je die Zeit finden würden, sich um ihre beschädigten Kriegsschiffe zu kümmern.

Raummarschall Delmor, der vom Imperator mit der Heimatverteidigung beauftragt worden war, meldete, dass die Mohak mit der Invasion der Systeme Esperalon, Sentiman, Dedalon und Guveran begonnen hatten. Jedes dieser Systeme war rechtzeitig evakuiert worden und keines von ihnen hatte eine herausragende strategische Bedeutung. Folglich lieferte man den Mohak Rückzugsgefechte mit dem Ziel, ihnen möglichst großen Schaden zuzufügen, ohne die Echsen ernsthaft an der Eroberung der Systeme zu hindern.

Das Gespräch Priens mit Raummarschall Karadon ergab nichts Neues. Seine Verbände hatten die über Ischtar XIII eindringende Mohakflotte verfolgt und sich schließlich mit den Schiffen Delmors vereinigt. Die beiden Marschälle hatten die Hälfte ihrer Schiffe auf die vier angegriffenen Systeme verteilt, wobei sie die andere Hälfte als Reserve zurückhielten.

Der ehemalige U-Boot-Kommandant brachte es nicht übers Herz, seine beiden Kollegen über den Tod des Imperators zu informieren. Er behauptete stattdessen, Sargon sei damit beschäftigt, gefangen genommene Mohak zu verhören und dass er ihn, Prien, gebeten habe, die weiteren Aktionen mit den Marschällen abzustimmen.

»Geben Sie Befehl zum Aufbruch nach Dedalon«, wandte sich Prien an seinen Ersten Offizier.

Von Varendorff gab den Befehl an Funkoffizier Schulte weiter. Der reagierte jedoch überhaupt nicht, sondern schien in sich hineinzuhorchen. Plötzlich und unerwartet brüllte der Mann los, als habe er vollkommen den Verstand verloren:

»Jaaaaaa!!! Meldung aus der Funkbude! Der Imperator und Nungal leben! Sie befinden sich auf Zuladur IV. Sondtheim, Green, Holmur und Mardal sind bei ihnen. Wir sollen sie abholen!«

Das Herz des Raummarschalls machte einen Freudensprung. »Schalten Sie Schulte auf Flottenrundruf!«, befahl er von Varendorff.

Wenige Sekunden später wiederholte der Funkoffizier der CAESAR seine Meldung, wobei er weiterhin keinen Hehl aus seiner Freude machte. Unbeschreiblicher Jubel brach auf den imperialen Schiffen aus. Die zu den besten Soldaten gehörenden Männer lagen sich wie Kinder in den Armen und ließen ihren Emotionen freien Lauf.

»Kurs auf die Position des Imperators«, befahl Prien.

Die CAESAR scherte aus der Flotte aus, die sich in der Nähe des Planeten versammelt hatte. Langsam schob sich die grün-gelbe Kugel auf den Hauptbildschirm. Das fünfkommazwei Kilometer lange Superschlachtschiff umrundete den Planeten zur Hälfte, bis die aus den Daten der Funkbude berechnete Position des Imperators als eingeblendeter roter Punkt auf der Planetenoberfläche leuchtete.

Fünf Minuten später schwebte die CAESAR wenige Kilometer über der Hochebene, die von dem wallförmigen Nest der Ultrax umlaufen wurde. Nun klaffte jedoch eine gewaltige Lücke in dem Wall – das Resultat der Handgranate des Imperators, die er der ersten Mutter in den Schlund geworfen hatte.

Die von den Capellanern geschaffenen Wesen wagten es angesichts des gigantischen Schiffes nicht, ihr Nest zu verlassen. Instinktiv spürten sie, dass sie gegen die CAESAR nicht die geringste Chance hatten. Dementsprechend ungefährdet konnten die sechs Gestrandeten in aller Ruhe den Eingangsbunker des alten capellanischen Stützpunktes verlassen und mit Hilfe ihrer Vril-Aggregate dem Schiffsriesen entgegenschweben.

Raummarschall Prien begrüßte die heimkehrenden Schiffbrüchigen persönlich in der geöffneten Schleuse. Auf dem Weg in die Zentrale begegneten sie Dutzenden freudestrahlender Soldaten. Als sie dort ankamen, brandete erneut der Jubel auf allen Schiffen auf, denn die Szene wurde live übertragen.

Prien hatte den Weg genutzt, um den Imperator über die militärische Lage an den Brennpunkten zu informieren. Die Mohak waren zwar in vier Systemen auf dem Vormarsch, doch der Sieg bei Zuladur hatte gezeigt, dass die Echsen trotz ihrer quantitativen Überlegenheit nicht unbesiegbar waren.

»Nungal, bitte übergib dem wissenschaftlichen Offizier den Translator mit den aufgezeichneten Koordinaten der Systeme, in denen die Capellaner einst ihre Zuchtexperimente betrieben.«

Der Mann mit der Narbe auf der linken Wanne überreichte das kleine Gerät an Major von Stein und nannte ihm den Namen der Datei, in der er die Aufzeichnungen abgespeichert hatte. Von Stein begab sich damit umgehend in die wissenschaftliche Abteilung.

»Es ist für uns von essentieller Bedeutung, dass wir die Mohak trotz ihrer zahlenmäßigen Überlegenheit in die Defensive drängen«, stellte Sargon an Prien gewandt fest. »Aus diesem Grund beraume ich eine Sondersitzung des Inneren Ordens in genau zwölf Stunden an. Jedes Ordensmitglied wird aufgefordert, konstruktive Vorschläge für eine bevorstehende Offensive zu unterbreiten. Weisen Sie Ihren Funkoffizier an, die Ordensmitglieder entsprechend zu informieren.«

Als der Raummarschall nach Ausübung des Befehls zu der kleinen Gruppe zurückkehrte, eröffnete er den sechs Geretteten: »Mindestens ein Ordensmitglied hat bereits eine konkrete Vorstellung, wie wir die Echsen das Fürchten lehren können – nämlich ich.«

Bevor der neugierig gewordene Sargon nachfragen konnte, kam Major von Stein aus der wissenschaftlichen Sektion zurück. Der knapp zwei Meter große dunkelblonde Mann fuchtelte aufgeregt mit einer Folie digitalen Papiers. Seine grüngrauen Augen funkelten, als er vor dem Imperator salutierte.

»Wir haben die Koordinaten der capellanischen Systeme auf unsere Zeit umgerechnet[25]. Neben Zuladur ist uns noch ein weiteres System, in dem die Capellaner ihre Zuchtexperimente durchführten, namentlich bekannt: das Mohak-System.«

Sargon wurde etwas blass. Mit brüchiger Stimme presste er hervor:

»Beim Marduck! Der Roboter in der Zuchtstation auf Zuladur IV sprach davon, dass die Capellaner neben ihren Versuchen mit den heimischen Gliederfüßlern an anderer Stelle mit Reptiloiden experimentiert haben. Könnten die Mohak... etwa eine Schöpfung der Capellaner sein?«

---

[25] Die Sternenkonstellationen haben sich in 10.800 Jahren natürlich merklich verändert.

Kapitel 4: Der Gegenschlag

Ein herrlich blauer Himmel spannte sich über Dragor, der Hauptstadt Sumerans. Einhundertneunundzwanzig Aldebaraner, davon fast die Hälfte auf Terra geboren, hatten sich in den Gärten des imperialen Palastes eingefunden, um eine Lösung für das drängendste Problem der Menschheit zu finden: die Invasion der Mohak.

Die Schönheit der exotischen Pflanzen, die beeindruckende Wirkung der goldenen Kuppel der Imperatoren und die fantastische Aussicht aus drei Kilometern Höhe über die kultivierte Landschaft bildeten den krassen Gegensatz zum Kampf um das nackte Überleben, den die Ordensmitglieder derzeit ausfechten mussten.

In seine schwarze Uniform gehüllt, die auf der Brust und auf dem Rücken durch das Schwarze Sonnenkreuz geziert wurde, betrat Sargon eine kleine Bühne, die vor den Sitzreihen aufgebaut worden war. Hier hatte er gestanden, als man ihn vor fast eineinhalb Jahrhunderten zum Imperator ernannt hatte. Der damalige Tag war jedoch durch den Blick auf eine von hässlichen Bombentrichtern übersäte Landschaft bestimmt gewesen, getrübt durch künstlich hervorgerufenen Regen – ein kläglicher Versuch, die Folgen des nuklearen Winters zu mildern.

Von den damaligen Zerstörungen war nichts mehr zu sehen. Sumeran, die Zentralwelt des Imperiums, war nach dem Angriff der Mohak heute schöner denn je.

Die Furcht, die grausamen Echsen könnten ein zweites Mal über seine Heimatwelt herfallen – nur dieses Mal gründlicher –, schnürte Sargon für einen Moment die Kehle zu. Er unterdrückte die Bilder der geschundenen Landschaft vor seinem geistigen Auge und schluckte den Kloß in seinem Hals herunter.

»Kameraden! Ich habe diese außerordentliche Sitzung des Inneren Ordens aus drei Gründen einberufen. Zunächst einmal möchte ich unsere terranischen Freunde in unseren Reihen begrüßen!« Applaus der vierundsechzig ursprünglichen Ordensbrüder brandete auf. »Die Leistungen dieser Frauen und Männer unter der Führung Unaldors sind beispiellos in der Geschichte der Galaxis. In nur eineinhalb Jahrhunderten formten sie mithilfe der Nachfahren unserer Ahnen eine galaktische Großmacht. In selbstloser Weise unterstellten sie ihr kleines, jedoch ungeheuer mächtiges Sternenreich meinem Befehl. Deutlicher konnten sie ihre Loyalität zum Imperium nicht unter Beweis stellen.

Uns allen sollte klar sein, dass das Imperium ohne die Loyalität der Terraner dem sicheren Untergang geweiht wäre. Ohne die solare Flotte als neuen Teil der aldebaranischen, hätten wir keine Chance gegen die Verbände der Mohak, die mit aller Macht versuchen, das Imperium zu überrennen. An Friedensverhandlungen sind sie nicht interessiert, wir sind gezwungen, die Bedrohung durch die Echsen endgültig zu beseitigen. Ich bitte daher jeden, der eine Idee hat, wie wir uns nicht nur verteidigen, sondern die Mohak endgültig ausschalten können, seinen Vorschlag hier und heute zu unterbreiten – und mag er sich auch noch so abwegig anhören.

An dieser Stelle möchte ich Ihnen zunächst einmal die neuesten Informationen über das Erste Imperium zuteilwerden lassen, Erkenntnisse, die höchstwahrscheinlich in direktem Zusammenhang mit unserer heutigen Situation stehen.«

In wenigen Sätzen fasste der Imperator seine Erlebnisse auf Zuladur IV zusammen. Danach endete er mit den Worten:

»Unsere Logiker sind sich nicht sicher, ob das folgende Szenario tatsächlich zutrifft, sie ordnen ihm jedoch eine Wahrscheinlichkeit zu, die so hoch ist, dass wir davon als Faktum ausgehen sollten:

Vor einer uns unbekannten Zeitspanne, von der wir lediglich wissen, dass sie größer als zehntausendachthundert Jahre ist, besiedelten Kolonisten des Ersten Imperiums die Systeme Regula und Capella. Es handelt sich in beiden Fällen um Systeme mit vier Sonnen, die von mehreren Planeten auf exzentrischen Bahnen umlaufen werden. Entsprechend extrem werden die Lebensbedingungen auf diesen Planeten sein.

Die Überlebensstrategie der Capellaner und Regulaner war sehr wahrscheinlich die gentechnologische Modifikation ihrer Nachkommen, jedenfalls eigneten sie sich in diesem Bereich ein ungeheueres Wissen an. Aus Gründen, die wir noch nicht kennen, kam es zu einem Zerwürfnis der beiden Kolonien mit dem Imperium. Nach den dürftigen Informationen, die Unaldor auf Tangalon III entdeckte, ging es in diesem Streit wohl um überzogene Versorgungsansprüche der Kolonien, denen das Imperium nicht länger bereit war, nachzukommen.

Die Kolonisten nutzten daraufhin ihr gentechnologisches Wissen, um Experimente zur Schaffung einer unbesiegbaren Kriegerspezies durchzuführen. Auf Zuladur IV konzentrierte sich die Forschung auf die Entwicklung von Gliederfüßlern, die über körpereigene Waffensysteme verfügen.

Wir wissen inzwischen, dass es zur damaligen Zeit eine ähnliche Zuchtstation der Capellaner auf Mohak-Dor gab. Daher können wir nicht ausschließen, dass die Mohak Zuchtprodukte unserer Ahnen sind – sprich: dass die Bedrohung, der wir Menschen heute ausgesetzt sind, von Menschen geschaffen wurde, ein Gedanke, den ich am liebsten verdrängen würde, der aber allem Anschein nach den Tatsachen entspricht.

Wie dem auch sei, der Krieg der beiden Kolonien mit dem Ersten Imperium brach aus der Sicht der Kolonisten viel zu früh aus. Ihre Forschungen hatten noch keine kämpferische Spezies hervorgebracht, die in der Lage gewesen wäre, aldebaranische Krieger zu besiegen. Folglich verloren die Capellaner und Regulaner den Krieg und flohen in den Bereich des galaktischen Zentrums. Die Koordinaten der dortigen Siedlungswelten sind uns bekannt. Vor zwei Wochen startete eine Expedition dorthin, unter der Leitung des terranischen Thule-Präsidenten Elnan. Wir haben seitdem leider noch nichts von ihm gehört.

Auf ihren neuen Siedlungswelten haben die Kolonisten ihre Forschungen an den Gliederfüßlern offenbar zu einem erfolgreichen Ende geführt. Anhand der auf Tangalon III geborgenen Datenspeicher wissen wir, dass das Erste Imperium einst dem Angriff einer ›Yx‹ genannten Insektenspezies zum Opfer fiel. Es ist somit naheliegend, dass es sich bei dieser Spezies um die künstliche Weiterentwicklung jener Wesen handelt, die wir auf Zuladur IV entdeckt haben.

Falls wir mit den Mohak fertig werden und Elnan bis dahin nicht zurückgekehrt ist, entsende ich eine weitere Expedition ins galaktische Zentrum, um uns Gewissheit darüber zu verschaffen, was aus den Nachkommen der Capellaner und Regulaner geworden ist. Zusätzlich werden wir die zehn Zuchtplaneten aus der Zeit des Ersten Imperiums erforschen, um eine Bedrohung durch die dort möglicherweise immer noch vorhandenen Zuchtprodukte auszuschließen.

Doch die Voraussetzung dafür ist unser Sieg über die Mohak, weshalb ich nun um Vorschläge bitte, wie dieser Sieg über die grüne Pest zu bewerkstelligen ist«, womit der Imperator auf die Schuppenhaut der Echsen anspielte.

Fragend schaute er in die Runde seiner Ordensbrüder. Zwölf Männer hoben ihren rechten Arm. Sargon wählte Raummarschall Karadon als ersten Redner.

Der alte Draufgänger erhob sich von seinem Stuhl und zwängte sich an seinen sitzenden Kameraden vorbei, bis er das Ende der Reihe erreicht hatte. Anschließend nahm er Kurs auf seinen einzigen Vorgesetzten und betrat die kleine Bühne. Sargon überließ ihm das Rednerpult und setzte sich auf einen freien Stuhl in der vordersten Sitzreihe.

»Mein Vorschlag ist eigentlich nicht meiner, sondern er basiert auf einer Idee Sargons«, begann der erfahrene Soldat seine Ausführungen. Er zog seine buschigen hellblonden Augenbrauen ein wenig hoch und verzog seine schmalen Lippen zu einem raschen Grinsen, das sofort wieder verschwand, als er fortfuhr:

»Um ungestört die Ischtar-Festungen errichten zu können, zwangen wir seinerzeit die Mohak, große Teile ihrer Flotte zum Schutze ihrer bevölkerungsreichen Systeme von der Front abzuziehen. Dies gelang uns durch unsere Angriffe auf Maulack und Mohak-Dor. Die Operation Maulack basierte auf dem Überraschungsmoment, das wir durch die Nutzung des PÜRaZeT der Echsen erzielten – ein zweites Mal fallen sie sicherlich nicht darauf herein; sie werden es abschalten, sobald ein aldebaranisches Schiff vor einem ihrer Systeme auftaucht.

Für unseren Angriff auf Mohak-Dor nutzten wir die überstarken Reflektoren unserer Superschlachtschiffe, die es uns erlaubten, das gegnerische Flakfeuer mit zwanzig Prozent der Lichtgeschwindigkeit zu durchfliegen, um schließlich die Heimatwelt der Echsen zu bombardieren. Ich sehe keinen Grund, warum wir diese Strategie nicht wiederholen sollten – allerdings in sehr viel größerem Stil. Wir verfügen heute, besonders nach dem Beitritt Terras zum Imperium, über mehr Superschlachtschiffe als jemals zuvor.

Ich stelle mir das so vor: Gruppen aus zwei oder drei der Giganten dringen mit hoher Geschwindigkeit gleichzeitig in mehrere strategisch wichtige Systeme der Lurche ein und richten möglichst hohen Schaden an. Wir beginnen mit den Systemen, in denen die Mohak ihren Nachschub für ihre Flotte an der Front bereithalten. Sobald die feindliche Flotte von der Versorgung abgeschnitten ist, greifen wir sie pausenlos an, was sie dazu zwingt, ihre Munition zu verschießen oder eben, zu unserem Vorteil, sparsam damit umzugehen.« Seine letzten Worte begleitete der Raummarschall erneut mit einem kurzen schelmischen Grinsen.

»Ich bitte um weitere Vorschläge«, verlangte der Imperator, nachdem er sich erhoben hatte und neben Karadon getreten war.

Es gab nur noch zwei Wortmeldungen. Vermutlich hatten sich die Vorschläge der anderen durch die Ausführungen des Raummarschalls erledigt. Sargon bat als nächsten Redner Günther Prien auf die kleine Bühne.

Der mittelgroße ehemalige U-Bootkommandant strich seine glatten, blonden Haare zurück, während er auf das Podium stieg. Deutlich war die Neugierde in Karadons Augen zu sehen. Natürlich brannte er darauf, einen besseren Vorschlag als seinen eigenen zu hören. Bei Männern wie ihm ging es niemals um persönliche Eitelkeit. Für ihn zählte nur der Erfolg gegen einen mörderischen Feind.

»Zunächst möchte ich mich im Namen der terranischen Ordensbrüder bei Ihnen allen für die herzliche Aufnahme in Ihren Reihen bedanken«, begann Prien seinen Vortrag. Erneut brandete Applaus auf. »Es ist uns eine große Ehre, an Ihrer Seite für den Fortbestand der Menschheit zu kämpfen.

Der Vorschlag, den ich Ihnen nun zu unterbreiten gedenke, stimmt in einem wesentlichen Punkt mit dem Karadons überein: Wir müssen zunächst die Nachschubbasen des Feindes ausschalten. Realistisch betrachtet, können wir mit dem vielfach überlegenen Gegner nur dann fertig werden, wenn seine Flotte unterversorgt ist.

Vor siebzig Jahren tobte auf Terra ein mörderischer Krieg um kleinliche nationale Interessen. Eine Hauptstrategie in diesem Krieg war es, die gegnerischen Verbände zu umgehen, sie einzukreisen und somit vom Nachschub abzuschneiden. Durch dieses Vorgehen entwickelten sich für die eingeschlossenen Truppen fatale Kesselschlachten. Nicht nur, dass ihnen bald die Nahrung und Munition ausging, das Wissen, in einem Kessel ohne Rückzugsmöglichkeit gefangen zu sein, wirkte sich verheerend auf die Moral der Soldaten aus.

Die Erfahrungen aus diesem mit primitiven Waffen geführten Krieg lassen sich ohne Weiteres auf unsere heutige Situation übertragen. Nach allem, was wir über die Echsenspezies wissen, verlässt sie ziemlich schnell ihr Kampfgeist, wenn die Kämpfe, die die Grünen als Jagd betrachten, mit einer hohen Wahrscheinlichkeit tödlich für sie enden. Dieses Verhalten ist wohl auf ihre künstliche Entwicklung aus den Gensequenzen von Raubtieren zurückzuführen. Die Kosten eines verlorenen Kampfes, also der eigene Tod, sind ungleich höher als der Nutzen eines gewonnenen Kampfes, nämlich ein voller Bauch. Im Klartext: Den Echsen wurde von den Capellanern – vermutlich unfreiwillig durch die verwendete Basis von Raubtiergenen – das Verhalten angezüchtet, Kämpfen mit gleichwertigen Gegnern lieber aus dem Wege zu gehen.

Entsprechend fatal wird sich das Abschneiden des Nachschubs auf die Kampfmoral der Mohak auswirken.

Ich habe jedoch einen anderen Vorschlag, wie wir die Nachschubbasen angreifen. Wir haben die Kontrubana im Solomack-System mitsamt ihrer Wachflotte vernichtet, indem wir mithilfe eines Raumschiffes mit Tarneigenschaften ein getarntes PÜRaZeT im System platzierten. Dabei war das stringseitige Ende des Wurmloches stationär, während das planetenseitige Ende mit Vril-Triebwerken ausgerüstet war, die es uns erlaubten, das PÜRaZeT im entscheidenden Moment in unmittelbarer Nähe der Kontrubana zu positionieren. Unsere Flotte tauchte für die Lurche vollkommen überraschend auf und eröffnete sofort das Feuer.

Auf dem Kriegsplaneten Mars haben wir insgesamt zehn dieser getarnten und an einem Ende mit Vril-Triebwerken versehenen PÜRaZeTs gebaut. Wir sollten sie von Einsatzkommandos in getarnten Flugscheiben ein paar hunderttausend Kilometer vor die zehn wichtigsten Mohak-Nachschubplaneten bringen lassen. Kurz vor dem Einsatz werden die Wurmlochenden dann per Fernsteuerung ins Zielgebiet manövriert.«

Damit beendete der Deutsche seinen Vortrag. Karadon, der immer noch neben Prien stand, klatschte begeistert Beifall.

»Gibt es noch eine Wortmeldung?«, fragte der Imperator mit Blick auf Thorndal, der nach der Rede Karadons neben Prien als Einziger um das Wort gebeten hatte. Er war der Nachfolger des Verräters Pentar als Thule-Präsident. Nach der Rückkehr Elnans vom galaktischen Zentrum würde sich zeigen, wer von den beiden Männern den gesamtaldebaranischen Geheimdienst leiten würde.

Der knapp zwei Meter große Mann mit den für aldebaranische Verhältnisse ungewöhnlich dunklen Haaren erhob sich und gesellte sich zu den beiden Raummarschällen auf dem Podium.

Kurz und knapp, wie es seine Art war, erläuterte er seinen Vorschlag: »Die Mohak sind ein extrem stark hierarchisch geführtes Volk. Der Zhort regiert absolutistisch über das Echsenreich, und ihre IkPentalz[26] kommandieren die Verbände mit unangreifbarer Autorität. Daher schlage ich vor, mehrere Einsatzkommandos aus meinen Mitarbeitern zusammenzustellen, die in etwa zeitgleich Attentate auf den Zhort und seine obersten militärischen Führer ausüben. Ihrer Köpfe beraubt wird in der feindlichen Flotte ein Befehlschaos ausbrechen, das die Kampfkraft der Echsen auf einen Bruchteil reduziert.

Ich halte die von Prien vorgeschlagene Strategie übrigens für hervorragend. Die Attentate meiner Spezialisten sollten ergänzend zum Plan des Raummarschalls durchgeführt werden.«

Nachdem Thorndal geendet hatte, betrat auch Sargon wieder die Bühne. »Weitere Vorschläge?«, ermunterte er seine Ordensbrüder. Als keine mehr kamen, forderte er die Mitglieder des Inneren Ordens zu einer Abstimmung auf. »Natürlich werden militärische Entscheidungen bei uns nicht demokratisch getroffen«, stellte er klar. Allgemeines Gelächter war die Folge. »Ich möchte lediglich wissen, ob irgendjemand Einwände gegen den Plan Priens oder Thorndals hat.« Niemand meldete sich.

»Also werden wir beide Strategien umsetzen«, entschied der Imperator. »Ich bitte die Raummarschälle Karadon, Prien, Tomoyuki, Edwards, Delmor, Runan und Unaldor sowie den

---

[26] Mehrzahl von „Pentalz“, was Raummarschall bedeutet

Thule-Präsidenten zu einer Besprechung der Details in den Konferenzraum 1 der Kuppel der Imperatoren. Die außerordentliche Sitzung des Inneren Ordens ist hiermit beendet. Ich bin äußerst zufrieden mit dem Ergebnis.«

*

Fünfhunderttausend Kilometer vor Dornack I hob Major Sondtheim die Fahrt der Vril relativ zum Planeten vollständig auf. Das mit Metamaterialien überzogene Kleinraumschiff war im sichtbaren Bereich des elektromagnetischen Spektrums wie auch für Radarwellen praktisch unsichtbar.

Im Schleusenraum der Flugscheibe warteten bereits Leutnant Lars Jörgensen und Feldwebel Holger Schmidt auf ihren Einsatz. Beide waren in Raumanzüge gekleidet, die ebenso wie die sechs Kästen, die sie im Raum positionieren sollten, mit Metamaterialien beschichtet waren.

»Die Zählautomatik liefert dreihundertneunzehn Schiffe im Orbit von Dornack I«, meldete Feldwebel Green.

»Schiffe von der Front, die bereits leer geschossen sind und auf dem Raumhafen von Holomart aufmunitioniert werden sollen«, vermutete Willi Schulze. »Holomart« war der Name, den die Echsen ihrer Stadt auf Dornack I gegeben hatten.

Auf dem Rundumbildschirm, der den Eindruck vermittelte, an dem die Zentrale umlaufenden Pult frei im Raum zu schweben, wurden nun zwei rote Punkte sichtbar, die sich langsam von der Vril entfernten. Sie symbolisierten die Positionen der beiden Unsichtbaren, die begannen, das planetare Ende des Wurmlochs zu installieren.

»Eventuell haben die Lurche hier einen ihrer Restlichtverstärker im Einsatz, mit dem sie uns bei Solomack trotz Tarnung ausgemacht haben«, befürchtete der Major.

»Glaube ich nicht«, meinte der stets gutmütig wirkende und als unerschütterlicher Optimist bekannte Willi Schulz. »Bei Solomack II haben die Echsen mit einem Angriff gerechnet und deshalb den Raum um den Planeten sehr gewissenhaft beobachtet. Hier im Dornack-System sollten sie sich jedoch ziemlich sicher fühlen. Die Mohak gehen garantiert davon aus, dass wir uns auf die Verteidigung unserer Systeme konzentrieren. Stattdessen kreuzen wir hier auf, um ihnen in den Arsch zu treten.«

»Dein Wort in Gottes Ohr«, gab Wolfgang Sondtheim zurück.

»Mit Sicherheit hätten uns die Lurche schon ein Begrüßungskommando geschickt, wenn sie uns entdeckt hätten«, setzte Schulz nach.

»Der gefährlichste Teil unserer Mission folgt erst im Anschluss an die Rückkehr von Lars und Holger«, stellte Wolfgang fest. »Erst dann fliegen wir den Planeten direkt an – und erst dann wird sich zeigen, ob die Mohak uns selbst aus der Nähe nicht wahrnehmen.«

Als wären die Worte des Majors für den Leutnant und den Feldwebel die Aufforderung zur Rückkehr gewesen, bewegten sich die beiden roten Punkte auf die Flugscheibe zu.

»Wurmlochverbindung steht«, hörten die drei Männer in der Zentrale die Stimme Jörgensens aus den Lautsprechern. Die mit äußerst niedriger Energie betriebene Funkverbindung war von den Mohak in fünfhunderttausend Kilometer Entfernung nicht mehr anzumessen.

»Schleusenluke verschlossen!«, vernahmen sie wenige Sekunden später.

*

Sondtheim beschleunigte das Kleinraumschiff mit moderaten einhundert g per Gedankenbefehl und nahm Kurs auf Dornack I.

Zwanzig Minuten später waren die typisch dreieckigen Raumschiffe der Mohak mit bloßem Auge zu erkennen. Nach weiteren vier Minuten durchflog die Vril die dicht gestaffelten Linien der feindlichen Flotte und tauchte unbehelligt in die Atmosphäre des Planeten ein. Es war für die Elitesoldaten ein sonderbares Gefühl, unmittelbar vor den Mündungen der Geschütze schwerer Schlachtschiffe den von den Mohak eroberten Planeten anzufliegen.

Mit niedriger Geschwindigkeit, um ein verräterisches Aufglühen der Atmosphäre zu verhindern, nahm Wolfgang Kurs auf den Hauptkontinent des Planeten, an dessen Nordküste das Ziel ihrer Reise lag: die von den Mohak zerbombte Stadt der Nogr, in der ihr militärischer Anführer, General Volduras Enstitoplax, sein Hauptquartier hatte.

Bei ihrem ersten Besuch hatte der Major seinen neuen Bundesgenossen Waffen und Ausrüstung für ihren Kampf gegen die Besatzer versprochen. Jetzt kehrte er zurück, um sein Versprechen einzulösen und die Nogr von dem bevorstehenden Angriff der aldebaranischen Flotte auf den Stützpunkt der Mohak zu unterrichten. Diese Nachschubbasis der Echsen war immerhin ihre größte in unmittelbarer Nähe zur Front.

Ständig verlor die mit nur fünftausend Kilometern in der Stunde fliegende Vril an Höhe. Der stark gekrümmte Horizont des Planeten wurde zusehends flacher. Dichte Wolkenbänder zogen unter der Flugscheibe vorbei. Wenige Sekunden später tauchte das Kleinraumschiff in sie ein. Die fünf Männer – Jörgensen und Schmidt hatten die Zentrale inzwischen wieder betreten – schienen in einem undurchdringlichen weißen Nebel zu schweben. Fast übergangslos klärte sich das Bild, als die Vril die Wolkendecke durchstieß. Unter ihnen breitete sich ein dunkelblauer Ozean aus. Wenige Minuten später kam die Nordküste in Sicht.

Sondtheim hielt genau auf die Position der Ruinenstadt zu, die nach dem Überfall der Mohak zur Hauptstadt des militärischen Widerstandes der einheimischen Nogr geworden war. Das tapfere, jedoch körperlich und technologisch den Mohak weit unterlegene Volk kämpfte seitdem einen Partisanenkrieg mit primitiven Kanonen und Gewehren gegen die gnadenlosen Reptiloiden.

Wolfgang dachte darüber nach, welches Leid die Capellaner mit ihren gentechnologischen Erzeugnissen über die Galaxis gebracht hatten. Nicht nur, dass die Yx das Erste Imperium vernichtet hatten, nicht nur, dass Milliarden Aldebaraner bereits im Krieg gegen die Mohak gestorben waren, selbst unschuldige Völker wie das der Nogr wurden zu Opfern der capellanischen Züchtungen. Durften sich diese gewissenlosen Möchtegerngötter wirklich noch als Menschen bezeichnen?

Die Hafenanlagen der Stadt tauchten am Horizont auf. Riesige Lagerhallen, teils eingestürzt, teils abgedeckt und einige wenige unbeschädigt, prägten das Bild, als die Vril mit reduzierter Geschwindigkeit näher kam. Mehrere Frachtschiffe lagen gekentert im Hafenbecken. Je weiter sie sich von der Küste entfernten, umso größer war das Ausmaß der Verwüstungen. Im Zentrum der Stadt breitete sich ein gigantischer Krater aus. Dort war eine Bombe oder Granate der Mohak eingeschlagen und hatte – den Zerstörungen nach zu urteilen, mit einer Sprengkraft von mehreren Megatonnen herkömmlichen TNTs – Hunderttausende von intelligenten Lebewesen innerhalb eines Sekundenbruchteils ausgelöscht.

Major Sondtheim fand die Stelle wieder, an der sie bei ihrem ersten Besuch gelandet waren. Auf einem Schuttberg zwischen ausgebrannten Ruinen setzte er die Flugscheibe sanft auf und schaltete das elektrische Feld ab, das die Metamaterialien auf der Hülle ausrichtete. Übergangslos wurde das Kleinraumschiff sichtbar.

Zusammen mit Frank Green verließ Wolfgang die Vril. Sie trugen ihre Spezial-Kampfanzüge, mit denen sie sich notfalls unsichtbar machen konnten. Die beiden Elitesoldaten kletterten über die Schuttmassen und näherten sich der Stelle, an der einst der unterirdische Eingang zum Stützpunkt des Generals gelegen hatte.

Unvermittelt tauchten acht blauuniformierte Nogr aus einer der Ruinen auf. Geschickt näherten sie sich auf ihren acht Spinnenbeinen den beiden Aldebaranern. Ihre Gewehre ließen sie gesenkt.

»Herzlich willkommen zurück«, rief einer der Nogr. Er hatte drei weiße Striche auf seinem blauen Helm, der seinen wie eine auf die Spitze gestellte Pyramide geformten Kopf schützte. In der Mitte jeder der vier Flächen befand sich ein Auge, das durchaus menschlich wirkte.

»Trantrax Tamun?«, fragte Wolfgang. Natürlich konnte er die fremdartigen Nogr nicht voneinander unterscheiden. Sein Anhaltspunkt, es mit dem Nogr zu tun zu haben, den er bei seinem ersten Besuch auf Dornack I getroffen hatte, waren die drei Striche auf dem Helm.

»Nein, mein Name ist Guran Demipoles. Tantrax führt eine andere Patrouille in der Nähe des Hafens an, um Metalle zu besorgen«, entgegnete das knapp einsdreißig große Wesen, das geschickt über die Geröllmassen gekrabbelt war und nun direkt vor dem Major stand. Offenbar hatten sich einige menschliche Gepflogenheiten bei den Nogr herumgesprochen, denn Demipoles reichte Sondtheim die rechte Hand seines dünnen Ärmchens. Diese Hand bestand aus sechs sehr beweglichen gelenklosen Fingern. Wolfgang griff vorsichtig zu.

»Ich muss zu General Volduras Enstitoplax«, eröffnete der Major, der den Nogr-Dialekt per Gehirnstrominduktion erlernt hatte, seinem Gegenüber.

»Haben Sie Waffen für uns mitgebracht?« Demipoles deutete mit der Linken auf die Vril.

»Nicht nur das«, entgegnete Wolfgang. »Unsere Flotte ist im Anmarsch und wird die Mohak im Dornack-System in wenigen Stunden angreifen.«

Der Nogr und seine vier Kameraden stießen einen Laut aus, den der Terraner als Verzückung interpretierte.

»Kommen Sie! Der General muss unbedingt sofort davon erfahren.«

Die fünf fremdartigen Wesen rannten auf ihren acht Beinen spielerisch über das Geröll, wobei die beiden Menschen Schwierigkeiten hatten, Schritt zu halten. Sie steuerten auf jene Ruine zu, in der nach wie vor der Eingang zur unterirdischen Basis lag.

Durch ein Loch im Boden des zerstörten Gebäudes gelangten sie in einen Gang, der vor einer schweren Stahltür endete. Mit dem Kolben seines Gewehres schlug der Anführer des Trupps in einem bestimmten Takt dagegen. Einen Augenblick später öffnete sich die Türe und drei bewaffnete Nogr blickten sie an.

»Wir müssen zum General!«, klärte Guran seine Kameraden auf.

»Kommen die Fremden, um uns Waffen zu bringen?«, wollte einer der drei wissen.

»Sie greifen die Mohak mit ihrer Flotte an«, war die lakonische Antwort, und schon machte sich der Blauuniformierte auf den Weg zu einer Rampe, die in einiger Entfernung in einem Winkel von zwanzig Grad in den unterirdischen Teil der Basis hinabführte. In etwa fünfzig Metern Tiefe stand die kleine Gruppe erneut vor einer Stahltür, die ebenfalls nach dem Code-Klopfzeichen geöffnet wurde.

An Hochöfen und Werkzeugmaschinen vorbei gelangten die fünf Nogr mit ihren beiden menschlichen Begleitern zu einer gläsernen Wand, hinter der sich die Büros befanden, wie Wolfgang von seinem ersten Besuch wusste.

Guran Demipoles führte die Gruppe durch den Trakt direkt vor die Tür des Generals und klopfte an, diesmal weniger rhythmisch.

»Herein!«, kam es von drinnen.

Der General, zu erkennen an den vier weißen Strichen auf seinem Helm, stand vor einem Tisch, der fast vollständig mit einem ausgebreiteten Papier bedeckt war, bedruckt mit für Menschen fremdartigen Zeichen. Wolfgang nahm sich vor, auch die Schrift der Nogr schnellstmöglich zu erlernen.

»Ah, unsere aldebaranischen Freunde sind zurückgekehrt«, stellte der General beim Anblick der beiden Schwarzuniformierten überflüssigerweise fest. »Sicher sind Sie hier, um Ihr Wort zu halten und uns mit Waffen zu beliefern.«

Die war nun das dritte Mal innerhalb von wenigen Minuten, dass die imperialen Soldaten auf die zugesagten Magnetfeldgeschütze und Reflektorfeld-Generatoren angesprochen wurden. Doch Wolfgang konnte das Drängen der tapferen Nogr gut verstehen. Die Mohak hatten Millionen von ihnen getötet und ihre Heimatwelt verwüstet. Mit ihren eigenen Waffen, die in etwa auf dem Stand des terranischen Zweiten Weltkrieges waren, hatten sie gegen den überlegenen Feind nicht die geringste Chance. Jetzt hofften sie, sich mit aldebaranischer Hilfe zumindest gegen die mohak'schen Jagdkommandos verteidigen zu können.

»Verehrter General«, begann der Major, »die Mohak haben zwei unserer Ischtar-Festungen zerstört und dringen nun mit einer riesigen Flotte in unser Imperium ein. Diese Flotte wird zu einem nicht unerheblichen Teil von Dornack aus mit Nachschub versorgt. Das Oberkommando unserer Streitkräfte hat deshalb entschieden, die Echsen hier anzugreifen und, wenn möglich, von diesem Planeten zu vertreiben. Falls uns dies gelingt, werden wir mehrere Festungen zur Raumabwehr auf Dornack I errichten und an Ihr Volk übergeben.«

Enstitoplax brauchte ein paar Sekunden, um das Gehörte zu verarbeiten. Was ihm der Aldebaraner eröffnet hatte, ging weit darüber hinaus, sich lediglich verteidigen zu können. Zum ersten Mal seit dem Auftauchen der furchtbaren Echsen sah der General die realistische Möglichkeit, von dieser grünen Pest befreit zu werden.

»Was können wir zum Gelingen Ihres Angriffs beitragen?«, wollte der militärische Anführer der Nogr wissen.

»Vorerst nichts, befürchte ich«, entgegnete der Major. »Ob unsere Operation gelingt, wird sich bald im All entscheiden. Ich gehe davon aus, dass die Raumschlacht zu unseren Gunsten verlaufen wird, weil die Echsen nicht mit unserem Angriff rechnen. Sie denken sicherlich, wir würden all unsere Kräfte ausschließlich für die Verteidigung aufwenden.«

»Und warum machen Sie das nicht?«, hakte der General nach. »Warum riskieren Sie Ihre wertvollen Raumschiffe und das Leben der Besatzungen, um uns zu befreien?«

»Unsere Motive sind nicht uneigennützig«, gab Wolfgang zu. »Unsere einzige Chance, die uns zahlenmäßig um ein Vielfaches überlegene Flotte der Mohak zu besiegen, besteht darin, ihr den Nachschub abzuschneiden. Falls uns das nicht gelingt, werden sie schon in wenigen Wochen das Imperium erobert haben.«

»Wir beginnen umgehend mit dem Bau von Abwehrfestungen, die später mit Ihren Waffen ausgerüstet werden können«, erwiderte Enstitoplax, der kein Freund von Worten, sondern Taten war.

»Der Angriff unserer Schiffe erfolgt bereits in zwei Stunden«, dämpfte Sondtheim den Aktionismus seines Gegenübers. »Falls wir siegen, erledigen unsere Roboter an einem einzigen Tag, wofür Ihr Volk Monate brauchen würde.

Lassen Sie alle Nogr sichere Deckungen aufsuchen, denn in wenigen Stunden wird es hier heiß hergehen. Verirrte Geschützgranaten beider Seiten können überall auf dem Planeten einschlagen.«

»Alle Re, Le, Ke und Se[27] sollen sich in die Stützpunkte zurückziehen«, befahl der General, woraufhin sich Guran Demipoles sofort auf den Weg machte, um die Telefonzentrale aufzusuchen. Auf die Instandhaltung ihres drahtgebundenen Kommunikationsnetzes hatten die Nogr wohlweislich großen Wert gelegt, was sich nun für sie auszahlte.

*

Ohne die geringste Gefühlsregung erkennen zu lassen, stand Raummarschall Tomoyuki mit hinter dem Rücken verschränkten Armen in der Zentrale der Nippon. Auf dem Hauptbildschirm

---

[27] Die vier Geschlechter der Tolk f' Tarn, zu denen die Nogr gehören

des Superschlachtschiffs beobachtete er den roten Punkt, der das getarnte Ende des PÜRaZeTs symbolisierte und sich langsam auf den blauen Planeten Dornack I zubewegte. Das Ende des künstlichen Wurmlochs wurde von der NIPPON aus ferngesteuert und an den Punkt manövriert, den Tomoyuki für seinen Überraschungsangriff für am geeignetsten hielt. Die Wurmlochverbindung selbst diente dabei zur Übertragung der Steuerungssignale, die auf herkömmlichem Wege etwa sechs Stunden bis zu ihrem Ziel gebraucht hätten. Zusätzlich gelangten die Aufnahmen der Kameras in den getarnten sechs kastenförmigen Behältern, die das Wurmloch bildeten, ohne nennenswerte Verzögerung zum aldebaranischen Verband.

Die Flotte des Raummarschalls hielt sich ganz in der Nähe des kosmischen Strings auf, der am Dornack-System vorbeiführte, und wartete auf den Einsatzbefehl ihres Kommandanten. Das Angriffsziel eines jeden Schiffes war auf Basis der von den Kameras gelieferten Aufnahmen bereits festgelegt worden. Auf ihrem jeweiligen Kurs würden die Raumer in das PÜRaZeT eindringen und sofort das Feuer eröffnen, wobei man sich erhoffte, bereits in den ersten Sekunden des Gefechtes eine große Anzahl Gegner zu vernichten.

»Angriff!«, bellte der ranghohe Offizier japanischer Abstammung.

In einer langgezogenen Kette bewegten sich die zweihundertachtzehn Schiffe des Verbandes auf das stringseitige Ende des PÜRaZeTs zu, das aufgrund seiner verhältnismäßig geringen Größe nur ein Schiff nach dem anderen aufnehmen konnte.

Als Erstes trat die NIPPON in die künstliche Verzerrung der Raumzeit ein und befand sich im gleichen Augenblick nur fünfhundert Kilometer über dem blauen Planeten. Rund dreihundert gegnerische Schiffe hingen auf gleicher Höhe in der Schwärze des Alls.

Tomoyuki hatte Anweisung gegeben, unmittelbar nach ihrem Auftauchen aus dem PÜRaZeT das Feuer auf das nächste Schlachtschiff der Echsen zu eröffnen. Ein Vibrieren ging durch die Zentrale, als die achtzehn großkalibrigen Geschützrohre dem ausersehenen Mohak-Schiff ihre 64-cm-Granaten entgegenschickten. Die Sprengwirkung von fast zwanzig Gigatonnen herkömmlichen TNTs machte dem dreieckförmigen und mehr als drei Kilometer langen Gegner den Garaus. Übergangslos wurde das zerstörte »Schlachtross« zu einer weißen Riesensonne, deren Ausläufer bis auf die Planetenoberfläche hinabreichten.

Der NIPPON folgte eine Kette aus fünfzig der achthundert Meter langen Schlachtkreuzer, die ebenfalls sofort mit dem Beschuss von gegnerischen Schiffen begannen. Als Letztes traten vier Superschlachtschiffe aus dem getarnten PÜRaZeT.

Der Raum über Dornack I wurde von unzähligen Geschossbahnen und detonierenden Raumschiffen durchzogen, während Tomoyuki immer noch regungslos in der Zentrale seines Flaggschiffes stand. Erst als die erste Salve gegnerischer Granaten in die Reflektoren der NIPPON schlug und den Boden der Zentrale zum Schwanken brachte, begab sich der Raummarschall ohne Eile zu seinem Sessel, der sich unmittelbar neben dem des Navigators, General Tabayashi, befand. Letzterer blickte hochkonzentriert auf den Hauptbildschirm, während er das Superschlachtschiff per Gedankensteuerung aus der Schusslinie zu manövrieren versuchte. Der waagerechte Horizont des Planeten kippte nach rechts weg, als Tabayashi die NIPPON brutal aus ihrem Kurs riss. Am oberen rechten Rand flammte ein Glutball auf, der ein aldebaranischer Schlachtkreuzer gewesen war. Umsonst war der Sieg nicht zu haben...

Doch die Verluste der Echsen waren weitaus größer und grauenhafter. Bevor sie sich von ihrer Überraschung erholt hatten, hatten die imperialen Schiffe mehr als die Hälfte der Mohak-Raumer in hell leuchtendes Plasma verwandelt.

*

Pentalz Fror wollte gerade von seinem Flaggschiff aus ein Gespräch mit Arnatz Gorlatz führen, als das Unheil seinen Lauf nahm. Er hatte dem Stützpunktkommandanten einen Verweis erteilen wollen, weil die Einlagerung der Munition, die seine Schiffe transportiert hatten, viel zu lange dauerte. Erst die Hälfte seiner Flotte war entladen worden, und er wartete nun mit der anderen Hälfte darauf, dass die Granaten und Bomben endlich in den unter dem Raumhafen von Holomart angelegten Depots verschwanden.

Doch der Pentalz kam nicht zu seiner Schimpfkanonade. In dem Moment, als das ängstliche Gesicht Gorlatz' auf dem Bildschirm auftauchte, entstanden in wenigen hundert Kilometern Entfernung aldebaranische Raumschiffe in dichter Folge einfach aus dem Nichts. Schon explodierte eins seiner Schlachtschiffe unter den Feuerschlägen des zuerst aufgetauchten Schiffs.

Fror unterbrach sofort die Verbindung und hieb mit seiner Klaue auf einen großen blauen Knopf auf dem Kommunikationspult, wodurch er den Flottenrundruf einschaltete. Mehr als hundert Glutbälle standen bereits im Raum und regneten zum Teil auf Dornack I herab. Die Ausschüttung eines Hormons, das den Jagdabbruchreflex auslöste, ließ ihn »Sofortiger Rückzug!« in das Mikrofon des Funkgeräts bellen. Die Tatsache, den Befehl instinktiv gegeben zu haben, änderte nichts daran, dass selbiger äußerst sinnvoll war. Er musste seine Flotte sammeln, um eine effektive Gegenwehr zu organisieren.

Wie haben diese verdammten Weißhäute das nur gemacht? Wie konnten sie so plötzlich aus dem Nichts hier auftauchen? Warum sind die überhaupt hier, anstatt ihre Systeme gegen unsere Flotte zu verteidigen?

Der Pentalz stellte sich diese Fragen, während sein Flaggschiff beschleunigte. Mit Genugtuung beobachtete er die Explosion einiger der nur achthundert Meter langen Raumer der Futtertiere, deren Feuerkraft allerdings an die eines Schlachtschiffs heranreichte.

Zu seinem Schrecken beschleunigten die Aldebaraner ebenfalls.

»Sie schneiden uns den Weg ab! Einer der Schiffsgiganten kommt direkt auf uns zu!«, schrie der Navigator des Flaggschiffs und versuchte, es mit maximaler Beschleunigung aus dem Kollisionskurs zu reißen.

Fror sah den feindlichen Riesen auf dem auf Vergrößerung geschalteten Hauptbildschirm der Zentrale seines Schlachtschiffs. Die sechs Drillingstürme des Feindes drehten sich in seine Richtung, und die einhundert Meter langen Geschützrohre schienen direkt in die Zentrale zu zeigen. Auf ihn! Zum Glück waren die Kanoniere seines Flaggschiffs schneller. Triumph stieg in dem Pentalz auf, als er zwei Granaten einer Breitseite seines Schiffs in den Reflektoren des Gegners detonieren sah. Für eine Sekunde war auf dem Hauptbildschirm nur ein gleißendes Weiß zu sehen. Nachdem sich die Helligkeit automatisch heruntergeregelt hatte...

... löste sich Frors Triumphgefühl in nichts auf, denn der feindliche Gigant schälte sich unbeschädigt aus den grellen Detonationen. Einen Augenblick später löste sich der Pentalz selbst auf – mitsamt seinem Flaggschiff wurde er zu einer mehrere Millionen Grad heißen Plasmawolke, als die Geschosse des aldebaranischen Superschlachtschiffs einschlugen.

*

Von den mehr als dreihundert Raumern der Mohak hatten nur knapp dreißig das Inferno des aldebaranischen Überraschungsangriffs überstanden. Sie befanden sich auf der Flucht zum kosmischen String, um sich in Sicherheit zu bringen.

Während die Männer auf den Schiffen jubelten, stand Raummarschall Tomoyuki wie zu Beginn der Schlacht mit regungsloser Miene in der Zentrale.

»Dieser Sieg ist überwältigend«, flüsterte ihm sein Erster Offizier ins Ohr.

Das ist wahr, dachte der Japaner, *doch er hat uns zweiundzwanzig wertvolle Schiffe und ihre tapferen Besatzungen gekostet.* Dabei blickte er auf den Hauptbildschirm, auf den er die Statusanzeigen der Schiffe seiner Flotte hatte schalten lassen. Die roten Symbole mit den Schiffsnamen darunter bedeuteten Totalverluste.

»Flotte zum Angriff auf Holomart nach Einsatzplanung fünfzehn formieren«, rief der Raummarschall in den langsam abklingenden Jubel der Männer, die fast ausschließlich zu seinen Landsleuten gehörten.

Der Funkoffizier gab den Befehl an alle Schiffskommandanten weiter. Wenige Sekunden später meldete er: »Der Kommandant des Mohak-Stützpunktes bittet um ein Gespräch mit dem Raummarschall. Das Erstaunlichste daran: Er verwendet sogar die aldebaranische Sprache.«

*

Fassungslos beobachtete Arnatz Gorlatz den Untergang der Flotte im Orbit um Dornack I. Er befand sich im neuen Regierungsbrutstock von Holomart, da der alte unter unklaren Umständen von den Weißhäuten vernichtet worden war. Hier war es kaum sicherer. Mehrfach war das pyramidenförmige Gebäude heftig erschüttert worden, immer dann, wenn eines der Großkampfschiffe in unmittelbarer Nähe zum Planeten explodiert war und Schockwellen in der Kruste des Brutstocks erzeugt hatte. Glücklicherweise war keines der Schiffe unmittelbar über Holomart detoniert, denn das hätte das Ende der Zehn-Millionen-Stadt bedeutet.

Nach ihrem durchschlagenden Erfolg im Raum schickten sich diese erstaunlichen Wesen trotz ihrer körperlichen Schwäche an, den Versorgungsplaneten zu erobern. Gorlatz überlegte, ob es das erste Mal war, dass die als Futtertiere Verkannten einen Planeten des Mohak-Reichs erstürmten. Wie dem auch sei, jedenfalls verfügte er nicht über die Mittel, die Invasion zu verhindern.

Die Befehle des Oberkommandos für einen solchen Fall waren eindeutig: Wer sich vom Feind gefangen nehmen ließ, wurde mit dem Tode bestraft. Jeder Mohak hatte die Pflicht, bis zum bitteren Ende zu kämpfen, wenn kein Rückzug mehr möglich war.

Doch der Arnatz sah keinen Sinn darin, sein Leben und das der zehn Millionen Mohak in Holomart für das Festhalten an sinnlosen Befehlen zu opfern. Würde er mit den wenigen Geschützen, die man um die Stadt herum stationiert hatte, das Feuer auf den Gegner eröffnen, so wäre dessen Antwort bestimmt mit der totalen Vernichtung der kleinen Kolonie identisch.

Langsam erhob er sich von seiner Sitzschale und wandte den Blick von dem Bildschirm ab, auf dem er und die hinter ihm stehenden Offiziere den Ausgang der Raumschlacht beobachtet hatten. Er sah in den Gesichtern seiner Kameraden, dass ihnen durchaus klar war, was ihnen nun bevorstand: Im Gegensatz zu den Resten der Flotte, die die Jagd hatte abbrechen können, war den Bewohnern von Holomart jegliche Rückzugsmöglichkeiten genommen worden. Zu versuchen, mit den wenigen auf dem Raumhafen verbliebenen Schiffen zu starten, wäre einem Selbstmord gleichgekommen. Also blieb nur die ebenfalls aussichtslose Verteidigung des Stützpunktes.

»Ich werde mit dem Kommandanten der Weißhäute Kontakt aufnehmen und über unsere Kapitulation verhandeln«, sagte Gorlatz mit ruhiger, fester Stimme.

»Das ist Hochverrat!«, bellte Lovotaz und trat drohend aus der Reihe der Offiziere hervor. Einen zögerlichen Augenblick später stellte sich Zohdaz an Lovotaz' Seite.

Gorlatz wusste um den Ehrgeiz der beiden Mohak-Offiziere. *Diese karrieregeilen Dummköpfe wollen sich profilieren, obwohl nicht einmal ein Zhort anwesend ist. Und wie soll die Führung jemals von ihrer ›Heldentat‹ erfahren, wenn wir alle den Regierungsbefehl befolgen – und sterben?* Der Kommandant des

Stützpunktes ließ die Unterlippe hängen[28] angesichts von soviel Dämlichkeit.

»Lasst mich durch!«, befahl der Arnatz mit eisiger Stimme. Er wusste, dass eine Auseinandersetzung unvermeidlich war, also konnte er es genauso gut gleich hinter sich bringen. Die übrigen anwesenden Offiziere traten einen Schritt zurück.

Die drei Mohak standen sich einen Moment gegenüber, fixierten sich kurz, dann zog Gorlatz mit einer ansatzlosen Bewegung sein Schwert[29] und trennte Zohdaz' Kopf vom Rumpf, mit einer Leichtigkeit, als habe er gerade einen lästigen grünen Pickel vom faltigen Hals des rebellischen Offiziers entfernt. Lovotaz genügte die Sekunde, die der Kommandant für seinen gekonnten Hieb benötigte, um ebenfalls seine Waffe zu ziehen und auf die Schwerthand seines Kontrahenten niedersausen zu lassen. Klirrend fiel die Hand samt Waffe auf den steinernen Boden.

Triumph glänzte in den Augen des Siegers. Er ließ sich absichtlich etwas Zeit, während er sein Schwert hob, zwecks Hinrichtung des seiner Ansicht nach feigen Verräters.

Es spielt keine Rolle, ob ich durch die Hand eines Irren sterbe oder im Granathagel der Weißhäute, ergab sich der blutende Arnatz in sein Schicksal und blickte seinem Gegenüber fest in die Augen. Um Gnade zu zischeln kam für ihn nicht in Frage.

Lovotaz gab den festen Blick zunächst zurück – bis er plötzlich zusammenzuckte und seine Pupillen ausdruckslos wurden. Eine Schwertspitze ragte kurzzeitig aus seiner Brust. Einer der Offiziere, die hinter ihm standen, führte die Waffe und zog sie gleich wieder heraus. Als Lovotaz tot nach vorn kippte, kam hinter ihm der als besonnen geltende Offizier Holutz zum Vorschein. Gelassen wischte er das Blut von der Klinge. Einen Kameraden hinterrücks zu ermorden, bereitete ihm keine Probleme.

---

[28] Entspricht einem menschlichen „Kopfschütteln"

[29] Alle Mohak-Offiziere tragen ihr traditionelles Schwert immer bei sich.

Die Blicke der beiden Mohak trafen sich kurz. Dann wandte sich der Retter des Kommandanten an die anderen Offiziere: »Der Arnatz hat Recht. Den Kampf gegen die Weißhäute weiterzuführen, wäre ein sinnloses Opfer.«

Dieses Mal trat niemand vor, um den Vorwurf des Verrats anzubringen. Geschlossen folgten die Echsen ihrem Kommandanten in die Funkzentrale, nachdem dieser sein Handgelenk mit einem von Lovotaz' Uniform gerissenen Stück Stoff abgebunden hatte. Die Verletzung war nicht tragisch, und seine abgetrennte Hand würde innerhalb weniger Wochen nachwachsen.

»Stelle eine Verbindung zu den Weißhäuten her! Verwende deren Sprache!«, befahl der Stützpunktkommandant dem Funkoffizier. Der machte sich am Funkpult zu schaffen und sendete die Bitte um Kontaktaufnahme unverschlüsselt auf der Flottenfrequenz des Gegners.

Wenige Sekunden später erschien das Antlitz einer verhassten Weißhaut auf dem Kommunikationsbildschirm. Der Funkoffizier machte Platz für den Arnatz, der sich vor seinen Offizieren auf die Schale seines Kommandosessels setzte.

Für einen Augenblick stutzte der Kommandant, denn der Aldebaraner unterschied sich deutlich von den Bildern der Weißhäute, die er bisher gesehen hatte. Seine Haut war einen Ton dunkler, er hatte schwarzes Haar und seine Augen waren dunkelbraun anstelle des üblichen Blau oder Grün.

»Ich bitte um eine Unterredung mit dem Kommandanten der aldebaranischen Flotte in diesem System. Mein Name ist Arnatz Gorlatz, und ich bin als Offizier mit dem höchsten Dienstgrad auf Dornack I zu Verhandlungen autorisiert.«

Die seltsame Weißhaut drehte sich zur Seite und sagte etwas, das die Mohak nicht verstanden, weil er offensichtlich das Mikrofon ausgeschaltet hatte. Dann wechselte das Bild und zeigte die Zentrale eines Raumschiffes. In ihrer Mitte stand ein ebenfalls seltsam aussehender Aldebaraner mit hinter dem Rücken verschränkten Armen.

Gorlatz stellte sich ein zweites Mal vor und fügte hinzu: »Ich möchte mit Ihnen über eine kampflose Übergabe des Planeten verhandeln. Sind Sie der Kommandant des aldebaranischen Verbandes?«

»Ich bin Raummarschall Tomoyuki und befehlige die Flotte in diesem System. Begeben Sie sich mit allen Mohak in Holomart unbewaffnet auf das Flugfeld des Raumhafens und betrachteten Sie sich als unsere Kriegsgefangenen. Wenn Sie keinen Widerstand leisten, werden Sie ehrenvoll behandelt.«

»Ich fordere für die kampflose Räumung des Planeten den Abzug mit allen im Raumhafen verbliebenen Schiffen«, versuchte Gorlatz zu pokern, obwohl er dieses Kartenspiel nicht einmal kannte.

»Vergessen Sie es!«, lehnte der Japaner ab. »Wir werden nicht zulassen, dass die Mohak, die heute in Holomart besiegt worden sind, morgen schon wieder gegen uns kämpfen. Entweder Sie gehen in Gefangenschaft oder wir beginnen mit der Bombardierung.« Eine Antwort, die so klar und kompromisslos war wie der Raummarschall selbst.

»Bitte gestatten Sie, dass ich mich kurz mit meinen Offizieren berate.«

»Selbstverständlich. Ich gebe Ihnen fünf Minuten.«

Der Arnatz unterbrach die Verbindung und wandte sich den Anwesenden in der Zentrale zu. »Wenn wir in Gefangenschaft gehen, besteht immerhin die Wahrscheinlichkeit, dass wir von unseren Truppen befreit werden, sobald das Volk der Mohak den Krieg gewonnen und diesen Planeten zurückerobert hat – woran für mich kein Zweifel besteht. Ebendarum wäre ich dafür, das Angebot dieses... dieses Tomoyakuza anzunehmen.«

Als ihm keiner widersprach, stellte er die Verbindung wieder her und ergab sich.

*

Major Sondtheim und seine Männer hatten die Raumschlacht von Bord ihrer Vril aus miterlebt. Im Schutze ihrer unsichtbar machenden Metamaterialien waren sie in einigen tausend Kilometern Entfernung Zeuge des aldebaranischen Sieges geworden. Nun begaben sie sich zurück zu General Enstitoplax, um Entwarnung zu geben und die Freunde über den Sieg zu unterrichten.

Nach der Kapitulation der Echsen teilte der Raummarschall die Flotte in drei Teile auf. Fünfzig Prozent der Schiffe blieben als Rückendeckung im Orbit zurück, ein Viertel flog die Stadt der Nogr an, während das verbliebene Viertel auf dem Raumhafen von Holomart landete und sich der zehn Millionen Mohak annahm, die auf dem Flugfeld auf ihre Gefangennahme warteten.

Tomoyuki selbst begleitete mit der NIPPON den Verband, der Kurs auf die Ruinenstadt der neuen Bundesgenossen nahm. Zusammen mit einigen hundert Soldaten der Nogr wartete der Major mit seinen Männern auf den Geröllhalden der zerstörten Stadt, in der Nähe des Eingangs zur Basis des Generals, auf die Ankunft der aldebaranischen Schiffe.

Enstitoplax stand direkt neben dem Major und spähte in den wolkenverhangenen Himmel. Zunächst durchstießen die drei unteren Geschütztürme der NIPPON die Wolkendecke. Es folgte der mehr als fünf Kilometer lange Rumpf des Schiffes.

»Beim Hanadrofax[30]«, stöhnte der General. »Jetzt verstehe ich, warum die Schrecklichen eurer Flotte unterliegen mussten.«

Wolfgang unterließ es, seinen Waffenbruder darauf hinzuweisen, dass der aldebaranische Verband in einer offenen Raumschlacht niemals mit den Echsen fertig geworden wäre. Der Sieg war nur durch das mit dem getarnten PÜRaZeT verbundene Überraschungsmoment möglich gewesen – doch die Nogr mussten nicht alles wissen.

Augenblicke später stieß ein Dutzend der achthundert Meter langen Schlachtkreuzer gefolgt von einer größeren Zahl Kreu-

---

[30] Gott der Nogr

zern und Zerstörern durch die schneeweißen Wolken. Aufgeregtes Gemurmel ging durch die Reihen der Nogr-Soldaten. Dieser beeindruckende Aufmarsch der aldebaranischen Flotte schien bei einigen von ihnen Angst hervorzurufen, verbunden mit der Befürchtung, nach den Mohak würden nun die nächsten Eroberer über den Planeten herfallen.

Eine der unteren Schleusen der NIPPON öffnete sich, was an einem gelben Lichtflecken zu sehen war, der aus dem schwarzen Leib des Riesenschiffes hervorschien. Mehrere schwarze Punkte fielen aus der Schleuse und schwebten auf die fünf wartenden Menschen zu, die von mehreren hundert blauuniformierten Nogr umringt waren.

Beim Näherkommen wurden die Punkte zu den Umrissen von Männern in Raumanzügen, die eine halbe Minute später direkt vor Sondtheim und seinen Kameraden landeten. Die Gesichtsteile verschwanden in den Seiten der Raumhelme und gaben die Gesichter des Raummarschalls und sechs seiner Offiziere frei.

Die fünf Mitglieder des Kommandounternehmens salutierten zackig. Tomoyuki grüßte freundlich zurück.

»Ich darf vorstellen: Raummarschall Tomoyuki – General Enstitoplax«, begann Wolfgang das Gespräch, wobei er mit seiner außergewöhnlichen Hakennase wie mit einem Finger auf die jeweilige Person deutete. Er verwendete die Sprache der Nogr. Ihm war bekannt, dass sich der Raummarschall vor dem Einsatz, wie die meisten seiner Offiziere auch, einer Gehirnstrominduktion zum Erlernen dieser Sprache unterzogen hatte.

Der militärische Anführer der Nogr salutierte nun ebenfalls auf aldebaranische Art, indem er sich die Rechte gegen die Stelle seines säulenförmigen Rumpfes schlug, wo bei einem Menschen das Herz gewesen wäre.

»Der weitere Verlauf des Krieges unseres Imperiums gegen die Mohak steht leider noch nicht fest«, merkte der Raummarschall an, nachdem er zurückgegrüßt hatte. »Ich kann daher nicht versprechen, dass wir bei einem erneuten Auftauchen der

Echsen im Dornack-System genügend Schiffe zur Verfügung haben werden, um die grüne Pest aufzuhalten. Somit ist es von zentraler Bedeutung, dass Sie, General Enstitoplax, und Ihr Volk in die Lage versetzt werden, den sicherlich bald zurückkehrenden Mohak massiven Widerstand zu leisten. Wir haben mehrere Gebirgszüge ausgemacht, die sich zur Installation von Abwehrforts eignen. Sobald diese Festungen fertig sind, werden wir sie an Ihr Volk übergeben, zusammen mit zweitausend Sahal-Panzern, Magnetfeldkanonen auf Lafetten und Infanterieausrüstung. Die Bedienung der Waffen erfolgt über VR-Helme, die wir zuvor auf Ihre Gehirnstrommuster kalibrieren müssen. Auf diese Weise wird eine langwierige Einweisungsphase vermieden. Es reicht völlig, einen kleinen Stab aus Spezialisten zurückzulassen, der Sie bei der Wartung der Anlagen und Waffen unterstützen wird. Ich darf Sie nun bitten, mir mit Ihren Offizieren in die NIPPON zu folgen«, dabei deutete Tomoyuki auf das gewaltige schwarze Superschlachtschiff, dass unbeweglich unter den weißen Wolken am Himmel hing, »dort kann ich Sie mit Hilfe von 3D-Projektoren schneller und effektiver über meine Pläne unterrichten und Ihre Wünsche berücksichtigen.«

Der General wählte zehn seiner Offiziere und begab sich zusammen mit Sondtheim und seinen Männern zur Vril. Die unterschiedlichen Intelligenzen wurden an Bord des Flaggschiffs gebracht.

Spätestens in drei Tagen wollte der Raummarschall die Arbeiten zur Errichtung der Abwehrforts abgeschlossen haben, um mit der Flotte an die Brennpunkte des Krieges zurückzukehren. Dementsprechende Eile war geboten.

In Holomart beschlagnahmten die aldebaranischen Truppen zunächst sämtliche Waffen und Munition. Danach wurde die Stadt mit einem nach innen gerichteten Reflektorfeld umgeben, das die Echsen am Verlassen des eingegrenzten Bereiches hindern sollte. Zusätzlich stellte General Enstitoplax ausreichende Wachmannschaften, um ein mögliches Untergraben des Reflektorfeldes durch die Echsen notfalls mit Gewalt zu verhindern.

Kapitel 5: Zu Gast bei Verraetern

Bericht Elnan

Rasend schnell zog die merkwürdige Landschaft aus roten Grasflächen unter uns hinweg. In unregelmäßigen Abständen waren mehrere hundert Meter hohe Fabriktürme errichtet worden – zumindest glaubten wir aufgrund der unzähligen Ausbuchtungen und Rohrleitungen, dass es sich um solche handelte.

Dicke Schweißperlen glänzten auf der Stirn von Rolf Jenkins, an den ich die Steuerung der ORION übergeben hatte. Wir waren durch ein Wurmloch von einer Hohlwelt entkommen, in der Yx gezüchtet wurden, waren mit zwölftausend g beschleunigend durch eine kilometerlange Halle gejagt, hatten die Hallenwand durchbrochen – und fanden uns nun über Herden hellblauer Tiere wieder, die zwischen den Fabriktürmen auf ihren roten Weiden grasten.

Jenkins steuerte das Schiff auf eine Gebirgskette am Horizont zu, wo wir ein geeignetes Versteck zu finden hofften. Die ORION verfügte zwar über eine Tarnvorrichtung aus neuartigen Metamaterialien, doch es hatte sich gezeigt, dass die Yx die Reste des durch Totalreflexion um das Schiff herum geleiteten Streulichtes durchaus wahrnehmen und somit unsere ungefähre Position bestimmen konnten.

Der Thule-Pilot verzögerte mit vollem Schub, damit wir nicht über das Gebirge hinwegrasten, über dem gerade die Scheibe eines riesigen Planeten aufging.

»Das ist wahrscheinlich einer der acht Gasriesen. Folglich befinden wir uns auf einem der Monde«, hörte ich die Stimme Professor Silberheims hinter meinem Rücken.

Der Pflanzenbewuchs endete schlagartig am Fuße der Berge. Sie schienen aus massivem Fels zu bestehen, an dessen steilen Hängen fruchtbare Erde keinen Halt fand. Bereits hinter dem ersten Bergrücken entdeckten wir einen tiefen Spalt, der breit genug war, die Orion aufzunehmen. Geschickt dirigierte Jenkins das Schiff hinein. Langsam sanken wir an schroffen Felswänden vorbei, rund einen halben Kilometer tief in den Berg hinab, bis der Pilot die drei Kufen ausfuhr und das Schiff sanft aufsetzte.

»Geschafft!« Erleichterung schwang in seiner Stimme mit, als er die Vril-Triebwerke abschaltete.

Ich drehte mich auf dem Kopilotensitz um und schaute in die Gesichter der fünf Wissenschaftler, die den Eindruck machten, als ginge sie das Ganze nichts an. Professor Silberheim, ein hochgewachsener hagerer Mann mit weißblonder Bürstenfrisur, brachte es sogar fertig, zu grinsen und einen seiner gefürchteten zynischen Kommentare abzulassen: »Ist ja allerliebst. Wir sind quer durch die Galaxie geflogen, um einen potenziellen Verbündeten für unseren Krieg gegen die Mohak zu finden. Und auf was stoßen wir? Auf einen durchgeknallten, größenwahnsinnigen Verräter, der nicht weniger als die Herrschaft über die Galaxie anstrebt. Diese unschöne Tatsache zwang uns dann bedauerlicherweise, unsere gute Erziehung für einen Moment zu vergessen und uns wie die Wildschweine im Gemüsegarten aufzuführen.«

»Ganz großes Kino!«, fühlte sich Professor Bendalur genötigt, hinzuzufügen.

»Wie darf ich das mit den Wildschweinen verstehen?«, hakte Major Friedrichs, der Kommandant der an Bord befindlichen Leibgardisten, nach.

»Dass Sie Ihre wahre Natur nicht länger unterdrücken müssen«, entgegnete der Physiker mit dem Bürstenschnitt, um dessen Mundwinkel es verdächtig zuckte.

Nalia kicherte vergnügt, während der Major vor Ärger rot anlief. Bevor Friedrichs auf den Gedanken kam, seine Natur tatsächlich nicht mehr länger zu unterdrücken und dem forschen Professor den Hals umzudrehen, mischte ich mich ein: »Ich muss doch bitten, meine Herren! Anstelle Ihrer Wortgefechte wäre ich für Vorschläge zu unserer weiteren Vorgehensweise dankbar.«

»Also, zunächst einmal müssen wir mehr über dieses riesige Sonnensystem herausfinden. Wo hat Pentar seinen Regierungssitz?« Das letzte Wort sprach Bendalur aus, als handele es sich um einen schlechten Witz. »Was genau plant der Verräter? Wann wird er genug Yx gezüchtet haben, um offen gegen das Imperium vorzugehen?« Es folgte eine kleine Kunstpause des Historikers, bevor er fortfuhr: »Um Antworten auf diese Fragen zu finden, schlage ich vor, zunächst nach jenen Besatzungsmitgliedern der THUL-BARAN zu suchen, mit denen Pentar vor knapp einhundertfünfzig Jahren, nachdem sein Verrat aufgeflogen war, nach Neocapella geflohen ist.«

»Und wo sollen wir Ihrer Meinung nach mit der Suche beginnen?«, wollte Major Friedrichs wissen.

»Da wir schon mal hier sind: Warum nicht auf diesem Mond?«, entgegnete Bendalur mit entwaffnender Logik.

»Meinethalben. Ich steige mit meinen Soldaten aus und begebe mich im Schutz unserer Tarnanzüge auf die Suche«, schlug der Major vor. »Sobald wir einen von Pentars Männern gefunden haben, befragen wir ihn.«

»So ähnlich machen wir's«, entschied ich. »Sie werden jedoch nicht mit Ihrer gesamten Truppe auf Entdeckungsreise gehen. Wählen Sie bitte fünf Ihrer Männer aus. Ich werde Sie übrigens begleiten.«

Gerade als der Major einen Einwand erheben wollte, fuhr ihm Silberheim in die Parade: »Und ich komme auch mit! Schließlich müssen wir mehr über die neocapellanische Technologie erfahren.«

Der Kommandant der Leibgardisten holte erneut Luft. Diesmal war ich es, der ihm dazwischenkam: »Ihr Vorschlag hat einiges für sich, Professor. Aber Sie sind sich schon im Klaren darüber, dass dieser Ausflug ziemlich schnell in einen Kampfeinsatz ausarten kann, oder?«

»Natürlich«, behauptete Silberheim. »Für die vage Chance, herauszufinden, wie PÜRaZeTs ohne Projektoren funktionieren, oder wie die Yx es fertig bringen, wahrscheinlich mithilfe der Baryogenese, Bomben irgendwo materialisieren zu lassen, gehe ich das Risiko von Kampfhandlungen ganz bewusst ein.«

»Aber ich gehe nicht das Risiko ein, dass ein Zivilist meine Soldaten gefährdet.« Endlich konnte Major Friedrichs seine Bedenken äußern.

»Schauen Sie, Major«, versuchte ich den Kommandanten zur Einsicht zu bewegen, ohne ihm einen direkten Befehl geben zu müssen. »Pentar und seine Yx könnten schon in naher Zukunft eine ernste Gefahr für das Imperium darstellen. Um dieser Gefahr erfolgreich zu begegnen, müssen wir möglichst viel über sie wissen. Dafür lohnt es sich, Risiken einzugehen. Professor Silberheim wird sicherlich die meiste Information aus unseren Eindrücken ziehen.«

»Ja, ich befürchte, Sie haben Recht, was bedeutet, dass ich jetzt den Eierkopf am Bein hängen habe.«

Jetzt war es Silberheim, der rot anlief. Ich erstickte das sich erneut anbahnende Wortgefecht noch im Keim: »Wir brechen sofort auf!«

Friedrichs wählte seine fünf Soldaten aus und folgte mit ihnen dem Professor und mir in den Schleusenraum. Dort legten wir die metabeschichteten Raumanzüge an und griffen uns mit denselben tarnenden Substanzen beschichtete Magnetfeldgewehre und Handgranaten.

Der Analysator zeigte zwar, dass die Luft des Mondes für uns atembar war, dennoch schlossen wir vor dem Aussteigen die Gesichtsteile unserer Helme, weil wir erstens mit hoher Geschwindigkeit fliegen würden und zweitens nur so die vollständige Unsichtbarkeit gewährleistet werden konnte.

Langsam senkte sich die Schleusenrampe herab. Unten ging der braune Boden in eine Wand aus zerklüfteten Felsen über. Der Major ging voran und sicherte die Umgebung. Nach hierher schien sich noch nicht einmal eine Pflanze oder ein Tier je verirrt zu haben. Als ich vor der ORION stand und nach oben blickte, hätten sich die Felsen der fünfhundert Meter emporsteigenden Wände ebenso gut auf einem sterilen Mond ohne Atmosphäre befinden können.

Per Gedankenbefehl aktivierten wir die Vril-Triebwerke unserer Raumanzüge und schwebten mit mäßiger Beschleunigung an den schroffen Felsen entlang in die Höhe. Als wir das obere Ende der Schlucht erreichten, schlug uns blendendes Tageslicht entgegen. Die Sonne stand hoch am Himmel, und der gigantische Gasplanet hatte sich mittlerweile komplett über den Horizont erhoben, wobei er einen Teil des Sonnenlichts auf die Oberfläche seines Mondes reflektierte.

»Wir wenden uns in Richtung der Halle, in der wir aus dem künstlichen Wurmloch getreten sind. Sie scheint als Fütterungsstation der Mutter der Yx von zentraler Bedeutung zu sein, also finden wir dort vielleicht erste Antworten auf unsere Fragen«, schlug ich vor.

»Das sehe ich auch so«, vernahm ich die Stimmen von Silberheim und Friedrichs synchron in seltener Eintracht aus meinen Helmlautsprechern.

Wir schossen über die Berghänge hinaus und rasten im Tiefflug über die Ebene aus roten Gräsern. Auch wenn man es schon hundertmal gemacht hatte, es war immer wieder ein phantastisches Gefühl, mit einem aldebaranischen Raumanzug zu fliegen. Die Triebwerke reagierten auf jeden gedanklichen Wunsch des Helmträgers mit unglaublicher Präzision. Man hatte den Eindruck, mit dem Anzug verwachsen zu sein und dass diese Art der Fortbewegung das Natürlichste der Welt sei. Eine Laune der Natur schien mir verwehrt zu haben, von Geburt an fliegen zu können. Dieser Missstand war durch die aldebaranische Technik auf perfekte Weise beseitigt worden.

Am Horizont kamen die ersten der hellblauen sechsbeinigen Tiere in Sicht. Wir erreichten die Herde eine halbe Minute später. Sie hatten die Größe irdischer Elefanten, ihre Form erinnerte jedoch eher an Bären. Große gelbe Augen blickten treu aus einem rundlichen Schädel mit zwei halbkreisförmigen Ohren.

Wir ließen die friedlich grasenden Tiere schnell hinter uns und näherten uns dem ersten Fabrikturm, der wie die Phantasie eines irren Künstlers vor uns aufragte. Ein Gewirr aus Rohren unterschiedlicher Größe umgab das in mehreren Stufen immer spitzer zulaufende Gebäude. Eine rund fünf Meter durchmessende Rohrleitung führte in die Richtung der Halle mit dem Wurmloch. Nach wenigen Kilometern Flug erreichten wir den nächsten Fabrikturm. Um ihn herum war in einem Radius von fünfhundert Metern ein Zaun gespannt worden. Schwarzbraune, vier Meter hohe humanoide Yx zwangen die hellblauen Tiere mit Peitschen in dieses Gehege. Innerhalb des Zaunes trieben weitere peitschenschwingende Yx die Tiere zu den rund um den Turm verteilten halbkreisförmigen Eingängen.

»Das sehen wir uns genauer an«, entschied ich und nahm Kurs auf einen der Eingänge. Auf meinem Helmbildschirm sah ich die roten Punkte, die meine unsichtbaren, mir folgenden Kameraden repräsentierten.

Ich schwebte durch einen Eingangstorbogen in den Turm, weniger als drei Meter über die Rücken der Tiere hinweg. Was ich dort sah, schockierte mich für einen Moment: Ein mechanischer Greifarm packte einen der Hellblauen nach dem anderen und warf die gutmütigen Tiere zwischen zwei schnell rotierende Walzen. Gelbes Blut spritzte auf, während die Körper zerplatzten, als sie zwischen den Walzen hindurchgezwängt wurden. Einer der sechsbeinigen Bären schien mir direkt in die Augen zu schauen, bevor er zwischen den Walzen zerquetscht wurde. Ich spielte tatsächlich mit dem Gedanken, mein Magnetfeldgewehr einzusetzen, um die Yx an ihrem barbarischen Treiben zu hindern, unterließ es aber.

Immerhin hatte ich nun eine konkrete Vorstellung davon, woraus die dreihundert Meter durchmessende gelbe Blase bestanden hatte, die schwerelos aus dem Wurmloch hervorgetreten war, um im Leib der Mutter von Glutomax, wie sie die von ihr beherrschte Hohlwelt genannt hatte, zu verschwinden. Es war für mich völlig unverständlich, warum eine so hoch entwickelte Zivilisation wie die neocappelanische die Nahrung für ihre künstlich erschaffenen Lebewesen nicht ebenfalls synthetisch herstellte.

»Wir fliegen weiter zur Halle!«, entschied ich.

Es dauerte immerhin eine halbe Stunde, bis wir das Bauwerk erreichten. Aus allen Richtungen führten fünf Meter durchmessende Rohre in das quaderförmige hellgrüne Gebäude, dessen Grundfläche ich auf vier Quadratkilometer bei einer Höhe von fünfhundert Metern schätzte. Deutlich war das ausgefranste Loch zu sehen, das die ORION in die uns zugewandte Seite des Quaders gerissen hatte.

Vorsichtig näherten wir uns der durch Gewalteinwirkung entstandenen Öffnung und blickten ins Innere. Ein Bruchteil der Explosionsenergie der Vril-Granaten, die ich der Königin der Yx auf Glutomax in ihren Leib geschossen hatte, war offensichtlich durch das Wurmloch hinter der ORION her in die Halle geschossen. Eine Schneise der Verwüstung zog sich quer durch einen auf mich verwirrend wirkenden Maschinenpark. Zwei und vier Meter große Yx waren mit den Aufräumarbeiten beschäftigt. Das Wurmloch war indes kollabiert oder kontrolliert abgeschaltet worden. Nichts deutete darauf hin, dass hier noch vor Kurzem durch eine Verzerrung der vierdimensionalen Raumzeit ein Tor zu einem anderen Planeten erschaffen worden war.

»Erkennen Sie den Sinn der unterschiedlichen Maschinen?«, wollte ich vom Professor wissen.

»Der gigantische Kessel in der Mitte der Halle dient wahrscheinlich dem Sammeln der Nahrung für die Mutter. In ihm scheint das Wurmloch geendet zu haben. Sehen Sie das Leck in seiner Wand? Das hat die ORION gerissen, bevor sie mit der Glut der Detonation am Heck durch die Halle gerast ist.

Die Klötze dort auf der rechten Seite sind vermutlich Vril-Generatoren, die den immensen Energiebedarf des Wurmlochs deckten. Auf das ebenfalls in Mitleidenschaft gezogene schüsselförmige Gebilde, zweihundert Meter vor uns, kann ich mir keinen Reim machen. Deshalb spekuliere ich mal, es könnte sich um den Wurmlochprojektor handeln. Ich würde die Maschine zu gern untersuchen.«

»Das muss bis später warten«, entgegnete ich. »Unsere oberste Priorität ist es, Menschen zu finden, die wir befragen können. Davon scheint es hier offensichtlich keine zu geben. Ich sehe mich zur Sicherheit in der Halle um. Alle anderen bleiben als Rückendeckung zurück.«

Bevor der Einwand Friedrichs' eine Sekunde später aus meinen Helmlautsprechern kam, war ich schon in das Gebäude hineingeflogen. Die mit den Aufräumarbeiten beschäftigten Yx schienen nicht über das hervorragende optische Wahrnehmungsvermögen der Cassadaren zu verfügen, denn sie nahmen keine Notiz von mir, als ich wenige Meter über ihren Köpfen flog.

Und dann entdeckte ich ihn – einen Menschen! Genaugenommen waren es zwei, aber der eine war nicht anwesend...

*

Hinter einer gewaltigen Maschine, deren Zweck ich nicht kannte, stand ein gläserner Quader. Darin saß ein grauuniformierter Mann hinter einem Pult mit hauchdünnem Bildschirm. Beim Näherkommen erkannte ich, dass darauf der Oberkörper eines ebenfalls in eine graue Uniform Gekleideten zu sehen war. Der gläserne Raum verfügte über eine durchsichtige verschlossene Tür. Sie zu öffnen hätte sofort die Aufmerksamkeit des Grauuniformierten geweckt. Ich presste meinen Helm gegen das Glas, um durch die übertragenen Schallschwingungen etwas von dem Videotelefonat mitzubekommen, das die beiden Männer führten.

»… hat mir Pentar selbst erzählt«, hörte ich die Worte in der heutigen aldebaranischen Verkehrssprache; sie kamen von dem Mann auf dem Bildschirm. »Er kannte sogar einen der Imperialen: Elnan, der zur Zeit unseres Aufbruchs nach Neocapella Doktorand in galaktischer Geschichte war und mit Pentar bei der Sichtung der Endeckungen auf Tangalon III zusammengearbeitet hatte. Offensichtlich gehörte er zu jenen, denen damals die Flucht gelang, als die Mohak das Imperium überrannten[31]. Was ich jedoch nicht verstehe: Warum schließt sich dieser Elnan uns nicht an? Stattdessen vernichtet er die wertvolle Mutter eines Zuchtplaneten. Was für ein ungeheuerliches Verbrechen!

Pentar stellt drei Cassadaren zu euch nach Seralin III ab, um das imperiale Schiff zu finden. Mehr kann er zurzeit nicht erübrigen. Die anderen neun braucht er, um unsere Macht im Onstrakar[32]-System zu festigen. – Koordinieren Sie in der Zwischenzeit die Instandsetzungsarbeiten. Die Techniker aus Sularia werden in Kürze eintreffen.«

»Ich bitte um Ablösung, General«, entgegnete der Mann vor dem Bildschirm. »Als das imperiale Schiff aus der RZ-Projektion raste, traf mich ein Trümmerstück und riss mir alle Finger der rechten Hand ab.« Dabei zeigte er seinem Gegenüber den notdürftig verbundenen blutverkrusteten Stumpf.

»In Ordnung. Kommen Sie heim nach Sularia und kurieren Sie Ihre Verletzung aus. Ich schicke Doktor Soladur zu Ihrer Entlastung.«

»Vielen Dank!«

Damit wurde die Verbindung beendet. Der Bildschirm zeigte nun ein rotes Pentagramm.

---

[31] Pentar verbreitete als Begründung für ihre Flucht die Lüge unter der Besatzung seiner THUL-BARAN, dass die Mohak an allen Fronten durchgebrochen seien und sich das Imperium in Auflösung befunden habe.

[32] Ein kürzlich von Pentar unterworfenes Volk von Methanatmern

Der Verletzte erhob sich und ging zu der gläsernen Tür. Wenig später durchquerte er die Halle.

»Ich habe einen Menschen entdeckt! Er ist verletzt und wird sich zu seinen Kameraden an einen Ort namens Sularia begeben«, informierte ich meine Gefährten. »Ich bleibe an ihm dran. Folgt mir einfach, wenn wir das Gebäude verlassen.« Dabei verließ ich mich darauf, dass mich die Soldaten und der Professor jederzeit als roten Punkt auf ihren Helmbildschirmen einblenden konnten, was sie wahrscheinlich sogar ununterbrochen taten.

Der Grauuniformierte erreichte eine drei Meter hohe Schiebetüre zu einem Gebäude, das in die Hallenwand integriert war. Ich setzte mich unbemerkt in horizontaler Lage direkt über ihn. Geräuschlos glitt die Tür vor uns auf und verschloss sich hinter uns wieder.

Drinnen befanden sich ein halbes Dutzend Gleiter. Der Verletzte bestieg einen davon. Sofort öffnete sich ein Tor in der äußeren Hallenwand und das Fluggerät hob langsam vom Boden ab. Mit mäßiger Beschleunigung flog es nach draußen. Ich hatte keine Mühe, ihm mit dem Flugaggregat meines Raumanzuges zu folgen. Über dem offenen Gelände erreichte der an einen terranischen Sportwagen – nur eben ohne Räder – erinnernde Gleiter eine für mich recht unangenehme Geschwindigkeit von sechshundert Kilometern in der Stunde. Ich wurde heftig von den Turbulenzen durchgeschüttelt, die in meinem Körper bei dieser Geschwindigkeit erzeugt wurden.

Auf meinem Helmbildschirm sah ich sechs rote Punkte näher kommen. Meine Kameraden schlossen also zu mir auf.

Unter uns schien die von roten Gräsern und vereinzelten Schlachthöfen dominierte Landschaft endlos weiterzugehen, bis schließlich ein Ozean am Horizont auftauchte.

Der wenige hundert Meter vor uns fliegende Gleiter hielt genau darauf zu. In einer Höhe von rund einem Kilometer überflogen wir die Küstenlinie. Ich hoffte zu diesem Zeitpunkt, dass der Grauuniformierte nicht zu einem zehntausend Kilometer entfernten Kontinent unterwegs war, denn ich fühlte mich aufgrund der heftigen Turbulenzen wie durch die Mangel gedreht.

Doch wir hatten Glück. Nach weiteren zehn Minuten Flug kam eine schroffe Steilküste in Sicht. Schäumend brachen sich die Wogen des Meeres an den etwa zweihundert Meter hohen Felsen. Dahinter schloss sich eine flach abfallende bewachsene Hochebene an, mit roten Gräsern und violetten Gebilden, die an Bäume erinnerten. Nach zwei Kilometern fiel die Ebene auf die Höhe des Meeresspiegels ab und bildete dort einen Sandstrand. Zu meiner Rechten erstreckte sich ein kleines Dorf aus neobarocken flachen Gebäuden, wie man sie auch auf Sumeran oder in den ausgebauten Höhlen des Mars fand. Kinder spielten in den Gärten, während Erwachsene auf den Terrassen saßen und sich unterhielten.

Der Gleiter landete auf einem mit grünlichem Schotter belegten Vorplatz des größten Gebäudes des Dorfes. Der Grauuniformierte stieg aus und verschwand darin.

»Beobachtet die einzelnen Gebäude«, befahl ich meinen Kameraden. »Wir suchen eines aus, in dem nur Erwachsene wohnen. Anschließend warten wir bis zum Einbruch der Nacht und dringen dann ins Haus ein.«

»Warum sollen wir warten, bis es dunkel ist? Wir sind doch unsichtbar«, wandte Major Friedrichs ein.

»Unser Eindringen könnte trotzdem aus nächster Nähe beobachtet werden – oder kannst du neuerdings durch die Wand fliegen? Im übrigen können die Hausbewohner keinen Alarm schlagen, wenn wir sie im Schlaf überraschen«, stellte ich klar.

Wir verteilten uns über dem Dorf und beobachteten, nach wohin die spielenden Kinder zum Einbruch der Dämmerung heimgingen. Daraus ergab sich für uns eine Auswahl von fünf Gebäuden, in denen offenbar kinderlose Paare lebten.

Ich flog von Haus zu Haus und las die bei Aldebaranern üblichen ausführlichen Namensschilder an den Grundstückseingängen. Das fünfte Haus gehörte einem General Tudalur und seiner

Frau Jutilia. Damit war meine Entscheidung gefallen. Ein General der Streitkräfte Pentars konnte uns sicherlich alle Antworten auf unsere Fragen geben.

Auf der hinteren Seite des Hauses saß der General – er trug seine Uniform auch daheim – mit seiner Frau und einem weiteren Paar auf der Gartenterrasse. Ich hatte den Mann schon einmal gesehen! Zweifelsohne handelte es sich um den Gesprächspartner des Fingerlosen im Glasquader.

Die Frauen unterhielten sich über eine Stadt namens Pentalon, auf der Zentralwelt Pentalan. Offensichtlich litt Pentar an extremer Selbstverliebtheit, da er seine Hauptwelt und deren Hauptstadt nach sich hatte benennen lassen.

Die beiden Männer sprachen über die Vernichtung der Mutter von Glutomax. Meine Vermutung, dass es sich bei den anderen sechs Planeten des Systems, die laut unseren Messungen über eine ungewöhnlich niedrige Dichte verfügten, ebenfalls um Zuchtplaneten der Yx handelte, und dass im Zentrum der Planeten jeweils eine Königin ihren Nachwuchs mit Nahrung versorgte, wurde im Verlauf des Gesprächs bestätigt. Zudem erfuhr ich, dass die noch im Eistadium befindlichen Cassadaren und Assandaren nach der Vernichtung ihrer Mutter absterben würden, weil sie keine Nahrung mehr über die den ganzen Planeten durchziehenden Schläuche erhalten würden. General Tudalur diskutierte mit dem ihm gegenübersitzenden Oberst Sahakor die Möglichkeit einer externen Nahrungsversorgung, was aber wohl bis zum Absterben der wertvollen Zuchtprodukte nicht mehr zu bewerkstelligen war.

Eine halbe Stunde später verabschiedete sich der Oberst. Zusammen mit seiner Frau ging er durch den prachtvollen Garten zur Vorderseite des Hauses und verließ das Grundstück.

Weitere zwei Stunden darauf erloschen die Lichter im Haus. Wir warteten noch dreißig Minuten. Dann flogen wir hinauf zum ersten Stockwerk des zweigeschossigen Gebäudes. Ich spähte durch das großzügige Fenster des Raumes, dessen Licht als Letztes ausgeschaltet worden war. Wie erwartet war es das Schlafzimmer des Paares, das in seinem Bett lag und schlief.

»Friedrichs! Einsatz!«, gab ich leise an den Kommandanten der kleinen Eliteeinheit weiter.

Mit einem trockenen Knirschen flog unter mir die Haustür auf. Friedrichs hatte sich mit seinem Körper dagegen gelehnt und den Schub seines Vril-Triebwerkes immer weiter erhöht, bis die Tür schließlich nachgab. Für ein sanfteres Eindringen in das Gebäude hatten wir nicht das passende Werkzeug dabei. Ich beobachtete, wie das Paar durch das Geräusch hochschreckte. Der General, lediglich mit einer Unterhose bekleidet, stieg aus dem Bett, um nach dem Rechten zu sehen. Im Erdgeschoss lief er meinen Soldaten direkt in die unsichtbaren Arme. Friedrichs erzählte mir später, dass er sich dem General von hinten genähert, ihm mit der Rechten den Mund zugehalten und mit der Linken das feine Drähtchen mitsamt dem persönlichen Agenten aus dem Ohr gezogen hatte, den er anscheinend selbst nachts nicht herausnahm.

Wenige Sekunden später bekam ich mit, wie der Kopf der Frau von etwas Unsichtbarem in ihr Kissen gepresst wurde und ihr persönlicher Agent, wie schwerelos geworden, vor ihr in der Luft hing. Auch sie hielt sich offenbar für wichtig genug, um rund um die Uhr erreichbar sein zu müssen.

Durch die eingedrückte Eingangstüre betrat ich nun ebenfalls das Haus. Mitten in der Diele erblickte ich Friedrichs, der das elektrische Feld zur Ausrichtung der Metamaterialien auf seinem Kampfanzug abgeschaltet hatte und nunmehr sichtbar war. Er drückte seine Rechte auf den Mund des Generals, während sich zwei ebenfalls sichtbare Soldaten mit angeschlagenem Magnetfeldgewehr vor den beiden positioniert hatten. Zwei weitere Männer führten die Frau über die Treppe in die Diele.

Auch ich deaktivierte meine Unsichtbarkeit, ließ das Gesichtsteil meines Helmes aufgleiten und stellte mich direkt vor den General – der mich aus weit aufgerissenen tiefblauen Augen ansah. Die Muskeln seines durchtrainierten, etwas hageren Köpers spannten sich unter dem Griff des Majors.

»Major Friedrichs wird in wenigen Sekunden seine Hand von Ihrem Mund nehmen. Wenn Sie schreien, werden Sie sofort erschossen. Gleiches gilt für Ihre Frau«, sprach ich den hohen Offizier direkt an, wobei seine »bessere Hälfte« nahe genug herangeführt wurde, um meine Worte zu verstehen. Ein wenig Einschüchterung ersparte oftmals unnötiges Blutvergießen.

»Wer sind Sie? Wie können Sie es wagen in mein Haus einzudringen und meine Frau und mich zu bedrohen?«, brachte General Tudalur gepresst, aber mit leiser Stimme hervor. Dabei war mir natürlich klar, dass er selbstverständlich wusste, wer wir waren.

»Ich habe keine Lust auf irgendwelche Spielchen«, gab ich ungerührt zurück. »Wir sind hier, weil wir wissen wollen, ob und was der Verräter Pentar gegen das Imperium im Schilde führt.«

»Verräter? Welches Imperium?« Ich meinte ehrliche Verwunderung in den Augen meines Gegenübers erkennen zu können.

»Das aldebaranische Imperium, welches sonst? Pentar hat dem Oberkommando vor der Schlacht um Maulack eine viel zu niedrige Flottenstärke gemeldet, mit der Absicht, den Imperator ins Verderben fliegen zu lassen. Als dies nach dem siegreichen Ausgang der Schlacht misslungen war und der Imperator nach seinem ebenfalls erfolgreichen Angriff auf Mohak-Dor heimkehrte, versuchte Baldan, Pentars Mitverschwörer, Sargon II. zu vergiften.«

»Was faseln Sie da für einen Unsinn?«, entgegnete Tudalur, für meinen Geschmack ein wenig zu laut, weshalb ich ihm warnend in die Augen blickte. Sofort senkte er seine Stimme, als er fortfuhr: »Die Schlacht um Maulack wurde verloren! Das ermöglichte den Echsen, das Imperium zu überrennen. Wer es noch hatte, rettete sein nacktes Leben – so wie wir. Dank der Daten des erst kurz zuvor entdeckten Ersten Imperiums kannten wir die Koordinaten der Siedlungswelten der Capellaner. Wir flohen nach hierher in die Nähe des galaktischen Zentrums, in der Hoffnung, eine technisch hoch entwickelte Zivilisation vorzufinden.«

Kannte er die Wahrheit wirklich nicht?

»Welches Motiv sollte ich haben, Ihnen weismachen zu wollen, dass das Imperium noch existiert, wenn es in Wirklichkeit vor eineinhalb Jahrhunderten untergegangen wäre? Umgekehrt hatte Pentar einen sehr guten Grund zu lügen: Er musste die Flucht mit der THUL-BARAN begründen, nachdem sein Verrat aufgeflogen war.«

Das Gesicht des Generals nahm einen nachdenklichen Ausdruck an. »Ich werde Ihre Angaben prüfen lassen«, entgegnete er mit ruhiger Stimme. »Doch was genau wollen Sie hier?«

»Das Gleiche, was wahrscheinlich auch Pentar hier will: Wir brauchen Verstärkung. Der Krieg gegen die Mohak ist in eine entscheidende Phase getreten. Da auch wir die Koordinaten aus den Datenbeständen des Ersten Imperiums kennen, kamen wir hierher, um einen mächtigen Bundesgenossen für unseren Kampf gegen die Echsen zu finden. Doch mit Pentar an der Spitze wird uns Neocapella wohl eher bekämpfen als unterstützen.«

»Warum haben Sie die Mutter in Glutomax getötet?«, fragte Tudalur misstrauisch dazwischen.

»Weil mir Pentar seine Pläne zur Beherrschung der gesamten Galaxis erläutert hat. Wir sollten uns ihm anschließen und dann nach Aldebaran zurückkehren, um der Bevölkerung mitzuteilen, dass Pentar Ihnen den Sieg gegen die Mohak schenken würde, vorausgesetzt, sie jagen den amtierenden Imperator fort und stellen sich unter Pentars Regierungsgewalt. Wir dachten jedoch nicht daran, mit einem Verräter zu kooperieren – was unser Todesurteil gewesen wäre, hätten wir uns nicht zum Kampf entschlossen.«

»Jetzt hören Sie mir mal gut zu«, knurrte der General. »Pentar hat uns alle hierhergeführt und aus der völlig degenerierten Zivilisation der Neocapellaner eine Macht erschaffen, wie sie einzigartig in der Galaxis ist. Allen Frauen und Männern hat er Wohlstand und Frieden beschert. Ein Mann, der solche Dinge vollbringt, ist kein Verräter.«

»Sie können sich gern an Bord der ORION vom Wahrheitsgehalt meiner Worte überzeugen. Doch stellen wir das erst einmal zurück. Das mit der ›degenerierten Zivilisation der Neocapellaner‹ interessiert mich brennend. Was genau fanden Sie vor, als Sie vor fast einhundertfünfzig Jahren hier eintrafen?«

Tudalur überlegte einen Moment, dann entschied er sich, dass es wohl kein Fehler sei, mir diese Informationen zu geben: »Oh, wenn das alles ist, was Sie interessiert, können Sie die damaligen Ereignisse direkt aus berufenem Munde erfahren – nämlich von Pentar.«

Für einen Moment war ich verwirrt und legte eine Hand auf mein geschultertes Magnetfeldgewehr, als würde ich fürchten, der Verräter könne unvermittelt aus dem Dunkel der Diele treten. Mehr als ein »Wie bitte?« brachte ich nicht zustande.

Der General lächelte spöttisch. »Pentar hat eine Autobiografie mit dem Titel ›Meine Bestimmung‹ verfasst. Das Buch ist bei uns ein Standardwerk. Ich habe es selbstverständlich in meiner digitalen Bibliothek. Wenn Sie möchten …«

»Natürlich möchte ich! Zeigen Sie mir das Werk!«, entgegnete ich eine Spur härter als beabsichtigt.

»Folgen Sie mir.«

Tudalur stieg die Treppe zum Obergeschoss hinauf. Wir folgten ihm dichtauf. Oben traten wir auf eine Galerie, die den Zugang zu mehreren Räumen ermöglichte. Unser Gefangener öffnete eine der Türen und führte uns in einen dahinterliegenden dunklen Raum. »Gestatten Sie, dass ich das Licht einschalte?«, fragte er mit einer gehörigen Portion Spott in der Stimme.

»Ja«, erlaubte ich, denn ein beleuchteter Raum würde wahrscheinlich keinen Argwohn erregen.

Das gemütlich eingerichtete Zimmer hielt Sitzgelegenheiten für sechs Personen bereit. Der General schaltete den kleinen

Tischrechner ein und öffnete seine digitale Bibliothek. Sämtliche Titel wurden auf einem wandausfüllenden Bildschirm angezeigt. Er wählte »Meine Bestimmung – Präsident Pentar«, und schon nahm die erste Seite des Buches die ganze Wand ein.

»Möchten Sie die Audioversion?«, wollte Tudalur wissen.

»Das ist wohl besser, sonst müssten wir beim Seitenwechsel auf den langsamsten Leser warten«, stimmte ich zu.

Eine Sekunde später erfüllten die Worte Pentars den Raum, von einem Hochleistungsrechner aus den Klangprofilen der Stimme des Verräters erzeugt.

*

Auszug aus »Meine Bestimmung« von Präsident Pentar

Tiefe Trauer unterdrückte jedwede anderen Gefühle auf unserer Reise durch die halbe Galaxie. Wir hatten alles verloren: unsere geliebten Familien und das Imperium, an das wir alle glaubten. Der Gedanke, dass in jeder Stunde unseres Fluges Milliarden unserer Brüder und Schwestern starben, schlug mir eine Wunde, von der ich wusste, dass sie nie wieder verheilen würde.

Doch da war noch etwas anderes in mir: mein unbeugsamer Wille, gemeinsam mit den Frauen und Männern an Bord der THUL-BARAN neu zu beginnen. Ich hoffte inständig, dass die Zivilisation der alten Capellaner auf ihren Siedlungswelten in der Nähe des galaktischen Zentrums noch existierte und dass wir in ihnen mächtige Bundesgenossen fanden.

Doch drei Soldaten verkrafteten den Schmerz über ihren Verlust nicht. Sie erschossen sich in ihren Kabinen.

Wir flogen die Koordinaten des ersten Siedlungssystems der alten Capellaner an. Als das Schiff nach der Durchquerung der halben Galaxis sein Ziel erreichte, glaubten die tapferen Männer und Frauen an Bord zunächst nicht, was ihnen die Messsysteme der THUL-BARAN anzeigten: eine blaue Riesensonne mit vierundsechzig Planeten! Allein in der Lebenszone existierten acht Gasplaneten mit fünfundzwanzig Monden, die über eine Sauerstoffatmosphäre verfügten! Niemals zuvor war ein System entdeckt worden, dass eine solch hohe Zahl von möglichen Siedlungswelten enthielt! Doch damit nicht genug. Jeweils zwischen den Gasriesen umkreiste ein weiterer Planet die blaue Sonne. Später erfuhren wir, dass es sich um sieben Zuchtplaneten der alten Capellaner handelte – zusammengesetzt aus ehemaligen Asteroidenfeldern des Systems.

Unsere Gravitationssensoren entdeckten ein PÜRaZeT, das ohne Projektoren auszukommen schien. Wie hoch musste eine Zivilisation entwickelt sein, um so etwas bauen zu können?

Als sich die THUL-BARAN dem künstlichen Wurmloch näherte, empfingen wir eine eindringliche Warnung in alt-aldebaranischer Sprache: »Dies ist das System der Blutmeister. Wer den geheiligten Raum entweiht, wird ausgelöscht!«

Ich beriet mich mit meinen Offizieren. Wir schienen nicht willkommen zu sein, doch wo sollten wir hin? Es gab keine andere Möglichkeit, als alles auf eine Karte zu setzen. Deshalb erteilte ich den Befehl, die THUL-BARAN in das hochentwickelte PÜRaZeT zu steuern.

Dies war der Beginn des größten Abenteuers der Menschheitsgeschichte, in dem sich meine Bestimmung erfüllen sollte...

Der Auszug aus »Meine Bestimmung« von Präsident Pentar wird fortgesetzt.

„HJB-News“ monatlich – kostenlos – aktuell

Monatlich erhalten Sie per E-Mail aktuelle Infos zu den Verlagsobjekten der Verlage Unitall und HJB. Natürlich ist der Newsletter kostenlos und kann auch jederzeit wieder abbestellt werden. Um die HJB News zu bekommen, müssen Sie nur auf der Seite www.hjb-news.de Ihre E-Mail-Adresse angeben und auf »Abschicken« drücken.

Der Newsletter „HJB News“ ist ein Service von

www.hjb-shop.de